小学館文庫

ゴースト・ポリス

佐野 晶

小学館

目次

ゴースト・ポリス

第1章

1

湘南《しょうなん》の青い空は冷淡だった。

秋の高い空を立ち止まって呆然《ぼうぜん》と見上げていた桐野哲也《きりのてつや》はそっと目を戻した。

国道一号線の四車線を車が川の水のように流れていく。誰も桐野に注意を払うことなく、行き交う車も冷たく感じられた。

車が吐き出す排気ガスとタイヤが巻き上げる粉塵《ふんじん》で、空気も濁っている。

車の量は多いが、歩道に人の姿はない。寒々しい光景だ。

「アア」

桐野は声とともにため息をついてみた。だが重い気分が変わるようなことはなかった。

仕方なく歩きだす。

桐野は九月末日の本日、神奈川県の警察学校を卒業したばかりの新人警官だった。いや、まだ新人とも言えない。これから三カ月、職場実習をし、再び警察学校に戻って、初任補修という教育の仕上げを行ってようやく一人前の警官となることができるのだ。

目指す交番には十四時半に到着しなければならないのに、もうすでに十五時を回っている。だが桐野の歩みは緩慢だ。警察学校では教官から鉄拳制裁を加えられる歩き方だった。

背を丸めてとぼとぼと進むと鳩裏《はとり》交番が見えた。

鳩裏交番は藤沢南《ふじさわみなみ》署内では比較的新しい建屋だ。交番の正面に立って見ると、緩やかな曲線を描く建屋の壁は淡い茶色でソフトな印象を与える。だが桐野にはそれが牢獄《ろうごく》に見えた。

交番の前に警官の姿があった。反射的に自らの制服や装備に不備がないかを点検した。警察学校でたたき込まれた習慣だ。叱責《しっせき》される、という恐怖感で自然に反応してしまう。

その警官の姿は異様だった。丸めた背中、突き出されたアゴ、後ろに組まれた手、前方に投げ出された左足、斜《はす》にかぶった制帽……。すぐに桐野が思ったのは罰のため廊下に立たされて、ふてくされている学生だった。

普通に考えるなら、それはいわゆる立番《たちばん》だ。交番の前に立って見張りをするのだ。慢性的に人員の足りない交番では最近見かけなくなっている。

立番の時には足を肩幅に開いて背筋を伸ばし、両手は体側にゆったりと沿わせて、正面を向いて顔は動かさず……。警察学校で何度も教えられた姿勢だ。

桐野の耳に自動車の通過音に混じって歌声が聞こえてきた。立番の警官が歌っているのだ。それもかなりの声量で。楽しげに。

「♪つ〜けまつ〜けまつけまつける
ぱちぱちつ〜けまつ〜けて〜♪」

音楽に興味のない桐野も聞いたことのある曲だった。きゃりーぱみゅぱみゅという奇妙な名の歌手が歌う今年、二〇一二年最大級のヒット曲「つけまつける」だ。

あまりに奇矯な光景に桐野は凍りついたように身動きできなかった。

立番の警官の視線がすっと桐野に向けられた。

視線を受けて桐野はあわてて走り出すと、警官の前で直立して、挙手の敬礼をした。

「本日、鳩裏交番に配属になりました、桐野哲也です！」

周囲に通行人がいたら驚くような大声だった。これも警察学校で身につけさせられたものだ。

警官は答礼も返さずにつぶやいた。

「ああ、ちょっと待ってて」

警官は制帽を押し上げると、国道一号線に目を向けた。

帽子のツバで隠れていた警官の横顔を見て、桐野は息をのんだ。端整な顔だちだった。劇画で描かれるようなくっきりとした美男だ。そのだらしない立ち姿とのギャップで桐野の脳が混乱を起こしていた。

沈黙の時間が続いた。一体なにをしているのか……。

「お、行った……」

警官はそう言って目を桐野に向けて微笑《ほほえ》んだ。俳優ばりの涼やかな笑顔だった。

「この時間に課長がレガシーで各交番を回るんだよね。その見送りしなきゃならんのですよ。馬鹿馬鹿しいでしょ」

警官は盛大にため息をついてから、ニヤリと笑った。

「遅かったじゃない」

「申し訳ありません！　卒業式を終えて署に到着したのが十三時半で、そこから更衣と装備を終えましたが、自転車が割り当てられず、徒歩でうかがったために遅れました」

「言い訳したりすると学校で教官に殴られなかった？」

桐野は身を縮めた。

「すみません……」

楽しそうに警官は笑った。

「ハハハ。ま、中に入って。お茶でも飲んでさ」

警官に誘われて、身を硬くしたままぎこちなく桐野は交番に向かった。

出入り口のガラス越しに四名の警官の姿が見えた。いずれもパイプ椅子に腰かけている。引き継ぎ中なのだ、と桐野は思った。

「お先にどうぞ」と俳優のような警官に促され、桐野は「失礼します！」と戸を開けて、挙手の敬礼をした。

「本日、鳩裏交番に配属になりました、桐野哲也です！　よろしくお願いいたします！」

「そういうのいらないから。うるさいんだよ。この狭い交番でさ」

桐野の後ろをすり抜けて入ってきた「つけまつける」を歌っていた警官が注文をつけた。

「失礼しました！」

「だから、うるさいんだって。敬礼もいらないから」

「は、はい……？」

叱《しか》る風ではなかった。顔には笑みがある。からかっている印象だ。見回すといずれの警官も微笑を浮かべている。答礼を返そうとする者はいない。それに全員が制帽をかぶっていない。交番の詰め所や署内の廊下は室外と見なされていて着帽して挙手の敬礼をする、と学校で何度もたたき込まれたのだが。

全員がパイプ椅子の背もたれに背中を預けていた。中には椅子を傾けてギコギコと揺らしている者もいる。

学校では背もたれに背をつけただけで、椅子ごと教官に蹴り飛ばされたものだ。

「俺は小貫幸也《おぬきゆきや》。あなたが所属する一班の班長ですが、あなたと同じヒラですよ」

「つけまつける」を歌っていた美男の警官は名乗った。際立った容貌のせいなのか年齢が判然としない。三十代の半ばぐらいだ、と桐野は当たりを付けた。普通、その年令でヒラはあり得ない。二十代半ばで巡査部長に昇進する者もいるのだ。

小貫にも巡査長という肩書はあるはずだが、それはベテランに自動的に付与されるもので、実質はヒラだ。

「それとこちらが斉藤昭二《さいとうしょうじ》さん。あ、会ってるよな。一班はこの三人でやっていきますんで」

桐野が事前に交番に挨拶に来た時に小貫は留守だったが、斉藤には会っていた。斉藤が笑みを浮かべて会釈をしてくれる。定年退職前だから五十代なのだろうが、どう見ても七十代にしか見えない。顔は皺《しわ》だらけだ。笑うと元々細い目が完全になくなって、皺の一本になってしまう。驚くほどに往年の名優にして「まんが日本昔ばなし」の語り手の常田富士男《ときたふじお》に似ていた。

迷ったが桐野は敬礼を返した。

「よろしくお願いいたします」と言いそうになったが、口の中で押しとどめた。

「それとこっちの三人が二班。やっぱり全員ヒラ。ヒラなりに自己紹介どうぞ」

「ヒラヒラうるせぇよ」

小貫に文句を言った警官は、坊主頭で丸顔にだんごっ鼻の警官だった。小貫とは対照的に不器量で、警官というより泥棒に見える。しかもほっかむりでもしていそうな大昔のコソ泥のような顔だちだ、と桐野は思った。

「二班の班長の木本《きもと》っす」

丸顔の警官が手を上げた。

桐野はやはり挙手の敬礼を返してしまう。もはやこれは恐怖と共に身体《からだ》にたたき込まれた癖のようなものだ。

「同じく高木《たかぎ》」

木本の隣に座っていた高木はぶっきらぼうに告げる。真っ黒に日焼けをしており筋骨も逞《たくま》しく真っ当な警官の模範のような容姿だ。

桐野は臆しながらも敬礼をする。

「墨田《すみだ》です。この中じゃ、孫までいる斉藤さんを除けば、唯一の子持ちだな」

「離婚してんのに〝子持ち〟って言えるのか？」

木本がからかう。

「うっせぇ。養育費払ってんだ。当然〝子持ち〟だろう」

墨田が巨漢なのは座っている状態でも分かった。身長も高そうだが、ひどく太っている。ぽっちゃりとした太り方で迫力はない。

「というわけで、自己紹介も終わったので、お茶でも……」

小貫が言い出したので、すぐに「はい」と応じて、給湯室のあるであろう詰め所の奥に桐野は動く。それを小貫が手で押しとどめた。

「ちょっと、お茶は斉藤さんの専門なんだよね」

斉藤がゆっくりと立ち上がった。腰が痛むらしくトントンと拳《こぶし》で叩《たた》いている。腰も少し曲がっていて正に老人の立ち姿だった。

「それとね」

小貫は桐野の目を見つめてニヤリと笑った。

「聞いてると思うけどさ。俺たちは〝ごんぞう〟だから。無駄な仕事はしないから。張り切ってガタガタ騒いだりしないでね」

警察の内部で〝ごんぞう〟のレッテルを貼られることはすなわち昇進の機会を失い、組織の中で疎外されることを意味する。

それを小貫は自らの口で告げたのだ。しかも本人だけではなく「俺たち」と言った。その言葉に応じるように、斉藤も、二班のメンバーたちも同じようにニヤリと桐野に笑いかけた。

どう返事をするべきか桐野が迷っているうちに、小貫は昨夜見かけたという男の話を始めた。

「いや、昨日の夜さ。道を向こうから歩いてくる若い男がどうも変だなって思ったら、ズボンのチャック全開でさ。笑ってんのよ」

「モノは出てんの?」と木本が突っ込む。

「いや、恐《こわ》かったから見なかった。目を逸《そ》らして素通りしちゃった……」

「ダセェ」と木本が言って皆で大笑いしている。

まったくの雑談だ。引き継ぎでもなんでもない。しかも時間はすでに十五時半。とっくに署に戻って課長に日報を渡して報告を終えていなければならない時間だった。

警察学校の卒業を目前に控えていた桐野の配属が藤沢南警察署の鳩裏交番に決定し

た時、四月卒業で先に職場実習に出ていた先輩警官がわざわざ桐野を訪ねて忠告をしてくれた。警察学校の食堂で数度会話したことがある程度の先輩だったから、突然の訪問に桐野も驚いた。

先輩は呼び出した桐野に、声をひそめて告げた。署内で知らない者のいないいわくつきの交番が鳩裏なのだ、と。

〝やる気のない警官〟を警察内部の隠語で〝ごんぞう〟と呼ぶことは授業で聞いていた。

鳩裏交番に所属する十二人の警官がすべてごんぞうなのだ。その一人が退職したために、そこに補充されるのが桐野だった。

「やつらのペースに巻きこまれたらダメだぞ。ごんぞう仲間だとレッテルを貼られたらお前の警官人生はおしまいだ」

先輩警官の忠告を聞きながらも、桐野は奮い立つようなことはなかった。ただ絶望感に囚《とら》われていた。

今日、警察学校での卒業式を終えた。すると、神奈川県警の各警察署からの迎えの車が校庭で待っていた。卒業生は三百八名。大規模署では大型バスに新人警官が詰め込まれて署へと向かう。

神奈川県警の藤沢南警察署は、中規模の警察署だった。

藤沢南署の迎えはバスではなくワゴン車で、桐野以外の新人は三人だけだ。

車の中での新人たちの会話も湿りがちだ。桐野はそんな会話にも加わらなかった。

警察学校での成績順に所属署は決定していく。まず超大規模署、次に大規模署、そして中規模署、小規模署。つまり所属する署の規模は警官の優劣を表す。

桐野は藤沢南署に決定していた。つまり成績は卒業生全体の〝中〟というところだ。他の三人の成績を知ろうとも思わなかった。

大学四年生の就活期に味わった屈辱的な挫折の末に桐野は警察官を志望した。そこで優秀な善《よ》き警官として働くことを願っていた。だが警察学校に優秀過ぎる学歴は不要だった。東北大学法学部卒業という桐野の学歴は、むしろ疎まれた。そして体力の無さは絶対的に警察の中では侮蔑の対象で、桐野は同期生ばかりか教官からも嘲弄《ちょうろう》され、叱責され、やがて無視されるようになった。自らも接触を求めず学校の中で孤立していた。

座学の成績が優秀であるために、辛うじて退学を免れていたが、過酷な警察学校の日々は桐野の心をすりつぶすようにして壊した。

ワゴンが警察学校から藤沢南署に到着してからは、さらに屈辱的な扱いを受けた。割り当てられた署内にある寮の部屋で荷物を解く間もなく、訓授室《くんじゅ》に呼び出された。

不在の署長に代わって、副署長の戸村《とむら》が桐野たち新人を迎えた。戸村は女性警官だった。

戸村からのあっさりとした訓示が終わると、新人警官たちを、担当となる警務課の課長が引き取っていく。これから警察署勤務に当たっての〝教養〟を仕込まれるのだ。

桐野もついて行こうとすると、戸村に呼び止められた。

「桐野くん」

「はい」

「とりあえず鳩裏交番に向かって。鳩裏にもそう連絡してあるから。自分で行ける？」

なぜ教養を受けられない？　いきなり交番勤務とは？　だがそれを問いかける余裕はなかった。

「はい……いや……場所は知っておりますが、まだ藤沢南署から、行ったことがありません。挨拶にうかがった時は、辻堂《つじどう》駅から向かいましたので……」

するとと戸村が手を上げた。

「地図はどこかにあるけど、ググれば？」

「はい。そうしますが、かなり距離があり……」

「署から鳩裏までは自転車で通うことになるんだけど、今日は自転車の割り当てが分からないから……」

戸村は腕時計に目を落としてから続けた。

「歩いても十四時半の交替までには間に合う」

にべもなく言い置くと、戸村はきびすを返して去った。

一人、取り残された桐野の目には怒りがあったが、携帯を取り出した。

鳩裏交番までのルートを検索すると徒歩で四十分と表示された。

移動を開始する前に、礼服を制服に着替えねばならなかった。だがロッカー室も、装備を身につける場所も分からない。

それを一つ一つ尋ねて回っているだけで、十四時を回ってしまった。

携帯を片手に慌てて署を出たのが十四時二十分。全力で走ったが、腰の装備が重い。元々長距離走は苦手だった。学校でも女性よりタイムが悪く、嘲笑《ちょうしょう》されたことが思い出された。

途中で走るのをやめた。最後に残っていた心の糸が切れてしまったようだった。それでもとぼとぼと背を丸めて歩き続ける。その姿はとても警官には見えなかった。

初めての交番勤務――と言っても交番にいたのはわずかな時間で、お茶を飲みながら小貫たちの無駄話（チャック全開男のてんまつ）を聞かされただけだが――を終えて、小貫たちと署に戻ると、小さな会議室で地域課の課長、係長と向き合った。

業務終了時の報告と日報などの資料提出のためだ。ぼそぼそと小貫が日報を読み上げる。それは新人の桐野も驚くほどに空疎な内容だった。駐車違反の通報に応《こた》えて取り締まりが二件、道案内が一件。以上だ。その他として巡回連絡カードの配布と警邏《けいら》など、としている。勤務時間をほぼ無為に過ごしたと報告しているような日報だった。

驚いたことに、地域課の課長も係長もどちらもその内容をとがめたりしない。初出勤の桐野にも特別に声をかけない。

渡された日報をパラパラとめくると、パタンと閉じて、業務連絡を口の中でもごもごとつぶやいて一礼する。

それが終了の合図のようで、小貫も斉藤も挨拶らしきこともせず、敬礼もしないで、さっさと会議室を後にしてロッカー室に向かう。

桐野は「失礼します」と大声にならないように課長たちに敬礼した。課長の顔色をうかがう。不機嫌そうにうなずくだけだった。

桐野は顔から血の気《け》が退《ひ》くのを感じた。ごんぞうの仲間と切り捨てられようとしている。その恐ろしさに戦慄《せんりつ》していた。

もう一度深く腰を折って「失礼します！」と大声で挨拶した。

課長は答礼せずに無視した。

青ざめながら、桐野は部屋を退出した。

絶望を感じながら着替えを終えて寮の部屋に戻る途中で、私物の携帯が振動していることに気づいた。

着信の番号は記憶にないものだった。

〈戸村です〉

女性の声だった。すぐに桐野は反応した。姿勢を正すと腰を折って一礼する。

「はい、戸村副署長。本日はありがとうございました」

〈間に合った？〉

「少し遅れてしまいましたが、所属班の方々にご挨拶はできました」

〈そう。じゃ、もう寮に戻ってるのね？〉

「はい」

〈今から署長室に来てもらえない？〉

「はい、すぐにうかがいます」

電話を切ると、桐野は寮の流しで慌ててうがいをすると顔を洗った。

五分後に、桐野は署長室の前に立っていた。息を整えてからノックをする。

「どうぞ」と声がした。

「失礼します！」

ドアを開けると中に進んで敬礼した。

戸村雅子《まさこ》副署長は立ち上がって部屋の中央で迎えてくれていた。

野暮な制服姿だったが、戸村の豊かで優美な身体の線は隠せなかった。百七十センチ近い長身も相まって魅力的と言えた。

戸村から呼び出しがかかって身支度を整えながら、桐野は事前にネットで戸村のことを検索していた。戸村は一度だけ新聞ネタになっている。神奈川県警で女性では最年少の四十歳で副署長に任命された、と。これまで山梨、高知、茨城の県警を経て藤沢南警察署に赴任してきたのだ。準キャリアで肩書は警視であるとも記事にあった。準キャリアが中規模署の副署長に就くのは異例だった。しかし、女性の場合、男性の出世の定石が当てはまらないことはままある。

署長の応接室には豪華な革張りのソファと大理石のテーブルがあって、機能一点張りの署内の他の部屋とは別世界のようだった。

署長の姿はない。まるで部屋の主であるかのように、戸村が中央に直立している。

戸村は桐野にソファにかけるように勧めると、ソファに浅く腰かけた。

だが桐野は会釈だけしてソファには掛けず、直立不動の姿勢だ。

戸村は豊かなショートヘアをかき上げると切り出した。

「藤沢南は中規模署だけど、署長は代々一種採用者が務めています。知ってる？」

「はい。氷川義則《ひかわよしのり》長官の出身地であることから、特別な署として扱われているとお聞きしています」

一種採用者とは国家公務員試験一種に合格して警察庁に採用された者――いわゆる〝キャリア〟のことだ。

今では名称が国家公務員試験総合職に変わっているが、システムそのものは変わっていない。キャリアとして警察庁に入ると、警察の幹部候補として超高速で出世の階段を上っていくことになる。

キャリアが署長を務める警察署はわずかしかない。ほとんどが超大規模警察署だが、唯一藤沢南警察署は中規模だ。異例だが、かつて警察庁長官として勇名を馳《は》せ、大臣にまでなった名物長官の氷川の出身地ということで特別にキャリア署に指定されていたのだ。

「今の原口《はらぐち》署長はあなたと同じく東北大の法学部出身です。あなたが地方公務員として神奈川県警に入ったのを注目なさっていたのです」

桐野は地方公務員――つまり〝ノンキャリア〟だ。桐野はうつむいてしまった。さらに警察学校でのひどい成績も知られているはずだ。

「教科は抜群ですね。ところが実技は極端に低い。苦しいでしょ？」

桐野は返事ができなかった。あやうく落涙しそうになったのを必死でくい止めた。

「女性は時に、あなたと同じ扱いを受けます。気持ちは分かるつもりです」

警察はやはり男性中心の組織なのだ。女性はいくら優秀でも出世ばかりでなく様々な局面で例外的な扱いを受ける。

「あなたが学校を辞めなかった理由はなんなのでしょう？」

桐野が顔を上げて戸村を見た。戸村は微笑《ほほえ》みを浮かべている。

「意地なの？　それとも惰性？　馬鹿で体力のない者よりひどい扱いを受けたはずよ。違う？」

警察学校で「辞めるなら寮を抜け出すだけでいい。誰もお前を追わない」と桐野に告げた教官の歪《ゆが》んだ笑顔が頭をよぎる。

「……はい」

「なぜ辞めなかったの？」

答えに窮して桐野はうつむいた。これは退職の勧告なのか？

長い沈黙が続いた。桐野は小さく目を動かして戸村の様子を探ると、戸村はそれに気づいて微笑んだ。

「自分でも分からないってところかな？」

「……はい」

消え入りそうな声になった。

「そう」と戸村は笑みを浮かべる。

戸村は桐野の経歴を調べ上げていた。出身学校、成績、司法試験を目指していたことまで調査済みだった。その経歴を読み上げて確認すると、戸村は首を傾《かし》げた。

「不思議だな、と思ったことが一つあります」

「はい」

「あなたが一種ばかりか二種も落ちたこと。学業成績からすると、ちょっと考えられない。受かった私が尋ねるのも嫌味だけど、どうして？」

戸村は探るような目を向けてくる。

二種とは国家公務員試験二種のことだ。これも名称が今では国家公務員一般職と変わっていて、キャリア組ほどではないが、俗に準キャリアと呼ばれる出世コースだ。

桐野も二種には自信があった。落ちるとは微塵《みじん》も考えていなかった。だが答えることに抵抗を覚えてしまう。また探るように戸村に目をやった。すると薄く笑みを向けてくる。

桐野は姿勢を正してかしこまった。

「私はストレスがかかると腸の具合が悪くなるんです。これは昔からのことで、薬を常備しています。高校受験も、模擬試験も、剣道の昇段試験も、大学受験でも、具合が悪くなりました」

「そういう体質を持った人の話って時折、聞きますね」

「はい。一種もどこかで受かるのではないか、と期待していました。落ちた時は大きく落胆しましたが、そのことで二種の受験にプレッシャーは感じていないつもりでした。受かるだろう、と楽観視さえしていました。試験前にトイレに行くよう、試験官が何度も告げていました。でも、その日はまったく腹痛も便意もなく、事前にトイレに行く必要はなかったのです」

桐野はうつむくと深くため息をついてから、悲しげな声で続けた。

「問題に一問、引っかかったのがきっかけでした。いきなり便意に襲われました。許可を得て薬を飲んだので治まるだろう、とぎりぎりまで我慢したのがいけませんでした。トイレに向かう途中で粗相をしてしまいました」

桐野はうつむいたまま顔を上げなかった。

トイレで自ら下着やズボンや汚れた部分を大方洗った。トイレまで付きそってくれた試験官が試験会場の大学に交渉してくれた。シャワーを浴び、替えのジャージを借りて、試験の続きを受けたが、時間が足りなかった。精神的にもすっかり参ってしまっていた。

それ以降のテストも散々なものだった。

戸村は察したようでうなずいた。

「それはひどい経験ね。ごめんなさい」

いたわるような声音だった。

「いえ……」と、桐野は恥ずかしさでうつむいたままだった。だが理由もなく二種に落ちたと戸村に思われる方がよほど屈辱的だった。

「東北大学法学部を優秀な成績で出たのに、司法試験を諦め、国家公務員にはなれず、しがない地方公務員でくすぶってる」

戸村の言う通りだった。桐野は顔を上げられなかった。

「このままでは終われないんじゃない？」

桐野が顔を上げると、戸村の目がまっすぐに桐野の目を見つめていた。

「……はい」

「でも、交番勤務はどこも忙しい。試験勉強などもっての外でしょう」

「……ええ」

一体なんの話なのだろう、と桐野はいぶかしんだ。

「あなたがウチに配属されることになって、すぐに鳩裏交番に回そうと決めたの。驚いたでしょう？」

学校の講義でも鳩裏交番のことは取り上げられていた。年々減り続けている警察官志望者の対策として、四交替制の実験交番が一つだけ神奈川県警に設置された、と。

その実験交番が、なぜごんぞうたちの巣窟となっているのか。そしてなぜ桐野が配置されたのか、さっぱり理解できなかった。

「あの交番はサッチョウが直接に管理しているの」

サッチョウとは警察庁のことだ。全国の警察を管理する庁だ。

「はい」

「一日八時間で四交替制の勤務形態の実験交番です」

異例なほどに楽な勤務体系であることは知っていた。司法試験の勉強をたっぷりさせてもらえるということなのだろうか……。

戸村が一つ咳払いしてから、問いかけてきた。

「幽霊警官ってわかりますか?」

聞き覚えのない言葉だった。

「……いえ」

「学校の部活なら幽霊部員、PTAなんかの組織だったら幽霊会員……」

書類上は在籍しているものの実際は活動していない人間のことだろう。

「あ、はい。つまりごんぞう……」

すると戸村は首を横に振った。

「そういう警察の隠語はあまり好きじゃないの。警察の恥部を警察内部で隠語化することは醜悪だと思う。それは彼らの存在を半ば認めてしまうことになるでしょ」

「あ、はい」

「警邏にも出ない。呼集にもまともに応じない。交通違反取り締まりの応援に呼んでも役立たず。反則キップの数も最低です。全国レベルで最低なんです。やつらがなにをしているのか、と言えば、日がな詰め所に座って無駄話をしてお茶ばかり飲んでいます。今日、目にしたでしょう?」

「はい」と桐野は小貫たちの緩みきった表情を思い出していた。

忌ま忌ましげに戸村は顔を歪める。

「サッチョウが神奈川県警下の交番員に募集をかけて、それに応じたのが幽霊警官ばっかり。二十人も。サッチョウが選抜したんだけど、やつらが元々所属していた警察署は厄介払いしたいから、やつらの成績を盛って送り出した。だから下々の実情をなんにも知らないサッチョウは成績順に十二人を選んでしまった」

そこで戸村は吐息を一つついた。落ち着こうとしているように目を閉じて顔を上げる。

その様子を桐野は見つめている。

戸村は目を開くと、自嘲気味に笑った。

「キャリア署長をいただく署としてサッチョウからウチに白羽の矢が立ったの。サッチョウの意向で作られた交番だから、私たちは口出しが出来ない。そればかりか、失敗することも許されない。だからうちでは、やつらの〝点数〟を粉飾して〝普通の交番〟に仕立ててサッチョウに報告している」

桐野には話の行方《ゆくえ》が見えなかった。

「その交番の一人が脳梗塞を起こして、半身不随となって退職しました。あなたにはその交番に入ってほしい。職場実習の三カ月間だけ。他部署の実習は免除します」

思わず桐野は顔をしかめた。それを見とがめた戸村は身を乗り出して畳みかける。

「やつらは税金泥棒。なにより私が許せないのは、市民の安全のために日夜任務に励む警官たちを愚弄しているということ。公僕であることを忘れ、責務を放棄し、税金である給与をむさぼっている。あんなクズたちを私は看過できない。なんとかして警察から叩き出したいんです」

ようやく桐野にも話の筋が見えてきた。

「サッチョウの人事は覆せない。やつらをどこか山奥へ飛ばしたりすることはできないんです。だから懲戒処分か分限処分にしたいと考えています」

「地方公務員法二七条、二八条、二九条ですか……」

「そう。やつらは公務員法でがっちりと守られています。簡単には辞めさせられない。それをやつらは知り尽くしている。その上で幽霊であり続けているのです。確信的な税金泥棒なの！」

戸村の鋭い目が光った。

「でも、どこかで尻尾《しっぽ》を出しているはず」

地方公務員法二七条には、公務員の分限処分（身分保障の限界）という処分があった。簡単に言えばあなたはこの職業に向いていないと判断されたので、別の職種に移りなさい、という処分だ。そう判断する理由の一つに〝勤務状態がよくない場合〟とある。

だが実際には客観的に〝勤務状態がよくない〟と判断することは難しかった。無断欠勤が長く続く場合など明らかな事由がないかぎり、退職させるには高いハードルがある。

「分限処分のために、証拠を集めたいのです。やつらの日々のサボタージュの実態を一つ一つ拾い上げる。それを記録してほしい」

戸村は目を桐野に据えつけたまま動かさなかった。桐野も身動きすることができない。

「日々、その記録を取りながら、真に見つけてほしいのは、やつらの違法行為。それならやつらを懲戒免職に追い込める。これが本丸です」

戸村の目に問いかけるような動きがあった。桐野が無言でうなずくと戸村は続けた。

「そのために三カ月を費やしてほしいのです。その上で警察学校の初任補修から戻ってきたら、あなたを機動隊に引き上げます。私の肝入りで機動隊の特別な部隊に入れます。最低でも五時間、毎日勉強できる環境を与えます。安定した生活を送りながら司法試験の勉強に取りかかれる、ということ。あるいはもう一度キャリアを目指すのもアリね」

もう一度、戸村が問いかける目で微笑した。

「やります……やらせてください」

かすれる声だったが、桐野の声は切羽詰まったものになった。もう心は決まっていた。

戸村が満面の笑みになる。

「あなたなら引き受けてくれると思った。あなたの頭脳と法律の知識が必要なの」

言いながら戸村は桐野の目を見つめる。桐野は息をすることも忘れてその目を正面から受け止めた。

唇の端に戸村は笑みを浮かべると一つ大きくうなずく。まるで心の中を読まれたように桐野は感じていた。心の底にある渇望を。

「随時、まとまったら報告に来てくれる？　鳩裏のメンバーにバレないように」

「承知しました」

戸村は微笑んでうなずいた。長い凝視だった。桐野が落ち着きをなくしてもじもじしてしまうほどに。すると戸村の視線が下に動いた。桐野は慌てて腰を引いた。だが恐らくスラックスの上からでも身体の変化はわかってしまっただろう。

桐野が真っ赤になっているのを見て、戸村は楽しげに笑みを浮かべたが、すぐに真顔になった。

「ごんぞうたちの首領となっている男は小貫といいます。こいつが本丸なの。こいつを片づければ後は烏合《うごう》の衆《しゅう》でしかない」

「はい」と短く答えた桐野は、背筋を伸ばした。「つけまつける」の美男だ。

「失礼いたします」と桐野は署長室を出て、直後に辺りを見回した。すっかり落ち着きを失っている。

時計を見ると、寮の部屋に先輩の水谷《みずたに》が帰っている時間だった。

桐野は早足で歩きだした。

目的地はトイレだ。

幸いなことに最上階のトイレに人はいなかった。個室に飛び込んで鍵をかけた。

スラックスを下ろすのももどかしく、数度手を動かしただけで、トイレットペーパーに放ってしまった。

こんなことはいまだかつてなかった。我を忘れてしまいそうな欲求だった。

元々年上の女性に惹《ひ》かれる傾向があることは桐野も自覚していた。だが戸村の立ち姿……。その瞬間に自分の中のなにかが弾《はじ》け飛んでしまいそうだった。

頬から、あご、そして首筋にかけての柔らかく厚みのある透けるような白さの肌。

ぽってりとした真っ赤な唇。その唇がゆっくりと広がっていく笑み。

武骨な制服の上からも分かる柔らかでたわわな胸。腰から尻への豊かなライン。

ソファに腰かける時に突き出された戸村の尻の煽情的《せんじょうてき》なまでの動き。

前にかがんで、揺れた胸。

そして股間の膨らみに気づいて浮かべた微笑み。あの笑みに込められたエロティックな意味……。

美しいかどうかなど、桐野は分からなかった。ただ戸村の存在の一つ一つにどうしようもなく興奮していた。

桐野は再び突き上げる興奮を感じて、二度目を始め、すぐに果てた。

結婚指輪はしていなかった。独身なのか。だが警官は指輪をつけない者が多い。家族を持つ人間だと知られることは、警官にとって弱みになりかねないからだ。

だがそんなことはどうでもいい、と桐野は充血した目で個室のドアを見据えた。らんらんとその瞳は輝いている。

失いかけていた目標と希望を桐野は取り戻していた。司法試験を目指すのだ。戸村副署長のため、ごんぞうたちを追い詰めてやる。そして報告会という名の逢瀬《おうせ》……。

桐野はなおも自慰に耽《ふけ》りながら、目を輝かせ続けた。

2

雲が太陽を覆ってしまうと十月になったばかりとはいえ、風は冷たく感じられた。目の前の国道一号線は車ばかりで、歩道にはいつにもまして人通りがない。

恒例の地域課長のお見送りのために交番前で立番をする。すっかり桐野一人の仕事になってしまった。

桐野は十五時に交番の前に立った。するとすぐに目的である課長のレガシーが通過した。

わずかに十分間の立番で済んだが、桐野は決められた十七時半まで立っていようと思った。

定められたことを淡々とこなすことが、警察官には求められているのだ。辛《つら》い仕事でも、あまり意味がなくとも、自分でも気付かぬうちに街の治安のための一助になっていることがある。

「すみません」

声をかけられた。見るといつの間にか五十代と見られる男性が立っていた。

「はい！」

桐野が向き合う。

「ちょっと困ってることがあるんですがね」

男性は申し訳なさそうに言って頭を下げる。

「あ、どうぞ。中でお話、うかがいます」

初めて直接に受ける案件だった。桐野の声がうわずってしまう。

スラックスに革のブルゾンを羽織った男性は勤め人には見えない。

男性は北村《きたむら》と名乗った。交番からは離れているが、鳩裏の管轄の地区にある一軒家に、妻と二人で住んでいるとのことだった。駅の北口で焼鳥屋を夫婦で営んでいると付け加えた。

その焼鳥屋は桐野も警邏中に見かけたことがあった。だが夜も昼も店が開いているのを見たことがなかった。

小貫が北村の正面に座り、その横に桐野が控えて立った。斉藤は台所で入念にお茶の準備に入っている。

「ウチにオバケが出てさ。そいつに家の中覗《のぞ》かれて困ってんのよ」と北村は言い出した。

ぎょっとして桐野は思わず、北村の顔を見なおしてしまった。北村は白髪のスポーツ刈りをゴシゴシと掌《てのひら》で擦りながら照れ笑いを浮かべた。

桐野が小貫に視線を移すと、無言でうなずいている。

「女房が嫌がるから、あんまり言えないんだけど、出るものは仕方ねぇからね」

北村はそう自嘲《じちょう》してから続けた。

「ウチは二階への階段の造りがちょっと凝ってましてね。一階から二階まで壁面にドーンとステンドグラスがはめてある。そこから男が覗いてるんです。空中に浮いてるんだから、人間じゃあり得ないからね。つまり幽霊ってことだ。病院に行ったって、薬飲んだってダメ。見えるんだ。だからお巡《まわ》りさんに退治してもらおうと思ってさ」

北村はまた笑った。客観的に自分の言ってることがおかしい、と分析しているようだ、と桐野は思った。こんなに冷静な霊体験者は珍しい。

桐野のほぼ唯一の趣味はオカルトだった。オカルトセミナーに通っていたこともある。そこで霊体験をした人と何度も会話したことがあったが、大抵は反論を迎え撃とうとして必死になって興奮状態になるのだ。その手の霊体験者と北村はまるで違って見えた。

小貫は意外なことを言い出した。

「言ってみれば不法侵入者ですからね。警官が一度お邪魔して確認させてもらいます」

小貫が桐野をヒジで小突いた。

「この若いのが優秀なんで、検分にうかがわせます。家まで案内してもらえます?」

新人警官が一人で検分することはあり得ない。だが小貫はあえて命じたのだろう。

桐野はいったん北村と共に交番を出たが「忘れ物をした」と北村に詫《わ》びて、交番内に戻ると小貫に素早く詰問した。

「なんで私一人なんです?」

「あ、俺はオバケとかの馬鹿話が苦手でさ。その手の話を聞かされると蕁麻疹《じんましん》が出ちゃうんだよなあ。それに面白そうな、なぞなぞじゃない?」

しれっとした顔で告げて桐野を見上げた。お手並み拝見とでも言うように。

そこにお茶を淹《い》れた斉藤がやってきた。

「お茶、飲んでいきなさい。邪を払う効果もあるから」

斉藤はホッホッホッと笑った。

渋々ながら桐野は北村に連れられて、家に向かった。その道すがら北村は「まあ、見えないと思うけど、あんたがあのオバケ見えたら、どうすんの?」と言った。

桐野は返事が出来なかった。

百坪はあろうかという大きな敷地に洋館が建っている。焼鳥屋は儲《もう》かるものなのだ、と桐野は感心した。

北村が家の中に案内してくれた。彼の言う通りに玄関フロアの奥に吹き抜けの階段があって、明かり取りの大きなガラスがはめ込まれている。

ステンドグラスだ。赤、緑、青などの色ガラスがランダムに配置されている。なにか具体的なものを描いているわけではなく、抽象的な模様だ。

陽《ひ》が差し込むとさぞや美しいのだろう、と美術に興味のない桐野も思った。

そのステンドグラスの中に無色透明のガラスが何枚かはめ込まれている。そこから男の顔が覗いているのだと言う。無色のガラスは上方に配置されていて、高さにして床から三メートル以上は優にある。

ステンドグラスが面している庭にも出てみた。庭の周りには生け垣が巡らしてあって芝生が敷きつめてある。

植栽は他になにもない。生け垣も高さは一・五メートルほどだ。三メートルの高さまで上がる足掛かりになるようなものはないのだ。

生け垣の向こうには六階建てのマンションがあり、鉄製の非常階段が見える。距離は二十メートル近くありそうだ。非常階段からこちらを見ていたとしても〝覗いている〟ということにはならないだろう。

一応確認するとマンションの住民の顔が家から見えたことはない、と北村は答えた。

さらに詳しく話を聞くと、オバケは頭の禿《は》げた痩せた中年男性であり、朝昼晩、時間に関係なく現れてはステンドグラスの向こうから、中を覗いているという。全身は見えずに顔だけが宙に浮いているというのだ。

オカルト好きの私人としては非常に興味をそそられる北村の話だったが、警官としてどう向き合えば良いのか、桐野にはさっぱり分からなかった。

「その男はなにかしないんですか？　脅したり、乱暴したり……」

「いや、なにも言わないし、しないね。無愛想だ。辛気臭い仏頂面《ぶっちょうづら》でじっとこっちを眺めてるだけ。芸も愛嬌《あいきょう》もねぇよ」

北村は笑顔で答えた。これもこれまで桐野が出会った超常現象の体験者とは違っていた。霊と出会った話をする人は必死で強弁するか、高みに立った物言いをすることが多かった。「俺は見える。お前は見えない」と。

そういう人物はニセモノが多かった。霊感が強いことが自慢なのだ、と桐野は思っていた。

大学の心霊研究サークルにいた男は、「昨晩、幽体離脱をして桐野くんの部屋まで行ったよ」などと言い出して、得意気に桐野の寮の部屋の様子を精密に描写してみせた。それは確かに正確だった。しかし、彼の場合、自宅が仙台の学生寮の部屋の近くにあり、一階にある桐野の部屋の場所も知っていた。通りすがりにカーテンを引き忘れた室内を覗いたかもしれない、という疑いを払拭できなかった。クッションの柄がスヌーピーなんて詳細過ぎる情報まで知っていたのが逆に怪しいのだ。

なにより彼は卑屈な男で信用がおけなかった。それからもなにかと絡んでくるようになったが、その卑屈さと裏腹に荒唐無稽な自慢話を吹っ掛けられて困惑した。

中学生の頃は五十メートルを五秒ジャストで走っていた、というような馬鹿げた話ばかりだった。

彼は典型的な「俺は見える。お前は見えない」派で、「あ、今、あそこの植え込みの所に見えちゃったよ」などと言って、見ることのできなかった桐野をチラリと見て、ニヤニヤと笑うのだった。

サークルには見学に行っただけだった桐野は、彼との接触をかなり露骨に絶とうとしたが、しつこかった。寮の前で桐野を待ち伏せしたりするようになっていたのだ。

ある日、その男に神奈川にある桐野の実家の部屋の様子はどうなっているか、と尋ねると「そっちは住所も知らなかったから行かなかったけど、教えてくれたら見てくるよ」と少しおびえたような顔をした。

住所を知らないと行けないという理屈が支離滅裂だと思いつつも、桐野はあえて実家の住所を彼に手渡した。だが彼が幽体離脱して実家を訪れることはなかったようだ。そして徐々に彼は桐野から遠ざかっていった。

北村は明らかに〝彼〟たちとは違っていた。ただ淡々と時に照れながら不思議な事象について語るのだ。

「病院に行かれたってお話ししてらっしゃいましたが、どういう診断だったんです？」

「うん。レビーなんとかってのと、もう一つ外国人の名前みたいのがついた病気じゃないかって言うんで、その薬を飲んだんだけど、全然ダメでね。しかも保険がきかねぇから馬鹿みたいに高くてやめちゃった」

レビー小体型認知症とシャルル・ボネ症候群のことだろう、と桐野は思った。「オバケが見える」という人を医師に診せるとまず最初に疑われる脳の異常だ。幻視が特徴的な症状でオカルトマニアの間では有名な病気だ。だが、うつ病や老人性認知症のような症状を併せて発することもあるので、北村の言動には当てはまらない。

「そのオバケの男性って顔見知りですか？　幼い頃に写真で見たおじいちゃんの若い時とか」

我が意を得たりとばかりに北村は大きくうなずく。

「俺がアレはオバケじゃないかって思ってるのは、それが一番の理由なんだよ。まったく見覚えがねぇんだよね。昔のアルバム引っ張りだしたりして探したんだけど、見つからねぇ。まるで知らねぇ顔だ。頭の病気とかだったら、記憶の中の野郎が出てきたりするもんだろ？　違うんだ。まるで知らねぇ野郎が窓から覗いてる。オバケじゃないかね？」

興味深い現象だった。だがやはり自分は警察官だ、という気持ちが質問に抑制をかける。

「今はどうです？　今も見えますか？」

北村はチラリとステンドグラスを見やって苦笑した。

「いや、見えない。こっちの都合じゃ出てこねぇんだよな。でも一日に何度もヌッと現れやがるからドキッとして頭に来るんだ」

北村はいらだちを隠さなかった。

桐野も北村の視線を追ったが、オバケの顔は見えなかった。

「あら、ヤだ」

背後で女性の声がした。振りかえると玄関に五十代くらいの女性がいた。玄関を開けた音に気付かなかったのだ。

「あ、北村さんの奥様ですか。お邪魔しております」

桐野は一礼した。

「ヤだ、もう。お巡りさんなんか呼んで！」

女性は険しい表情で北村を叱りながらも、桐野に会釈してみせた。

「なんだよ、夜になるって言ってたじゃねぇか。バカヤロ」

罵《のの し》る感じではない。口の中で北村はもごもごとぼやく。夫婦の力関係が知れる。

「智恵《ちえ》ちゃんが具合悪くなっちゃって、途中で帰ったんだもん。仕方ないじゃない」

言いながら北村の妻は靴を脱いで上がってくる。

「なに？　オバケ？　ホントにお巡りさん呼ぶ馬鹿がどこにいるの？　恥ずかしい」

「うるせぇな」

北村は妻から逃げるように廊下を歩いていきながら、桐野に振り返った。

「お巡りさんさ、そういうワケだから、なんか警察で出来ることあったらなんとかしてやってよ。頼むよ」

言い置くと、廊下の奥にある部屋に入ってドアをバタンと閉めてしまった。

「すみませんね。今日、出かけるって言ったら、なんだかそわそわしてるからおかしいと思って。早く帰って来てみたら、コレなんですよ」

北村の妻は頭を下げた。「智恵ちゃんの具合」は方便だったようだ。

「いえ、これも職務ですから」

「よそで言うなって何度も言ってるんだけど納得しなくて。オバケだってなんだって勝手に敷地に入ってくるのは法律に反してる、とかなんとか。とにかくしゃべって誰かに認めてもらいたいみたい」

「ああ……」

「病院にも連れてったんだけど、ダメなの。全然治らないのよ」

「なにか既往症でもあるんですか？」

「脳梗塞やったの。一年前に」

「あ」

「軽かったから後遺症がなくて良かった、なんて言ってたの。でも退院してきてから、オバケが見えるって言い出して。医者は後遺症じゃないって言うでしょ。他の医者にも診せたんだけど、結局原因は分からないし。困っちゃってるのよ。一日中騒いで」

「そうですか……」

桐野のオカルティックな興味が急速に萎《しぼ》んでいく。北村の妻が廊下の奥に桐野を誘った。

「お茶でも淹れますから、居間の方にどうぞ」

「あ、いや、私はこれで失礼します。ご病気もあったようですし、事件性があるとも思えませんのでね」

桐野は北村に聞こえないように声をひそめた。だが後半は軽口めいてしまった。

それを聞いた北村の妻の顔色がさっと変わって険しい表情になった。

「だから病気じゃないって言ったじゃない」

「あ、いや……」

桐野は取り繕おうとしたが、言葉が出てこない。

「馬鹿にしてるんだろうけど、私もアレはオバケだと思ってるの」

「え？」

「外でそんなこと言って歩けば、頭がおかしくなったとかって言われるだろうし、あの人が可哀相《かわいそう》だから言うなって言ってるだけ」

「そうなんですか？　奥さんにも見えるんですか？」

「見えるわけないじゃない。違うわよ。あの人が脳梗塞起こして、玄関で倒れて、入院した次の日に、前のマンションのあそこの非常階段のところで男が首吊《つ》りしたの。ぶら下がってたの」

「はあ……」

「その男って精神の病気で入院してて、ようやく退院して家族に引き取られたらすぐに自殺しちゃったのよ」

「ええ」

「だからこの辺の人は知らない顔なの。見たのは私ぐらい」

「どうして奥さんは……」

「私が第一発見者なのよ」

「ああ」

　庭からマンションの非常階段が見えていたのを桐野は思い出した。

「だからウチの人は、死んだ男の顔を知らないの。でも、あの人が見るオバケの顔ってあの自殺した男にそっくりなのよ。頭のテッペンがハゲてるのに、長髪で落ち武者みたいで、馬面で、眉毛がなくて……」

「ご主人はそのことをご存じですか？」

「言ってないわよ。言えるわけないじゃない。もっと騒ぐわよ」

　興奮を抑えるためのように一つため息をつくと、北村の妻は続けた。

「体調悪くて休まなきゃいけないって日でもお店を休まないで、働きづめで三十年もやって来た人が、オバケ見るようになってから、全然店にも行かないのよ。オバケ、オバケって……」

「すみません」

　なぜか桐野は謝っていた。

「捕まえられるなら、あのオバケを捕まえてほしいわ。ウチはなんにも悪いことなんてしてないじゃない。恨まれたり、取りつかれたりすることなんて一つもしてないわ」

北村の妻は後半は涙ぐんでいた。

桐野はかける言葉もなく、ただ立ち尽くしているしかなかった。

3

「じゃ、あなたはオバケだと判断したわけだ」

小貫は座っている椅子の片側の足を浮かせて、ギコギコと揺すりながらのんびりした声を出した。

小貫と斉藤の前に立つ桐野は交番に全力で戻って来たせいで、頬が紅潮して息が荒いままだ。

「そうじゃありませんか？　落ち武者みたいな髪形をしてる人なんて、そうそう簡単に街中では見かけませんよ」

桐野は夢中になっていた。だが小貫も斉藤もまるで乗ってこない。

小貫は斉藤の淹れたお茶をすすった。

「隣に住んでたんだろ？　北村さんが入院するまでに、その自殺者の顔を見たことぐらいあるかもしれない。逆にそれだけ強烈な髪形なら記憶には残る」

「いや、その確率は低いです。精神科病院から退院したばかりで、それほど外出できたとも思えませんし、北村さんが隣人だったのはわずかな日数ですし」

「でも確率はゼロじゃない」

「ええ、まあ、そうですけど、限りなくゼロに近いです」

桐野は熱くなっていた。斉藤が湯飲み茶碗《ぢゃわん》を桐野の前に置いたが、まるで気付かない。

「でもさ、オバケが出ましたって日報に書くわけにはいかないだろう？」

桐野は悔しそうに唇を噛《か》んだ。確かにオバケは事件にはならない。

「真夜中に目が覚めたら、宙に浮かんでる幽霊を見たとするだろ？」

小貫の意表をついた問いかけに桐野は不思議に思いながらも相槌《あいづち》を打った。

「ええ」

「普通は夢だと思う。そうじゃなくても幻覚や錯覚を疑う。でも見た当事者は〝いや、あれは幽霊だ〟と主張する。その根拠って、その幽霊の顔が見ず知らずの人だったからだって言うんだな。北村のオッサンもそうだよな。オバケの顔に見覚えがないって言ってんだよな。たしかに夢とか幻覚なら、その人の記憶の中からひっぱり出してきてるわけだから、見覚えがあってもいいはずだ。それも一理ある」

「いや、それってなによりの客観的な事実じゃないですかね」

「じゃ、幽霊と断定する根拠ってなんだ?」

「自殺するからにはそれなりに強い気持ちとか恨みとかをその場に残してるだろうし。それがなんらかの形で人に伝わって……」

小貫が微笑した。嘲る印象ではない。むしろ少し楽しそうだった。

「あなたも学校で現場の写真を見せられたりしただろ?」

桐野は「うぐ」と詰まってしまった。

凄惨な殺人事件の現場写真を警察学校の講義の中で見せられた。バラバラ死体に、絞殺されて苦悶《くもん》の表情のまま息絶えている被害者の写真、集団で暴行された末に殺されて、原形をとどめていない被害者の姿……。

生徒の何人かは、トイレに駆け込んで戻していたし、桐野もしばらくは就眠時に、写真の光景が蘇《よみがえ》って眠れなくなったりしたものだ。

「あの悲惨な現場で必ず幽霊が出るかね? 様々な災害で苦しんで、心を残して死んだ人はたくさんいる。でもその魂がさまよい歩いてる姿が現場で見えて騒ぎになったりしないだろ?」

「でも、それは見えないだけで……」

「あの北村のオッサンには見えるんだとしたら、なぜ、そのハゲのオバケだけしか見えないんだろうね?」

「それは……」

またも言葉に窮して桐野は唸《うな》った。

小貫が薄く笑う。美形だけに薄笑いもさまになる。ピカレスクロマンの魅力的な悪者といった風情だ。

「では、ここで質問です」

小貫は人指し指をピンと立てると、小首をかしげた。大昔のクイズ番組などで出題者の女性アシスタントがするような決めポーズだ。

桐野は苦笑いを浮かべた。

小貫は博識だった。雑学と言うべきだったが、物知りなのは間違いない。それをなぞなぞ形式で披露しては交番内での無駄話の導火線になっている。

「なぜ見たことも会ったこともない顔の幽霊が見えてしまうのでしょう？」

「だって幽霊なんだから、会ったことがあるわけないじゃないですか」

「不正解。実は幽霊には会ってるっていうのが、分かってきたんですね〜」

「会ってる？」

「ああ、人間て、一日外を出歩くと、何人ぐらいの人とすれ違ったりすると思う？」

「いや、分かりません」

「あまり外を出歩かない人でも、買い物やなんかで軽く二、三十人は初対面の人に会うだろ？　一歩も外出しなくても、テレビ見てれば知らない人の顔がたくさん出てくる。それを脳は全部記憶してるんだそうだ」

「え？　そんなことないですよ。忘れてますって」

「いや、脳は覚えてる。ただ必要のない記憶は、脳内の倉庫みたいなところに放り込んでおく。脳の容量は膨大だから、毎日毎日、そこにストックしてある」

「そんな……」

　抗議しようと桐野が口を開いたが、小貫が制した。

「あなたが学校に通ったりしてた時、道端で毎日すれ違う人って気付くだろ？　最初は初対面ですぐに忘れる。だけど二日、三日と何度も会うようになると気付く。〝あ、あの人、昨日も会った〟ってな。そうすると、ストックしてあるところからその人の記憶が取り出される。そして、常時記憶をとどめている脳の領域に移動される。その結果、毎朝すれ違うと会釈したりするようになる。つまり初対面の時に完全に忘れてるわけじゃないんだよ。意識してないけど、脳内の倉庫に記憶されてる。それが〝知らない人の顔〟だよ」

「ウ……」

　桐野は反論できずにまたもうめいた。

「普段はそのストックが外に出てくることがない。でもなにかの拍子にそれが出てきてしまう。それは脳のしゃっくりのようなものだそうだ。チラリと幻覚が見えてしまう。それでオバケってことになる」

「しゃっくりってなんですか」

桐野は不機嫌な口調になってしまったが、小貫は勝利を確信しているようで、鷹揚《おうよう》にうなずく。

「うん。頭を打ったりした時の衝撃なんかを脳は覚えていて、それを再現してしまうことがあるんだそうな。つまりあのオッサンの場合は脳梗塞の時の衝撃だな」

桐野はもううめくこともできなかった。

「一日の記憶を整理するのって睡眠中なんだそうだ。常時記憶か、ストック行きかを判断して仕分ける。そのついでに夢を見るんだそうだ。だから夢の中にも〝知らない人〟が出てきたりする。だけど、その人はその日の朝に道ですれ違った人だったりするわけだ」

小貫は強敵だった。だが桐野はもう一度、小貫の言葉を反芻《はんすう》して、大きな穴を見つけた。〝誤魔化し〟と言ってもいい。

「小貫さん」

桐野の目に光が宿っているのを見て、小貫の顔に挑戦的な表情が浮かぶ。

「どうした?」

「小貫さんの今の話は確かに説得力があります。でも、それはあくまでも一般論です」

桐野の言葉に小貫の顔色が変わった。どこかが痛みでもするかのように。その表情を見ながら桐野は続けた。やりこめることができるかもしれない。

「その一般論は北村さんには当てはまりません。北村さんが見てる幻覚の人物は、北村さんの家の前のマンションで自殺した男にそっくりなんです。しかも北村さんはその男のことを知らないし、いや、すれ違ったりしていたとしても、彼が自殺したことを完全に知らないんです。北村さんがその男のことを偶然に幻覚で何度も見る確率ってあり得ないほどに低くて、そこに超常的な力を感じますけど」

小貫の眉間に皺が寄った。桐野は小貫の困惑した顔を初めて目にした。攻め込まれていたが、懐にもぐり込んで〝抜き胴〟だ。剣道の技が決まった瞬間の爽快感を桐野は思い浮かべていた。

桐野は黙って、小貫を見つめていた。小貫は長い沈黙の末に口を開いた。

「北村のオッサンは奥さんには聞いてないけど、近所の噂話《うわさ》でマンションでの自殺の話を聞いてないか？　噂話で自殺者の人相風体を聞いたりしてるんじゃないか？」

苦しい言い訳だ。桐野は勝利を確信して、わざとくだけた調子で反論してみた。

「え～、そんなこと言い出したら、なんでもアリになっちゃいますよ！」

するとと小貫がチラリと桐野を見て笑った。嫌な予感で桐野の表情が曇る。

「あなた、北村のオッサンって長い間町内会の役員をしてるって知ってた？」

汚い手だ。桐野が持ち得ない切り札を小貫は隠し持っていたのだ。桐野が出かけている間に小貫は、北村家の詳細な情報が書き込まれている巡回連絡カードをチェックしていたのだろう。

意表を突かれて桐野は呆然とするばかりだ。

「つまり、あの人は、一般の人より近隣と関わっていることが多い人だ。噂話を耳にする機会も多いだろう。精神科病院を退院したばかりの男の自殺は格好の噂話のネタになる。まして北村が入院している時に起きた事件だ。それに……」

小貫の目が桐野に据えられて光った。

「マンションとはいえ、隣家なんだ。問題を抱えてる男の家族から町の役員として内々に相談を受けているかもしれない。役員をしてない北村の奥さんはそのことを知らなかったのかもしれない」

「ウ……」

桐野は完全に言葉につまった。小貫が畳みかける。

「自殺の情報とその男の特異な容貌は結びつくだろ？　オバケの力を考えるより、そっちを考える方が合理的じゃないか？　少なくとも警察が取るべき立場は幽霊の側じゃない」

小貫が真顔で桐野を見つめた。そうしていると、真っ当な警官に見える。

「いや、それは……」

桐野は口を開いたものの、反論するべき言葉がなかった。するとそれを見越した斉藤がお茶をズズとすすった。

「こりゃ、引き分けだな」

桐野と小貫が斉藤を見ると、斉藤は茶碗に目を落としたまま笑った。

「凄《すご》い新人が現れたたね。小貫くんにここまで食い下がった子は初めてだな」

「チクショウ、次は完膚無きまでに叩きのめしてやる。覚えとけ」

桐野に向けられた小貫の顔は言葉と裏腹に楽しげだったが、桐野に笑みはない。

小貫があくまでも言葉遊びとしてしか北村のことを考えていないような態度が不誠実だと思ったのだ。小貫は言葉通りに〝なぞなぞ〟程度にしか考えていないのだ。

言いくるめられたことが悔しかったわけじゃない、と桐野は心の中でつぶやいた。

今に見ていろ。こんなところで埋もれてしまうわけにはいかないのだ。

間もなく午後十一時という時間に家のインターフォンが押されて、居間でテレビを眺めていた北村は応答するために受話器を上げた。モニターの向こうに映ったのは夕方に訪れた交番の巡査の顔だった。

焼鳥屋を始めて三十年以上、毎晩深夜二時まで焼き台の前に立ち続けたのだから、まだこの時間は宵の口だ。

妻は巡査を家に呼んだことに腹を立てているのか、ひどく不機嫌でふさぎ込んだ様子だった。滅多にしない喧嘩《けんか》に発展しそうだったが、珍しく早々にふとんにもぐり込んで寝入ってしまったようだ。

深夜に巡査が訪問するなど尋常ではない。何事か、と北村は不審に思いながらも、玄関に出る前にちらりとステンドグラスに目をやった。オバケの姿が見えない。気になって日に何度もステンドグラスを覗くのだが、これほど長い間見えないのは初めてだった。

もう一度じっくりと眺めたが、やはりオバケの顔が見えない。

小貫は玄関前で北村を待ちながら、心の中に生じた〝疑念〟を完全に消さないと収まらない自分の性分を呪った。制服を着替えて私服での深夜の訪問だから、無視されても仕方がない。

だが北村は玄関を開けてくれた。

「夜分に申し訳ありません。今夜のうちに確認させていただきたいことがありまして

「……」

　すると北村は妙に晴れやかな顔で笑った。

「なんだい？　オバケに関する法律でも作ってくれたかい？」

「ハハハ。いや、北村さん、お宅の前にあるマンションの住人の方で面識のある方はいますか？」

「マンションか。自治会の会長は知ってるけどな。他はまるで知らないな。ああいうところの人たちは町内会なんかに興味ないから……」

　小貫は北村の言葉を遮って質問を重ねた。

「その自治会長の方は町内会に出席されたりしますか？」

「いや、昔は出てたけど、今は分からない。二年前にあそこの自治会長が替わったんだけど、その人が商売敵でね。お互い気まずいから、俺は町内会は勘弁してもらってる」

　桐野をやり込めたはずだった小貫の仮説は崩されてしまった。北村は自殺した男の人相を知り得ない状況にあったのだ。

　とはいえオカルトに気持ちが傾くようなことはない。世の中は謎と不可思議に満ちあふれているものだ。それはよく知っている。

「今日来てくれた細い兄ちゃん……」

　黙考の中に沈んでいたようで、北村に声をかけられたのに聞き逃してしまった。

「はい？　なんですか？　すみません」

「いや、だから、今日家に細い兄ちゃんが来てくれたでしょう？　あれからね。見えないのよ」

「見えない？」

「ああ、オバケ。兄ちゃんが帰ってから〝見えないな〟って思ったんだよ。それから何度見ても、見えないの」

「はあ、見えませんか……」

「ああ、あの兄ちゃんが家に来てからなんだよなあ。なんつったっけ？　映画であったじゃない。神父が悪魔と戦う……。あんた若いから知らないか……。アメリカの……」

「『エクソシスト』ですか？」

「そうそう、それ！　悪魔祓《ばら》いのヤツ」

「悪魔じゃなくてオバケなんですよね？」

「おんなじだよ。あの子、神社の息子とかオヤジが坊主だったりして？」

「いや、普通のサラリーマンの息子ですね。しかも彼はオカルトが大好きみたいなんで、ちょっと違うか。いや、『エクソシスト』もオカルトか……」

「まあ、見えなくなっただけでも凄いことだよ。ありがとうって言っておいてよ」

「そうですか……」

深夜の訪問をもう一度詫びて小貫は玄関を出て冷えた夜気を吸い込んだ。人気《ひとけ》のない夜道を歩きだしたが、すぐに足が止まった。

〝見えなくなっただけでも凄い〟という北村の言葉に引っかかったのだ。まだあの家にオバケは〝いる〟のだろうか。北村はその気配を感じているのか。すぐに確認したくなったが、もう一度インターフォンを押すのはさすがの小貫でもためらわれた。

虫の鳴き声が秋の夜に響く。

この話を桐野に告げる気は小貫にはなかった。北村のためにできることはなにもない。

小貫は夜道を歩きだした。

4

十月も半ばになっていたが、その晩はやけに蒸し暑かった。ぬるい空気がまとわりついて不快だ。桐野は小さなタオルで首筋の汗を拭った。

桐野は警邏中だった。深夜近くであり、人通りはほとんどない。辻堂海岸からは二キロ以上離れているのだが、時折、風向きのせいなのか潮の匂いがすることがある。だが今夜は匂わない。

桐野が警邏しているのは完台《かんだい》と言われる地区だ。

大きな公園もあって、夏場はそこで花火をしたり、羽目を外して騒ぐ学生などもいると桐野は聞いていたが、夏が終われば静かなものだ。

時折歩く人影は疲れた顔をした会社員か、ダイエットのために夜の散歩をする中年女性たちだけだ。

桐野はマンションや団地の駐輪場や駐車場をこまめに覗く。

この平和な地域での犯罪は自転車窃盗がダントツで多かった。

ベテラン警官でも警邏は二人以上で行うように命じられている。新人未満の桐野が一人で警邏するなどあり得ないことだ。

事件に遭遇した時の危険を回避して、連絡を迅速に行うためには、二人以上の警邏が効率的だ。そしてなにより事件の捏造《ねつぞう》を疑われないためでもあった。

警察学校で桐野は教官たちに「交番勤務の基本は警邏と職務質問にある」と何度も繰り返し言われていた。これが警官としての職務であり、昇進への唯一の道だ、と。

桐野が鳩裏交番に赴任してから二週間が経過していた。

桐野は信じがたいごんぞう警官たちの言動を見聞きしてきた。

まず警邏に出ない。勤務時間の八時間、まったく交番の外に出ないこともざらだ。なにをしているかと言えば、おしゃべりをしてお茶を飲んでいるのだ。

戸村副署長の言う通りだった。

夜勤の時が一番ひどかった。警邏に出ないのは当然で、そればかりか交番の二階にある仮眠室で寝込んでしまうのだ。目覚まし時計は夜勤終了直前の六時にセットされている。

先週、第一回の報告会が開かれた。この日、戸村は非番で署内で会うことができない、と隣駅の茅ケ崎《ちがさき》の南口駅前にあるビルの三階に入った寿司《すし》屋を指定された。モダンでしゃれた店内の奥に個室があった。

四人掛けのテーブルと椅子が四脚。狭い個室で桐野は戸村と差し向かいの形になった。

「私が警邏に出ることを求めても、彼らは言い訳をして決して警邏に出ようとしませんでした。駐車違反の取り締まりの要請も一度無視しました。代わりに駅前交番の都築《つづき》さんに出動していただきました」

携帯を手にして報告する桐野を見ながら、戸村はテーブルに片肘をつきつつ寿司を口に運んでいる。服装はラフだった。ジーンズに赤いセーター。ぴったりとしたセーターで胸の大きさが目立つ。Vネックのセーターは胸元まで大きくカットされている。スリムなジーンズも身体の線をくっきり浮かび上がらせて、桐野は眩惑《げんわく》されていた。

「逆にね」と戸村が報告を止めて尋ねた。

「なにかやっていることってあるの？　交番業務として」

まだ昼過ぎだったが、非番である戸村は日本酒を飲んでいた。そのピッチが早く、白い肌がほんのりピンクに染まっている。

胸元に視線が行ってしまいそうになるのを抑制しながら、桐野は答える。

「巡回をしています」

「え？　巡回？　毎日？」

「いいえ、勤務が日中の時間帯の時だけです。しかし、他の班もやっているようなので、鳩裏交番としてはほぼ毎日だと思います」

「巡回なんてカードを記入してもらったら、それで終わりじゃない」

「ローテーションをして各戸を回ってるようです。カード記入済みのお宅にも再度うかがって記入内容の確認をしています」

巡回とは、交番の管轄内にある住宅や会社を訪問して、その家の状況などを巡回連絡カードに記入してもらうという仕事だ。

交番業務では重要な仕事として警察学校でも教えられるのだが、実際には他の業務が忙しくて緊急性のない巡回は、後回しにされることが多かった。いくら巡回を増やしても〝点数〟にも〝成績〟にもカウントされない。警官に課せられるノルマの達成にまったく寄与しないのだ。

再訪問も一般の持ち家は二年に一回、アパートや貸家などは半年に一回という決まりはあったが、まったく守られていない。十年間放置などざらだ。

「なんなの？」

戸村は頬杖《ほおづえ》をついている。そうするとセーターの胸元が少し浮く。視線が吸いよせられるのを桐野は必死で堪《こら》えた。

「暇つぶしと私は判断しました。何度も訪問しているらしく、顔見知りとなった家で、供応を受けています」

「供応？　お酒を飲んだりしてるの？」

「いえ、酒はまだ見ていませんが、お茶やジュースは当然のこととして、お菓子や時に食事などを供せられても断ることなく、平然と飲食しています」

「飲食かあ。法的にどうなの？」

「難しいところです。公務員の倫理規程ですと、職務としての会議などで供される飲食は二、三千円までとなっています。見たところ、それを超える金額の食事はありません」

「しかし、一日に一軒だけではないのです。次々とお宅を〝ハシゴ〟しています」

「そうかあ」

戸村は噴き出した。

「食費を浮かせようとしてるんじゃないの？」

「それも考えられます」

戸村は手酌でぐい飲みに注《つ》ぐと、桐野の前に差し出した。

「飲まないよね？」

「このあと、勤務がありますので」

「飲んでも平気なんじゃないの、あの交番だったら」

「いえ」

少し酔ったようで、戸村は柔らかな笑みを浮かべて桐野を楽しげに見つめている。

その視線にまた興奮を覚えてしまい、慌ててうつむいた。顔が火照《ほて》るのが分かった。

「幽霊どもの手抜きリストは印刷しなくていいです。書類仕事をもうこれ以上増やしたくないの。最後にまとめて提出して」

「はい」

二人は一時間ほどで席を立った。部屋を出るとカウンターの中の店主に「戸村さん」と呼ばれていた。彼女は常連のようだ。

「先に出てて、ちょっとマスターと話があるから」

戸村に言われて、桐野は店を出て待っていた。

五分ほど待つと戸村が出てきた。階段を下りてくる戸村は薄手のコートを羽織っていたが、肉感的な容姿ははっきりと分かった。

「ごちそうさまです」

桐野が頭を下げると、中年男性のように「オッ」と右手をあげて応える。

「お疲れさま」と戸村は駅とは反対に向けて歩きだした。

家は茅ケ崎駅から歩いて十分ほどの場所にあると、戸村に聞かされていた。

「失礼します」と去りゆく戸村の背中に礼をする。

また戸村は手を上げて応じた。駅の北口側に家があると言っていたが、こちらは南口だった。さらに商店街に向かって歩いていく。まだどこかで飲むのだろうか。

勤務などサボってお供したい、と切実に願っていた。さらに飲んだらどんな酔態を見られるのだろう。

するると戸村が立ち止まって戻ってきた。少し上気した頬が桃色に染まっている。触れたかった。桐野は壊れそうになるのを押しとどめた。

「警察は恐ろしいところでね。あなたが学校の図書館で借り出した本のリストもしっかり保管されてるの。プロファイリングと犯罪心理学の本を山ほど読んでるわよね？」

これには桐野の興奮も鎮まった。警察学校以外の市立図書館などの貸出記録も調べられているのだろうか。

「プロファイリングって馬鹿らしくて、私は全然信用してないんだけど」

警察の捜査ではいわゆるプロファイラーは加担しない。鑑識の集めたデータを元に捜査員たちが犯人像をある程度推定していく。プロファイリングと手法はほぼ同じだが、統計学だけではなく捜査員たちの経験に基づく勘が重要視されている。

「湘南ホームレス連続襲撃事件ね。あれの犯人像ってどう?」

二件のホームレス襲撃事件が湘南地区で起きていた。鳩裏交番が所属する藤沢南警察署の管内ではまだ起きていないが、九月には平塚《ひらつか》、ほぼ一カ月後の四日前に隣の茅ヶ崎で発生している。いずれも土曜日の犯行なのだ。

海岸沿いにある砂防林をねぐらにしているホームレスが寝込んでいるところにアウトドア用のホワイトガソリンを振りかけて放火し、その後、鈍器でめった打ちにしている。

平塚の件では六十二歳のホームレス男性が脳挫傷で死亡していた。もう一人の茅ヶ崎の男性は一命を取り留めたが、まだ昏睡《こんすい》状態が続いている。

目撃情報はないが、現場に残されたスニーカーの足跡から、いずれも四人の犯行だということだけは分かっていた。靴のサイズは二十五センチと二十七センチ。朝礼で地域課の課長から「深夜の職務質問は中高生に留意するように」とお達しがあった。過去のホームレス襲撃事件は未成年の少年による犯行が多かった。

「過去の事例を考えますと、中高生の男子という犯人像は妥当かと思いますが、一つだけ気になることがあります」

「そうなんだ。なに？」

「目撃情報がまったく上がってこないことです。あの辺りを深夜に四人の中高生がまとまって歩いていれば目立つはずです」

「目立つかな？　土曜日の深夜ならいくらでも海岸沿いに中高生がいるよ」

「いえ、彼らがたむろしているのは一三四号線沿いの店が並ぶ明るい場所です。平塚の砂防林の周辺は人気がないんです。だからホームレスも居ついているのです。あそこを歩いていたら目立ちます」

戸村がじっと桐野を凝視した。瞳が濡《ぬ》れているように桐野には思えた。

「ふ～ん、調べてるんだ。驚いた。あなたの犯人像は？」

「分かりません。ただ車などで移動できる年齢ではないか、と疑っています」

「そう。参考にさせてもらいます。ありがとう」

戸村の視線がやはり濡れているように桐野には見えた。

「もう一軒、行かない？」

揺らいだ。恐らくはその動揺を戸村も見抜いただろう。だが辛うじて理性を保った。

「ありがとうございます。しかし、勤務がありますので」

「そうよね」

艶然とした笑みを残して戸村は人込みに消えて行った。

勤務前後に訪れる警察署でも桐野は必ず戸村の姿を求めてしまっていた。

一度だけ廊下ですれ違ったことがあった。小貫たち鳩裏交番のメンバーと一緒だったために、敬礼をしただけだった。なんと小貫も斉藤も立ち止まらずに上官である戸村に会釈だけして通りすぎた。

戸村は立ち止まって答礼すると、桐野にしか気づけないほどの笑みを唇に浮かべた。

そのときの高揚を思い出しながら、またも陶酔している自分に気づいて、頭を振った。

自分の〝仕事〟がごんぞうたちの不正を報告することだ、と分かっていた。だがそれはあくまでも〝隠密行動〟なのだ。ごんぞうたちと常に行動を共にしていれば、桐野もごんぞうの仲間入りをしたとレッテルを貼られてしまう。それだけは避けなくてはならない。

桐野は渋る小貫に執拗《しつよう》に警邏に出たいと主張した。その結果、うるさがられて一人で警邏に放り出されたのだ。

一人で警邏に出てから四日目になるが、桐野はこれまで一人も検挙していない。同じ警察署の別交番に配置された同期が自転車盗を検挙した、と伝えられて、桐野は焦っていた。

桐野は戸村の魅惑的な姿を頭から追い出すと、夜の土打《つちうち》公園を横切って、その前にある広大な団地に歩を向けた。

桐野の視界の端でキラリと光るものがあった。

目を向けると数台の自転車がこちらに向かって来る。中学生から高校生くらいの男子だ。いずれもブレザーのような制服を着ている。

公園の植栽で、桐野の姿は見えていないようだ。桐野は緊張で身を硬くして、腰に提げている伸縮式の警棒が収められた帯革にそっと手をやった。

今日は土曜日だ。ホームレス連続襲撃事件はどちらも土曜日の犯行だった。署から申し渡されている犯人像は中高生だ。そして四人。はっきりと確認できなかったが、自転車の中高生の男子たちは四、五人だった。

桐野はもう一度、警棒に手をやった。ホームレス連続襲撃事件の犯人たちが使った鈍器は特殊警棒だとほぼ断定されている。一般に販売されており、その携帯性、強度、破壊力は〝本物〟の警棒に遜色《そんしょく》ない。

桐野は帯革を探って分厚い革ケースに手を移した。そこには拳銃が収まっている。まだ数回しか射撃訓練をしたことはないが。

息を一つつくと桐野は、木の陰から踏み出した。

「こんばんは。ちょっといいかな？」

桐野は明るい声で呼びかけた。

自転車のライトが桐野の目を射る。高い音を立てて自転車が一斉に停《と》まった。自転車にまたがったままのブレザーの集団は、返事もせずに桐野を見つめている。

桐野は声が震えるのを抑えられなかった。

「あ、こんな夜遅くにどうしたの？」

ブレザーの集団は返事をしない。顔つき、体つきから判断すると中学生らしかった。ブルーのブレザーにマフラーを巻いている。制服は大葉《おおば》中学のもののようだ。管轄外の学校だ。

四人……。桐野は血の気が引くのを意識した。黙ったまま先頭の少年に目を向ける。口を開くとこちらの動揺が伝わってしまいそうだった。

「塾の帰りですけど」

先頭の少年はいかにもマジメそうだが、その声音は不満げだ。

「ああ、そうかあ。遅くまでご苦労さま。それで、申し訳ないんだけど、ちょっと事件があってね。カバンの中を見させてもらいたいんだけど、いいかな？」

「それは任意ですか？　強制ですか？」

先頭の少年が挑戦的な視線を桐野に向けている。

「なにか問題でもあるの？　カバンの中を見られたくないの？」

平静を装って桐野は問いかけたが、声が震えてしまった。

「そういう問題じゃないんです。見せたくないと思えば拒否できるはずです。任意なら」

桐野は少年の言葉で腹が据わった。

「なんで見せたくないわけ？」

「そんなの関係ない……」

「関係なくないよ。君が見せたくないって思ってる理由が私にはとても重要だからね。警官に見せたくないものを持ってるってことになるだろ？」

「違いますよ」

「じゃ、見せてくれよ」

少年はトーンダウンした。

もうそれ以上は言わずに桐野は少年たちを見つめた。彼の背後にいる三人は落ち着かなげにおどおどしている。その様子を目にして逆に桐野は落ち着きを取り戻した。

先頭の少年はリーダーらしく簡単には引き下がらなかった。挑むような目で桐野を見つめて押し黙ったままだ。頃合いを見計らって桐野は笑みを作った。

「頼むよ」

警官が折れたことで面目が保てたのだろう。少年は少しほっとしたような表情を浮かべると、肩に提げていたバッグを無言で差し出した。

「ありがとう。じゃ、見させてもらうよ。他のみんなもカバンの準備しておいて」

桐野はバッグのジッパーを開けた。


桐野が鳩裏交番に戻ったのは午後十時半きっかりだった。

本来なら遅刻だ。午後十時十分には、交替の二班がやってきて二十分の引き継ぎをするはずなのだ。だが鳩裏交番には引き継ぎは実質的には存在しない。

桐野が交番の戸から覗くと、詰め所の中に制服の警官が五人でテーブルを囲んでいた。

五人の警官たちの表情はどことなく似ていた。微笑……ではなく弛緩《しかん》しているのだ。せんべいをかじりつつ、お茶を飲んでいる。どう見ても勤務中の警官には見えない。

桐野は小さくため息をついてから戸を開けた。それまでの緊張が一気に抜けていく。だが決して心地よいものではない。脱力感という表現が一番近い。

するとと中から高笑いが聞こえてきた。

「ミッキーのニセモノのヌイグルミに名札が付いてて、三木《みき》さんて書いてあって……」

小貫はいつも交番内で話題の中心にいる。話題が豊富で楽しいのは確かだ。

桐野が確認したところ小貫の年齢は三十七歳だった。中年に差しかかる年齢にもかかわらず肥満の傾向もなく、身体は引き締まっている。

交番の中に入りながら桐野は「戻りました」と嫌悪感が表情に出ないように注意しながら、挙手の敬礼をした。全員が「オオ」と挨拶にはならない声を返す。答礼はない。

斉藤が腰をかばいながらゆっくりと椅子から立ち上がった。

斉藤が〝警邏〟に出るのは暑すぎず、寒すぎない日中に限られている。しかも警邏先は管轄内の公園と決まっていた。

ベンチに座って近隣住民とのコミュニケーションを図るのだ。その際に斉藤が必ず持参するのが、携帯式のポットと紙コップ、お茶のセットだ。彼の警邏は公園でお茶を振る舞うことだった。

交番の詰め所の奥に給湯室がある。斉藤はそこで入念に準備してお茶を淹れる。

「中学生の四人グループに職質をかけ、カバンの中身の視認、および、着服の上から

はなく……」

の視認と触認しましたが、特に問題なく、自転車の防犯登録も照会しましたが事件性

桐野がボソボソと警邏の報告を小貫に告げる。

本来なら、あの少年たちに職務質問をすると決めた時点で無線で報告しなければならなかったのだが、小貫に緊急時以外は無線を使うな、と命じられていた。

署外活動系と言われる送受信が可能な無線を使うと、その会話の内容は同じ警察署に所属する警官たちに伝わる。それはもちろん情報の共有が目的なのだが、鳩裏交番の巡査たちにとって情報の共有は必要なかった。むしろ無線を使うことで、鳩裏交番のサボタージュを可視化してしまう可能性があった。だから基本は無線禁止だ。

小貫は桐野の報告を皆まで聞かずに遮った。

「最近の身体測定って胸囲の基準てなくなったの？」

「え？　胸囲ですか？」

「うん。昔は、受験資格ってさ。男子は身長が百六十センチ以上で体重が四十八キロ以上。胸囲が七十八センチ以上ってのがあったんだよね」

桐野の顔が曇った。細すぎる体型はコンプレックスになっている。

警官の制服の選定時も、サイズの合う制服のなかった同期の数人とともに別室に呼ばれた。下着姿になって採寸するためだったが、痩身のために服が合わないのは桐野

だけだった。五人の肥満体型の同期の中に一人で入ると、フライドチキンとその骨だ。まるでなにかの呪いにでもかけられたような自分の貧弱な肉体が忌まわしかった。

「胸囲は八十センチです」

桐野は感情を押し殺したつもりだったが、意に反して苦しげな声になった。それに気付いてなのか、小貫が桐野の目を見据えて笑いかける。

「では、ここで質問です」

小貫が右手の人指し指を綺麗《きれい》にピンと立てた。やっぱり、と桐野は心の中でうんざりしていた。これまで小貫の質問にまともに答えられたことがないのだ。

「女性警官の胸囲は何センチ以上って規定だったでしょう?」

小貫の目は桐野に向けられたままだ。たしか女子の身長の下限は百五十四センチだった。つまり男子の基準を四パーセント減か……。桐野は素早く計算した。

「七十五センチ以上でしょうか?」

小貫がにやりと笑って、他の警官の顔をぐるりと見渡した。

「あんたたちはどうですか? 分かりますか?」

「女の胸囲って純粋に胸囲じゃねぇだろ」

そう答えたのは二班の班長の木本だ。彼は下ネタが得意……ではなく大好きだ。先週、木本は突然に桐野の所属する一班を〝動物園〟と言い出した。

「小貫はタヌキで桐野はキリンだろう」とその理由を説明した。

「斉藤さんは違うだろ……」と突っ込みかけた小貫はすぐに気付いた。

「あ、サイか」

こうやって鳩裏交番の一日は過ぎていく。

「だって女の胸囲にはおっぱ……」

木本の言葉を、小貫が手を上げて遮った。

「ハイ。時間切れです。女子には胸囲の制限はありませんでした」

警官たちが「そりゃそうだろ」などと盛り上がるのを、桐野は冷たい目で見つめていた。

そのとき、斉藤が盆に急須と茶碗を載せて戻った。

斉藤はなにかの儀式のように急須を高く掲げると、湯飲み茶碗の上に下ろして傾けた。急須から淡い緑のお茶が注がれていく。

あまりの玄妙な手つきに思わず桐野は見入ってしまう。急須からポタポタと雫《しずく》が落ちる。斉藤は微動だにせず、急須を傾けたままだ。まるで時が止まってしまったかのようだった。

急須からの雫が落ち切ったかにみえるとやおら斉藤は動いた。大きく急須を動かして茶碗の上でピタッと止めた。すると最後の一滴が茶碗に落ちた。

斉藤は茶碗をしずしずと押しやって桐野を見上げると微笑んだ。

「すみません。いただきます」

桐野は茶碗を手にして口に運んだ。少々ぬるいが、直後に舌に広がる甘みとその後の清涼感に桐野は顔を緩めた。

「この前、山でな……」

普段寡黙な二班の高木が口を開いた。初めて桐野が会った時に、警官らしい容貌だと思ったがっしりとした体格と日焼けは趣味の登山と沢上りで培われたものだった。

「まだ一人で山登りしてんの？」

呆《あき》れた声で木本が応じる。

「うるせぇな」

高木は不機嫌に黙りこんでしまう。

「悪かったよ。なんだよ教えろよ」

木本がせっつくが、高木は顔を背けた。

まるで子供の喧嘩だった。

そもそも、警察官で山登りを趣味にしている者はほとんどいない。休日とて居場所を明確にして緊急の呼集に応じなければならず、署の管轄の外、まして県外への旅行も届け出と許可が必要で、簡単には許可が下りない。

携帯電話の電波も届かず、連絡がとれなくなる登山など趣味にできるわけがなかったが、高木は気にも留めないのだ。

小貫が取りなしてしまう。

「この間の高木の話、面白かったよ。山で猪《いのしし》が死んでて……」

話を振られて高木が迷惑そうに答える。

「下山するときには、その死骸が消えてた。誰ともすれ違ったりしてないのに」

無駄話がまた続いてしまう、と危惧していた桐野だったが、その話題に興味を惹かれた。

「そりゃあ怪奇現象だってことだったよな」と木本が決めつける。

「いや」と小貫が即座に否定する。

「この前も言ったろ？　普通に考えて、山を管理している自治体かなんかに猪が死んでるって苦情が入ったんだよ。職員たちが登って処分したんだ。猪かついで職員たちが、そのまま下山したら、高木とすれ違うとか関係ないから」

「それ自治体に確認したの？」

木本に問いかけられて、高木はかぶりをふった。

「そんなことするかよ。小貫のいう通りに決まってるだろ」

それで交番のメンバーは納得したようだった。

桐野は我慢できずに「いや」と口を開いた。

「もしかしたら猪は死んでなかったってことは考えられないでしょうか？　気絶していただけで、意識を取り戻して逃げた、とか」

「いや、死んでた。腹がなにかに食い破られてたんだ。あれで逃げてたら、はらわただけその場に置き忘れてる」と高木が言って珍しく微笑した。

小貫が「置き忘れ」と手を叩いて喜んでいる。

するとそ木本が笑いを取ろうと乗った。

「あるいは、その腹を食い破ったやつが、骨まで全部食っちゃったとかな」

しかし、笑いは起こらなかった。二班の墨田が「バ〜カ」と嘲笑しただけだ。

「山って怪奇現象が多いって言われてるんですよ。高木さん、他に経験ありませんか？」

桐野は夢中になっていて、小貫たちが不思議そうに見つめているのに気づかずに高木に尋ねていた。

高木は一つうなずいた。

「さっき言いかけたのが、そうだ。予想外の降雪があって、吹雪《ふぶ》いて危険なんで、山でテントを張って寝てたんだ。そしたらテントの外を歩く音がして目が覚めた。吹雪は収まってて静かなんだ。はっきりと雪を踏みしめて歩く人間の足音が聞こえる」

「なんで人間って分かるんですか？」

「二本足で歩くのは人間しかいない。その足音は聞けば分かる」

「確かに。雪だとしたら、足跡が残ってるはずですよね」

「ああ、恐くてな。声をかけることもできなくて、寝袋の中で固まってた。そしたらいきなり足音が止まったんだ。テントの目の前だ。そのまま、身動きも出来なかった」

「どうしたんです？」

怪奇譚《かいきたん》に興奮している桐野は、高木に先を促す。

「日が昇ったんだ。それでテントの前に誰もいないことが分かった。影が映らない。外に出てみたが、足跡がないんだ。昨日、俺がつけた足跡がかすかに分かる程度しかない」

桐野は大きく何度もうなずいた。興奮している。

「う～ん、これは筋がいい話ですね。なんか山の超常現象ってあざとくなくて端整なんですよ。霊山なんて言うじゃないですか。山には清浄な気みたいなものがあるって……」

「お前、どうした？」

小貫に問われてようやく桐野は自分が一人でしゃべり続けていることに気づいた。

恥ずかしさでうつむく。

眉をひそめて小貫が桐野を見つめる。

「人が歩き回る音が聞こえた。テントの前で止まった。翌朝、外に出てみたら人の足跡もない。それは普通、幻聴って言うんだよ。あるいは夢だ。なにが筋がいいんだよ？　あなた、頭からオバケ信じちゃってるワケ？」

桐野は首を振って少し早口になって否定した。

「いや、私は不可知論者です。頭からオバケなんてものを信じてるわけじゃありません。信じるものでもありませんし。科学で解明できない謎があって、それは存在してるんじゃないかって立場です」

今度は小貫が首を振った。

「いやいや、あなた、いきなり超常現象って決めつけたじゃない。不可知論者ってもっと慎重なもんじゃないの？」

桐野は「ウ」と詰まった。

それを見て小貫の頬が緩んだ。

「あなた本気でオカルト好きなんだね」

図星をさされて、桐野は黙りこんだが、その視線を高木に移した。

「高木さん、幻聴ですか？」

すると高木はつまらなそうに「それは俺には分からん」とつぶやいた。

小貫が声を立てて笑った。

「高木みたいなのが不可知論者じゃないの？」

桐野はなにも言うことが出来なかった。

「お前、それでも山登り続けてんだ。一人で山行ってなにが楽しいんだよ」

木本がからかうと、高木はぶっきらぼうに返した。

「お前だって一人でラーメンの食べ歩きしてんだろ」

「うっせぇよ」

またいつもの掛け合いが始まった。

二人の言い合いを楽しそうに見ている小貫の横顔を桐野は見つめていた。悔しかった。

しっかりと仕返しをしてやる、と固く決意した。

その時、桐野は孫までいる斉藤以外の鳩裏交番の全員が独身であることに気づいた。小貫と同年配の三十代後半から四十代前半だ。働き盛りと言えたがもちろん彼らは働かない。

鳩裏交番はすべてが規格外の異常さだった。

鳩裏交番は国道一号線沿いにあるので、夜も昼も車が絶えることはない。

この交番から本署である藤沢南署までは自転車で二十分ほどの距離がある。通常はオートバイで移動する距離だが、鳩裏交番の警官たちにあてがわれているのは自転車のみだ。

ごんぞうたちに対する署からのささやかな嫌がらせだ。

小貫も斉藤もゆっくり自転車をこぐ。まるで歩くようなスピードでゆらゆらと。先頭に斉藤、次に小貫、最後尾に桐野が続く。

午後十時半までの勤務を終えて、警察署に戻り、報告を済ませ、拳銃などの装備を解いてから帰路に着くのだ。

「あなた、今日、身上書見てたらさ」

小貫が顔を少しだけ後ろに向けた。

「はい」

桐野が鳩裏交番に赴任してから、もう二週間が経過している。その間、新人である桐野の身上書を一度もチェックしていなかった、というのだ。

「東北大学卒業なんだって？　それも法科だって書いてあったけど、冗談だろ？」

小貫の口調にからかっているような調子はない。

その横顔にはかすかに高学歴に対する賞賛の表情があるように桐野には思えた。

「ホントです」

口を開くと凪が口内炎に染みた。

「そうなんだ。キャリアは目指さなかったの？」

「いえ、落ちたんです」

桐野の声は隠しようもなく悔しげになった。

「あ……」

桐野の声があまりに切実で、小貫は言葉を失ったようだった。

「二種も受けたんですけど、これも落ちました」

訊《き》かれていなかったが桐野が自らそう言って無念そうに唸った。

少し前を行く斉藤が気の毒そうな声を出した。

「でも、署長の原口さんもたしか東北大学だったね」

「ウ……」

桐野はうめくような声で言葉を濁した。斉藤はそれ以上は口を開かなかった。

キャリア組はほとんどが警察庁の中でポストを得て、そこで出世していく。圧倒的に東京大学出身者が多い。だが何人かは国立の他大学卒業者も採用される。彼らに限ったことではないが、キャリア組の何人かは地方署の署長などの実務を経験することでキャリアを築いていく。

署長の原口は後者だった。だが現場で活躍する武闘派というイメージではない。白い肌に銀縁メガネ。その奥に光る細く切れ長の目には怜悧《れいり》な知性がきらめいていた。その超然とした態度と相まって二十七歳という若さを感じさせなかった。

署の地下にあるロッカー室は、男性署員たちの更衣の部屋だ。

最初に足を踏み入れた時に、桐野は公営プールの更衣室を思い出した。ズラリと並ぶスチール製のロッカー。そして木製のベンチ。汗のすえた匂いと湿布薬の匂いが混じり合って充満している。柔道や剣道で全国レベルの精鋭たちは打ち身や筋肉痛が絶えず、湿布薬を常用しているのだ。

床にはリノリウムの板が貼ってあり、照明は蛍光灯が薄ボンヤリと灯《とも》っているだけだ。

居心地のよい場所ではないが、ここで仕事終わりの雑談に花を咲かせる署員たちが多い。

ロッカー室にいるのは桐野と斉藤、そして小貫の三人だけだ。この時間に交替を迎えるのは特異な四交替制をしいている鳩裏交番の署員だけなのだ。

小貫は早々に私服に着替えて、長椅子に座って新聞に目を通している。

ロッカー室には新聞やマンガ誌、週刊誌などが置いてある。読み終えた者がわざと捨てておいてあるもので、これを持ち帰るのは自由という不文律がある。

小貫はいつも日刊紙を選んで、勤務終わりに読んでいた。

桐野はどんな記事を読んでいるのか、と横目で盗み見たりしたこともあったが、桐野なら読みとばしてしまうような社説や提言などの記事を小貫は熱心に読んでいることが多かった。しかも、時折声をたてて笑ったりする。

桐野はまたチラと新聞に目をやった。小貫が読んでいるのは国際面で、アフリカの経済問題と民族の軋轢《あつれき》に関する記事だった。桐野にはまるで興味がない記事だ。

斉藤が着替えを終えて人心地がついたようで、桐野に笑みを向けてきた。

「ここの署長は伝説作ってるんだそうだよ」

「伝説ですか」

木製のベンチに斉藤と並んで座っていた桐野がスニーカーに履き替えながら反復した。

斉藤の言葉の続きを待っていたのだが、斉藤が口を開く気配はなかった。チラリと顔を覗くと笑顔を向けてきた。居眠りしているのではなかった。

斉藤は居眠りの天才だった。

机に座って頬杖もつかずに熟睡している。しかも目を開いているのだ。全開ではなく半眼という程度だが。居眠りをしたままで住民対応をしたことが斉藤には何度もあると小貫から聞いていた。

毎日のように交番を訪れては近所の噂話や嫁の悪口をしゃべっていく女性がどこの交番にも一人はいるというが、その女性に向き合って二十分も眠っていたのだ。しかも相槌まで打っていたというが、これは小貫の作り話だろう、と桐野は思っていた。

斉藤は自分から口を開くことがほとんどない。また自分から話し出しても、周りの反応がないと話が途中でも引っ込めてしまう。

温和な性格とも言えたが、桐野には捉えどころのない世捨て人に見えた。

「署長の伝説って……？」

改めて桐野が問いかけると、斉藤はベンチから立ち上がって腰を拳で叩く。

「警大の時にね」

警大とは警察大学校のことだ。警察学校とは違い、全国に一つしかない。一般の大学とも違う。この大学は警察の幹部のための教育を与えるエリート養成機関だ。

「千葉の方の交番勤務になったらしいんだけど」

キャリアといえども最初は普通の署員と同じく交番勤務を経験する。わずかに三週間だ。

「一晩で四十人も違反を摘発して記録を作ったらしいね」

署長のその噂を桐野も学校で耳にしていた。警察で出世するためにはやはり検挙数をあげることが肝要なのだ。

その時、小貫が笑い声をあげた。

また新聞を読んで笑っているのか、と思ったが違った。顔をこちらに向けている。

「伝説か」

小貫の声はひどく皮肉めいていた。嘲笑と言っていいかもしれない。

その理由を尋ねるのをためらうほどの痛烈さだった。だが無視して流してしまってもいいものかどうか迷った。

もう一度小貫に視線を移した。

小貫は新聞に目を落としていた。その横顔には先ほどの辛辣《しんらつ》さの影もない。ただ彫刻のような美しさがあるばかりだった。

5

東海道線の辻堂駅は、かつて両隣をターミナル駅に挟まれたさびれた駅だった。だが工場が移転した跡地に巨大なショッピングモールがオープンしてから駅とその周辺の景色は一変した。

駅は大きく新しく生まれ変わり、人通りも何倍にもなった。それまでは地元民がジャージ姿で歩くことができた駅前も〝よそ行き〟の服装にしなければ恥ずかしいほどに、周辺から買い物客を集めていた。

駅にほど近い寿司屋の店主が鳩裏交番に顔を見せたのは、十一月も間近のある晩だった。

「ボーッとしてたんですかね。はっと気づいたら目の前に電柱があって自転車ごと激突で、このありさまっすよ」

寿司屋が手に抱えていたのは桶《おけ》だった。特上寿司が三人前だ。ラップがかけられているので、こぼれ出てしまうことはなかったが、桶の中で寿司がバラバラになっている。

「新しく握った方が早いんでね。そうだ、お巡りさんに差し入れしようって寄ったんです」

愛想のよい寿司屋はそう言って寿司を置いていってくれたのだ。小貫に命じられて桐野が給湯室で握り直した。料理は苦手でもなかったが、寿司を握るのは初めてでひどい形だった。とはいえ特上の名に恥じぬネタだった。

食べ始めて十分ほどすると、直近の交番であり辻堂駅南口の目の前にある駅前交番から無線での出動の要請があった。

駅前にある居酒屋の前で酔った学生同士が乱闘しているという。

駅前交番の当直はその日は二人だったが、乱闘している人数が十人以上もいて、対応できず無線で応援要請があったのだ。鳩裏交番が名指しされた。

「ハイ、鳩裏PB《ピービー》（ポリスボックス）、急行します」

応答したのは小貫だ。

寿司を食べる手を止めたのは桐野だけだった。立ち上がって桐野が身支度を始めると小貫が言った。

「ま、とにかく食べちゃいなよ。こんな幸運は滅多にあることじゃないしさ」

「しかし……」

「大丈夫。寿司を食べ終えてから行けば充分だよ。まだあなた二個ぐらいしか食べてないじゃない」

たしかに二個しか食べていない。しかもタマゴと穴子だけだ。好きなものは取っておいて最後に食べる習癖があった。

「でも……」

桐野が逡巡《しゆんじゆん》していると、小貫が形の良い唇をキュッとあげた。

「哲也、ちゃんと食べないと身体壊すわよ。それが心配なの、母さんは」

小貫が女性の声色《こわいろ》を使った。桐野は硬い顔のままだ。

「斉藤さんのお茶もしっかり飲んでさ」

小貫が畳みかける。

「いや、それは……」

なおも抵抗しようとすると、小貫がため息をついた。

「屋外での喧嘩でしょ？　大丈夫。とにかく食べなよ」

それがだめ押しになった。後ろめたさを感じながらも立ったまま桐野は寿司を口に運んだ。中トロがおいしかった。

〈鳩裏！　早く来いよ！　馬鹿野郎！〉

無線から大声が響いた。駅前交番の都築の声だった。

都築は桐野より四期上の先輩だが、高卒での採用なので年齢は桐野と同じく二十三歳だ。熱血漢で署内では有名人なのだ。

新任の頃に彼をからかったヤンキー少年を殴り飛ばして、訓告処分を受けている。

それ以降にもふてくされた態度で開き直った万引き犯の中年男を小突いた。この時は中年男が知人の市議に訴えたせいで、公安にまで話がいって、監察官に呼びつけられたこともあった。しかし、普段の熱心な態度や検挙数の多さも勘案されて訓告で済まされた。

自分ばかりでなく他人にも熱血であることを強要する。

しかも酒癖が悪く絡み酒の末に暴力的になることがあり同僚や後輩から疎まれてい

た。

一方で先輩や上司には従順な態度で接するために非常に可愛《かわい》がられるという典型的な体育会系の警官と言えた。

そんな都築だから、ごんぞうの集まりである鳩裏交番を目の敵にしている。署で出くわしたりすると露骨に挑戦的な視線を送ってくるのだった。

それは都築の先輩である小貫と斉藤に対しても同じだった。まるでチンピラのように足先から頭まで険しい顔でにらみつける。

小貫も斉藤も都築を無視する。都築の凝視にさらされても平然と署の廊下を歩いていく。

それがまた都築をいらつかせるらしく、さらに顔を歪めて視線を桐野に向けてくるのだ。

桐野が動揺を隠せずにおどおどと敬礼すると、強く肩をぶつけてきたりする。

そんな都築だが「馬鹿野郎」と暴言を吐いたのは初めてだ。無線は警察署のほとんどの警官が聞いている。それでも都築は公然と罵った。署の警官がほぼ全員鳩裏交番のメンバーを忌み嫌っていることを知っているからだ。

桐野は小貫の顔色をうかがったが、眉一つ動かさずに寿司を咀嚼《そしゃく》している。その横で一通り寿司を食べ終えた斉藤がズズと茶をすすった。

〈応答しろよ！〉

またも無線から都築の怒鳴り声がした。彼の声ばかりではなく、その背後で怒号が飛び交っている。そして盛大な擦過音が聞こえた。

小貫は動かない。斉藤も同様だ。桐野は最後の寿司を口に押し込んで茶で流し込んだ。

もう味わってなどいられない。

「あ、あの……」

桐野が呼びかけると、ようやく小貫が無線に向かって返事をした。

「鳩裏、急行中」

無線を切ると小貫はガリを口に放り込んでゆっくり味わってから、お茶をすする。

桐野は気が気ではなかった。

「これはマズイんじゃないでしょうか？　殴り合いをしているんです。死傷者が出たりする可能性もあります」

咀嚼しながら小貫が桐野を見やった。呑気《のんき》な顔だ。

「殴って人を殺せるようなやつは、喧嘩しないよ」

「いや、当たり所が悪かったりすれば怪我《けが》をするし、転倒して頭を打ったりすれば……」

「そりゃそうだけど、普通の人って長い時間殴り合いってできないの。そんな体力ない。無線が入った時点で出発しても到着する頃にはへたばってる。寿司を食ってから出ても変わらないよ」

「いえ、それは予断です。大怪我をしている人が出ているかもしれません。なにより現場に急行することが求められるんじゃないでしょうか？」

「もう都築が行ってるんでしょ？　その時点で終わってるって」

「いえ、無線から怒号が聞こえました。まだ収まっていない証拠です」

「うるさいねぇ」とぼやきながらも、小貫は制帽をかぶると、立ち上がって背筋を伸ばして、「じゃ、ボチボチ行きますか」と斉藤に声をかけた。

その姿を見ながら桐野はひそかにほくそえんでいた。先日の借りをわずかだが返すことができた、と思った。説得した末に小貫は行く気になったのだから。

だが、斉藤はまだゆっくりと茶を味わっている。

それから現場に到着するまでに十分以上がかかった。

到着した時には、乱闘は収まっていて、都築とその先輩の千倉《ちくら》という主任が、当事者に事情を聞いているところだった。

都築が桐野たちに射るような鋭い視線を送ってきたが、小貫と斉藤は知らん顔をして、怪我をしている者の対応に当たりだした。桐野もそれにならう。

結局、十人の乱闘参加者に事情を聞いて、喧嘩両成敗でその場は収まった。何人かは鼻血を出したりしていたが、大怪我をした者もなく、器物損壊もなかったのだ。

「馬鹿野郎」

都築が桐野に凄んだ。都築の角張った顔が怒りのために赤黒くなっている。都築は桐野よりもだいぶ小柄で桐野を見上げる形になったが、熱い胸板と広い肩幅の持ち主で、威圧感があった。

「すみません」

消え入るような声で桐野が謝ってうつむいた。

「片づいてからノコノコ出てきやがって」

都築は桐野の肩をドンと拳骨《げんこつ》で突いて、去って行った。衝撃に桐野は咳《せ》き込んだ。

顔を上げると、酔ってフラフラしている学生を介抱している小貫と目が合った。

小貫が目を少しすがめて微笑んだ。

幽霊警官め、と心の中で桐野は罵った。

署内で冷たい視線を送ってくる署員の数が増えた、と桐野は危惧していた。

着実に〝ごんぞうの一味〟というレッテルを貼られている。

だが唯一、署の敷地内にある独身寮では白眼視されることはなかった。〝ごんぞう交番に押し込められた気の毒な新人〞として扱われたのだ。

独身寮への入寮は三十五歳までという規定があり、鳩裏交番の他の独身者たちは一人も寮には入っていない。

親元から通う若い警官はほとんどいない。寮費は食事も込みでタダのようなものだ。個室もあるが、卒業配置の新人は二人部屋だ。大抵の場合、新人教育も兼ねて、先輩と相部屋になる。

桐野と部屋をシェアするのは交通課に勤務する二歳年上の水谷だった。マウンテンバイクが趣味という穏やかな人のよい先輩で、まるで下僕のように先輩から扱われているという同期もいたから幸運だったのだろう。

水谷は八時半から十七時半までの完全な日勤で、土日に休日がある〝サラリーマン勤務〞だ。

夜勤明けのその日も、水谷は朝から勤務だったので、部屋を独占できた。三交替制の二十四時間ぶっ続けの勤務と違って夜勤でも八時間勤務だと疲労も少ない。学生時代も寮の二人部屋で過ごした桐野だったが、当時よりも今の方が楽なほどだった。とはいえ、仮眠ばかりしている小貫と斉藤のフォローのために桐野は完全に徹夜だった。

押し入れから布団を出して六畳一間の部屋の奥に敷いた。押し入れに近い方が、水谷の領域と決まっていた。そちらには水谷の机がある。机の上はいつも綺麗でなにも置かれていない。水谷は綺麗好きで休日には部屋の掃除までしてくれた。

桐野の机の上には参考書の類《たぐい》がズラリと並んでいる。法学に関する本が多かったが、それ以外にも様々な本が並んでいる。いずれも資格取得のための実用書だ。桐野は勉強が好きだった。

小学生の頃は平均的な成績だったが、中学に入って、中間と期末の試験という目標を与えられると、誰に命じられることなく熱心に勉強するようになった。

中学卒業後は、横浜北部学区のトップの県立高校に通い、その中でトップ10を下る成績をとったことはない。

大学受験時に予備校の模擬試験では東京大学には厳しい判定が出た。母親から浪人はさせられない、と言い渡されていたので、予備校の進路指導に勧められるままに一つランクを落として東北大学の法学部に現役で合格した。

東北大学の学生寮の寄宿料を調べて驚いた。月額がわずかに七百円なのだった。古めかしい寮で二人部屋だったが、その金額は魅力で、応募して許可された。

その他に水道料、光熱費、共益費なども徴収されたが、月に一万円を超えることはなかったし、人気のない寮で、二年生になると二人部屋の八畳を一人で使うことが出来た。

外食はせずに寮の捕食場で自炊した。自分を律することは得意だったのだ。自宅から大学に通うのと変わらない負担で四年間を過ごすことができた。

勤勉な桐野は大学に入ってからもハメを外すタイプではなかった。大学での授業や課題は過酷だったが、その隙を縫って簿記、宅建などという資格を取得した。

桐野は資格マニアだった。マニアが目指す頂点は最難関である司法試験だ。当然ながら桐野は司法試験に合格するために勉強を続けた。だが突如出来《しゅったい》した〝家庭の事情〟で断念せざるを得ず、急遽《きゅうきょ》国家公務員試験にターゲットを変更した。

面白みのない男の典型のような桐野だが、唯一と言っていい趣味があった。小貫に指摘された通りに桐野はオカルト好きだ。対外的には科学では解明できない不思議があるのではないか、という不可知論者を装っていたが、オカルトに飛びついてしまうところがある。

戸村に図書館の貸出履歴を調べていると言われた時に不安になったのは、オカルトに関する書籍を市民図書館などで膨大に借りていたからだ。オカルトは趣味だが〝悪趣味〟なのだという自覚を桐野は持っていた。

心霊スポット巡りは高校時代に始めた楽しみの一つだった。

ネット検索ではなく桐野は古い文献に当たるのを好んだ。歴史的な背景を知ることで恐怖は深みを増す。

霊感はないらしく幽霊などを見たことはなかったが、恐怖体験は何度かあった。

鎌倉《かまくら》幕府が滅びた時に数百人が自決をした寺を訪れた時だ。

寺が立てた看板になにげなく目を移してぞっとしたことがあった。

『霊処浄域につき参拝以外の立ち入りを禁ず』と木製の古めかしい看板に墨書してあったのだ。肝試しが横行して、騒いだりするために寺が警告をしたのだろうが、桐野のようなオカルト好きには、その看板が霊的存在の証明だ、ということになってしまう。

大学に入ると、心霊サークルの企画したイベントに参加したこともあった。だがこれは半ばハイキングのようで、多人数で訪れることで緊張感が薄れてしまうので一回でやめてしまった。なにより恐怖を紛らせたいためか、つまらないことで爆笑したりする参加者がいて興ざめだった。

恐怖のトンネルの話を聞きつけたのはその頃だ。

白いウェディングドレスを身にまとった女がどこからともなく現れ「どうして？」と呼びかけてくるというのだ。

大学二年生の時、桐野は仙台《せんだい》市のはずれにあるそのトンネルを訪れた。

長い山道を歩いてトンネルの入り口に辿《たど》り着き、深夜に一人たたずんで恐怖に浸っている時だった。

「あんにゃ〜」

突然に背後から声をかけられて飛び上がりそうになった。

「あんにゃ……」

はっきりと女性の声だった。恐ろしくて身動きすることもできなかった。

「あんにゃ」と今度は泣きそうな声だ。

これは怪奇現象じゃない。なにか未知の……。

桐野はゆっくりと首を回した。

そこには女が立っていた。まだかなり距離がある。二十メートルというところだ。

白いドレス姿ではない。ピンクのジャージ姿で三十代と思われる女だ。

しかし、時間は深夜の二時を回っていた。女が一人で深夜に歩く場所ではない。

女は桐野の顔を見つめている。長い髪が顔にかかっていて、その顔だちは分からない。だが髪の間から見える目がらんらんと光っている。

恐ろしかった。耳元で自分の心音が響く。

女は急に走り出した。顔にかかっていた髪が後ろになり顔がはっきりと見えた。

焦点の合わない目、痩《や》せこけた頰……やはり三十代だ、と頭の片隅で桐野は思った。

襲われる、と思っても桐野は動けなかった。ただ立ち尽くして震えているだけだ。

そして口から「あああ」と情けない声が漏れた。

すると女は転んだ。だがすぐに四つんばいになって進んでくる。

桐野はわずかにあとずさることしかできなかった。

女の手が桐野の足をしっかりと摑《つか》んだ。

「ああああ」

逃げることもできず細い悲鳴を上げた桐野の脚に女は両手でしっかりと抱きついた。

脚を抜こうとしてもダメだった。

やがて桐野の脚が温かくなってきた。匂いがする。女が失禁しているのだ。

女は泣いている。しくしくと悲しげに。恐怖が遠のいていく。

「どうしたんですか?」

桐野が声をかけた。

「あんにゃ」と桐野の顔を見上げてなおも激しく泣きだした。

桐野は女の肩に手を添えて立ち上がらせた。女は桐野の腕にすがりついて離れない。

時折「あんにゃ」と言いながら歩く女をともなって、山を下りた。

会話もままならず時折バランスを崩して転びそうになるのを何度も助け起こしながら、麓《ふもと》の街の交番に辿り着いた時には、夜が明けていた。

引き取りにきた家族によると、交通事故にあって外傷性の認知症を患う女性だった。徘徊《はいかい》をしたのは今回が初めてという。女の家からトンネルまでは一本道だった。

夕方には姿が見えなくなり、暗くなってから捜索願を出したそうだ。暗くなって恐くなり、道端でしゃがんでいた所に、桐野が現れたのだろう、と推測された。「あんにゃ」は方言で「お兄ちゃん」のことだ、と送り届けた交番の警官が教えてくれた。

女は結婚していたが、認知症のせいで離婚されて家を追われた。唯一の肉親である兄が女を引き取って面倒を見ているのだという。

何度も丁寧に礼を言う人のよさそうな女の兄の姿が、なんとも悲しげだった。

桐野はその後も懲りなかった。心霊講座に出向いた。「誰にでも見えるオーラ・レッスン」「スピリチュアリズムの世界」などなどオカルティックな講座をいくつか受講している。だがこの講座で得るものはなかった。

オーラは見えないし、占いは当たらない。得たものは講座に集まる〝奇矯な人々〟のコレクションだけだ。ほとんど病的な人につきまとわれたりして、嫌な思いをしたこともあった。それでも桐野はオカルトに吸いよせられてしまう。

資格が三度の食事だとしたらオカルトはおやつだ。益にならないし、毒でさえある。分かっているけれどやめられないのが間食なのだ。

寮の部屋の机の上にはオカルト関係の書籍は一切ない。机の引き出しにはたっぷりと隠されている。まるでアダルト本のように。

徹夜明けの桐野はそちらに引き寄せられそうになったが、結局、眠らずに机に向かって法学の勉強を始めてしまった。

戸村副署長に課せられた使命を全うすれば、勉強の時間が与えられるはずだ。

小貫らのごんぞうぶりは想像を超えていた。彼らの手抜きを書き留めたメモは順調に携帯に溜《た》め込まれている。違法な行為は今のところ目にしていないが、なにか見つかるかもしれない。

だがその待遇に甘んじていては受かるものも受からない。受験の厳しさを桐野は身をもって知っていた。

夜勤明けの二連休を桐野は実家に帰ったりもせずに、寮で過ごした。

仙台に大学生の恋人がいるのだが、休みを利用して会うようなことはない。彼女は司法試験の予備試験に向けて猛勉強中なのだ。邪魔はしたくなかった。なにより戸村副署長の話を彼女に切り出してしまいそうで、恐かった。黙っている自信がなかった。

そう思いながら桐野はまた戸村の姿を脳裏に浮かべていた。

桐野は意志の力で戸村の幻影を頭から追い出して、机に向かった。

勉強を続けるには強い意志が必要なのだ。

第2章

1

警察庁の高見からでは決して見ることのできない最下層の鳩裏交番ではいつもの怠惰な光景が繰り広げられていた。

秋の昼下がりに〝ごんぞう自慢〟が一班と二班の引き継ぎで始まったのだ。

「一番悲惨だったのは木本だよな」

小貫は相変わらずのおしゃべりで、狂言回しのような役柄を担っていた。

テーブルを囲むようにしてパイプ椅子に座って木本班の三人と小貫班の二人が座っている。テーブルにはお茶菓子のせんべいがあってそれをポリポリとかじりながら、斉藤の淹れたお茶を飲みつつ談笑中だ。

桐野だけがその輪には加わらずに、給湯室の脇に一人で立っていた。

「木本くんは川崎《かわさき》の方にいたんだよな。あんまりその頃の話、聞かないな」

お茶をすすりながら斉藤も話に加わった。

「ええ、面白くないですから」

木本は表情を曇らせながら続けた。

「川崎の南のPBです。通勤に片道二時間たっぷりかかって地獄でしたよ。しかも、一日中、忙しくて……」

「そんな忙しいところでも、あんたはノルマはゼロか?」

登山家の高木も楽しげに問いかけた。

「日雇い労働者の小競り合い収めたって検挙数はあがらないからよ。まして行き倒れや酔っぱらいの介抱ばっかりだぞ。たまに無銭飲食を挙げたって大したことないよ」

「じゃ、検挙数はゼロじゃなかったんだ?」

「いや、ゼロだよ。全部班長に没収されて、マジメなやつに分け与えられてたからね」

一同が軽く嘲笑しつつどよめいた。

「よっぽど嫌われてんな」

小貫の言葉に、また一同が笑い声を立てた。桐野にはなにがおかしいのか、さっぱり分からなかった。

「そんだけ忙しいと他の署員としゃべらないってことはないだろ?」

小貫がさらに木本に質問した。

「業務上の連絡や、指示だけだな。私語は一切ない。完全に無視だ。たまに気が緩んでる時に、間違って俺に話しかけたりすると、班長がそいつを凄い顔で睨《にら》みつけて舌打ちしたりしてな。逆に面白かったよ」

また一同がさんざめく。

「あの……」

それまで我慢して聞いていた桐野が口を開いた。一同が桐野に視線を向ける。

「なんで無視されたりしてるんです? なにか理由があるんですか?」

一瞬の沈黙の後に、木本が苦笑した。

「俺の場合は領収書だ」

「はあ……」

「ワケの分からない領収書に架空の名前でサインをしろって課長に言われたから〝爺《じい》さんの遺言でできない〟って冗談めかして断ったんだ。それがきっかけだ」

「はあ……」

桐野は当惑していた。話が見えない。

「裏金作りのための領収書だったんだ。捜査協力者への日当を捏造して、それを裏金にする。どこの警察署でもやってることだ。ま、普通は上司の言葉を疑ったりしないよな。なにしろ相手は正義の警察だ。税金を泥棒するなんて思いもしない。だが断ると嫌がらせをされる。そこで気付くんだ。大失敗だったって。普通は警察を辞めちまうがな」

木本がため息を盛大についたが、そこにかすかに自慢げな匂いを桐野は感じ取った。

「出世しなくても給料をもらえればいい、と割り切って、嫌がらせやイジメに耐えるタフさがあればごんぞうは最高の公務員生活になるぜ。クビにゃできないし」

木本がケタケタと笑う。桐野は喉元まで出かかった給料泥棒という言葉を飲み込んだ。

「高木なんか最高にタフだぜ。あれは傑作だった」

言いながら小貫は噴き出してしまう。

「うるせぇな」

高木がかぶりを振る。

「こいつ、箱根《はこね》の山奥の交番に日勤するように命じられて、片道三時間半もかかるからって……桐野くん、では、ここで質問です」

小貫が指をピンとはね上げて、首を傾げてみせる。

「高木はわずか月に三千円で通勤時間を劇的に短縮させました。どうしたのでしょう？」

桐野は、まだ領収書の件が気になっていた。それを質《ただ》したかったが今はそのタイミングではない、と判断した。

「三千円の家賃の部屋を近所に見つけた」

投げやりにならないように気をつけて答えたつもりだったが、沈んだ調子になってしまった。

「あ、惜しいな。でも箱根だからね。さすがに三千円はない。こいつは交番のそばのつぶれた旅館の庭の一部を債権者から三千円で借りて、テントを張って暮らしてたの」

全員が声をたてて笑った。からかわれたのだ、と桐野は表情を崩さなかった。

「あ、信じてないよ。この人」

墨田が桐野の顔を指さす。

「だって、そんなことあり得ないじゃないですか。そんな野宿が認められるわけないですよ。連絡が取れないし、住民票とか……」

「住所はそこに移したよ。ちゃんと賃貸契約をしていたから、文句のつけようがない。

単なる転居だ。携帯電話も持っていないから緊急の連絡が取れない、と総務が文句を言ったけど、電話を引く義務もない。用事があるなら電報を届けろと言ってやったら黙ったよ。そもそも緊急呼集なんかに応じる気はないしな」

高木がつまらなそうに説明する。

その日焼けした顔を見ながら、桐野は高木が山男だったことを思い出していた。大学時代に山岳部の知り合いが嬉々《きき》としてテントでのむさ苦しい生活を語ったことを思い出した。

「日勤だと装備とかどうしたんですか？」

「俺が管理責任者代理ってことにされて、拳銃なんかの装備も交番の保管庫に入れっぱなし。だから通勤時間は一分ぐらいだな」

小貫が笑い声を立てた。

「つまり、署員にお前の顔を見せたくもないってか。お前も相当嫌われてんなあ」

小貫の言葉に全員が笑った。

それをよそに高木に桐野が問いかける。

「それ、どれくらい続けたんですか？」

「四年だ」

高木の答えに、桐野は息をのんだ。あり得ない……。

「台風とか、大雨とか、雪とか……」

「山の気候に比べれば、生ぬるいもんだ」

高木はやはり自慢する風ではなく、当たり前のことのように告げた。

「お風呂とか……」

「箱根だぞ。巡回連絡は毎日欠かさなかったから、ついでに旅館の温泉でひとっ風呂だ」

今度は高木の顔に笑みが小さく浮かんだ。驚いたことにその生活を懐かしんでいるように見える。ごんぞうたちにとって巡回連絡はレジャーの一つなのだ。

それにしても制服姿の警官が脱衣所に現れて、制服を脱いで風呂に浸《つ》かるのを目撃した旅館の客は度肝を抜かれたことだろう。拳銃も脱衣籠に入れていそうだ、と桐野は思った。

「毎日、温泉はいいなあ」

斉藤も細い目をさらに細める。

「斉藤さんはここの前はどこにいらしたんですか？」

桐野の問いかけに斉藤は鷹揚にうなずいた。

「うん、私は警察学校の用務員をしてた」

「用務員？」

「一応所属はあったんだけど、雑用係でね。電球の交換とか、壊れた扉の修理とか。楽な仕事だったけどね」

するとは木本が憤慨した。


「ひでぇんだ。斉藤さんのデスク、学校の用具倉庫の中に置かれてたんだぜ。一人だけだ。隔離されてたんだ。学生たちと接触するのも禁じられてたんでしょ？」

「うん」

「用具倉庫ですか？」

桐野はあまりのことに驚いて声が高くなった。

「うん。コンクリブロックで作られててね。狭いけど頑丈だし、夏場も案外涼しい。ただ寒いのはこたえたね。引火物があるからストーブは焚《た》くなって言われてね。だから日向《ひなた》ぼっこしてたよ」

「でも雨の日も雪の日もあったでしょうに」

「そうだね」

斉藤はお茶を口に含んで、味わっている。

「そこに五年」

しんみりした口調を装った小貫の言葉に全員が笑った。

「ごんぞうは辛抱強くないと」

墨田が付け加えると、さらに沸いた。

墨田はたしか横浜《よこはま》にある交番に勤務していたはずだ、と桐野は思い出した。

「墨田さんは……」

「あ、俺は横浜橋交番」

墨田は頬のたっぷりとした肉を揺らしながらせんべいを嚙《か》み砕いた。桐野は〝普通〟の交番勤務だな、と思った。

「墨田はこの中じゃ、一番仕事してたんじゃない？　検挙数もそこそこにあったよな？」

小貫が尋ねると、墨田が首を振った。冗談のように頬とあごの肉が震える。

「木本と同じで全部没収っすよ。その班長ってのが俺のお目付役の嫌がらせ担当でさ。風俗店のトラブルは全部俺に振ってきて……」

「あ、横浜橋は曙《あけぼの》町っていう風俗街が管轄でな」

小貫が桐野に解説してくれる。

「ボッたのボラレたのって金の問題ならいいんだけど、変態男が女の子にしでかす悪さがエグくてヤでなあ……」

肉に覆われた墨田の表情が歪んだ。あまり感情を表さない墨田には珍しいことだった。

桐野は〝悪さ〟を想像しようとしたが、女性を殴る男のイメージしか浮かばなかった。

「その〝悪さ〟ってのは、興味深いねぇ。どれどれじっくりと話を聞こうじゃないか」

木本が茶化して、また交番は笑いに包まれた。

桐野は笑う警官たちを見ながら嫌悪感が表れないように、表情を消した。

「大丈夫か？」

小貫が桐野の顔を覗き込んでいた。あまりに顔が近かったので、思わず桐野は身体を震わせてしまうほどに驚いていた。〝三日で慣れる〟という言葉があったが、桐野はひと月が経《た》とうというのに小貫の整い過ぎた顔だちに慣れることができなかった。

「いや……。え？」

「青い顔して黙り込んじゃったからさ」

小貫が笑う。なぜ彼がごんぞうであることに甘んじているのか、桐野にはさっぱり分からなかった。その頭脳と知識を活《い》かせば、捜査官として一流になれるのではないか、と思うようになっていた。

全員の顔を見渡してから思い切って桐野は切り出した。

「なんで、そういうことになっちゃったんですか？」

「そういうこと？」

木本がいぶかしそうだ。

「なんでごんぞうになったっていうか……」

さすがに面と向かって口にするのは憚《はばか》られて、最後は言いよどんでしまった。

一瞬、交番の中のぬるい空気に緊張が走った。時期尚早だったか、と桐野は後悔した。

「つまりは正義感の問題で……」

木本が口を開いたが、小貫が手をあげて木本を止めた。木本は口を閉ざした。まるで従順な犬のようだ、と桐野は思った。

「まあな。いずれあなたにも選択の時が来るよ」

小貫が謎めいた言葉を口にした。桐野が感情を表さないようにしていると、その顔を小貫が覗き込んだ。

「いや、あなた、もう選択の時は過ぎてるのか？　もう選んでるんだよな？」

からかうように言った小貫の目には探る色があった。

「なんのことですか？」

「まあ、いいや。なんでもない」

小貫は苦笑すると、立ち上がって桐野の肩をポンと叩いた。

「巡回連絡でも行こうか？」

2

「規程違反は以上です。そして、違法行為としては一点あります。タバコの吸殻の隣家への投げ捨てを黙認したことです。軽犯罪法を犯した犯人の蔵匿罪《ぞうとくざい》、これは軽微な罪のために客体とならない可能性もありますが……」

桐野の報告を聞いていた戸村が吐息をついた。

「微罪ね」

「……はい」

戸村への報告会が行われているのは、署の小さな会議室だった。

テーブルを挟んで差し向かいだ。

かすかに戸村から華やかな香りが漂ってきて、桐野の劣情を刺激していた。

「小貫はあなたの視線の届かないところで、なにかしてない？　そういう兆候ない？」

桐野は考え込んでしまった。小貫は開けっぴろげに見えた。隠し事をしているようには見えない。だがあの小貫の言葉が気になっていた。

スパイであることを指摘したのだろうか。しかし、だとしたらスパイの目の前であんなにあからさまなサボりを見せたりしないだろう。

「ちょっと思い当たらないんです。申し訳ありません」

「もっと食い込んでいいんだと思いますよ。仲間になろうとしてる？　取り込まれてるふりをすれば、なにか見つけられるかも」

「はい」と返事する声が小さくなってしまった。小貫たちのサボタージュを黙って見過ごすだけでも苦痛であるのに、さらに取り込まれるなどあり得ないことだった。もし万が一の場合だが、警察を抜け出すことに失敗したら生涯〝ごんぞう〟のレッテルを背負い続けることになるのだ。

「一つお尋ねしたいことがあります」

「うん？」

「二班の木本さんがおっしゃってたんですけど、裏金作りのための領収書捏造に協力させられたというんです。どこの署でもやっていることだ、と。こんなことって本当にあるんでしょうか？」

「裏金なんて言うと穏やかじゃないけどね」と戸村は笑顔になった。

「裏金じゃないんですか？」

「確かに不正ではあるわね。でも正確に言うなら〝裏技〟かな」

「はぁ……」

カップを手に取り戸村はコーヒーを飲んだ。白い喉が動く。また桐野を刺激する。

「昔からの伝統なの。捜査費用が慢性的に不足しているのは知ってるよね？」

「耳にはしています」

「捜査員たちは肌身をもって知ってるから、自腹を切るの。たとえば張り込み時の飲食代や、情報源への〝お小遣い〟なんかよね。捜査費用が足りないからって彼らはあえて請求しないの」

「そうなんですか」

「それを放っておけないでしょ？」

「……ええ」

「それで編み出されたのが領収書なの。捜査に協力してくれた人に交通費と謝礼を支払うことになってる。でも、ほとんどの人が断ってしまう。それを請求して捜査費用に充ててるの。つまり本来は支払うべきもの。協力者からの寄付と考えればいい」

「新人巡査にまで署名をさせるのはなぜなんです？」

「監査が入るでしょ？　筆跡が同じ人ばかりじゃ疑われるから」

桐野は納得がいかなかった。

「なぜそんな裏技に頼るんでしょうか？　必要な捜査費用なら請求すれば予算がつくと思います」

ハハと戸村は声を立てて笑った。

「請求してもらえるなら誰も苦労しないわ。厳しいものよ。予算を増やすっていうのは」

桐野は黙るしかなかった。

交番での腑抜《ふぬ》けたような平穏な日々が過ぎて、桐野は三日間の連休を迎えていた。仙台の恋人に連絡を取る気にはならなかった。やはりそれほど好きではないのだ、と改めて思った。

向こうからもほとんど連絡はない。司法試験の勉強がすべてに優先した。

でも、それは自分たちの本当の気持ちに向き合わないための言い訳だったのかもしれない。お互いに大して好きではないのだ、という事実に。

休日は木曜日から土曜日までで、木曜日と金曜日は同室の水谷が勤務だったから、一人で部屋を独占して勉強に励んでいた。

木曜日の夜は寮の先輩たちに連れられて飲みに出かけた。あまり酒が飲めない桐野は、豪快に飲んで歌って騒ぐ寮の先輩たちに臆し気味だった。その点では鳩裏交番のメンバーが飲み会をまるで催さないのはありがたかった。

桐野がその酒席に居づらかったのには別の理由もあった。

それは同期の警官たちだった。

二人の男性と一人の女性が同席していたが、彼らは男女を問わずによく飲んだ。まさに〝へべれけ〟になるほどに泥酔していた。その姿は痛々しいほどで、彼らが心身ともに疲弊していることを知るのに充分だった。

ろれつの回らない口から発せられる言葉の端々から、彼らが寝る間もないほどに働きづめになっていることが分かった。その言葉が桐野には痛かった。

桐野は学生時代よりも多く睡眠をとっており、勉強をする余裕さえあったのだ。同期の警官たちは各種の違反取り締まりに〝応援〟という形で駆り出されているのだ。二十四時間の勤務に二時間がプラスされ、非番の日や休日にも呼び出される。

だが鳩裏交番の署員には一切、応援の声がかからないのだ。その理由を桐野は戸村副署長から聞かされていた。

彼らは速度違反取り締まりでは居眠りをして見過ごし、シートベルトのチェックも、一時停止も、車線変更も、駐停車禁止も同様に、どんな取り締まりもまともに遂行しないのだった。

それなのに鳩裏交番のごんぞうたちには他の交番よりも楽なシフト勤務が与えられて優遇されている。他の署員たちの憎悪の対象になるのは必然と言えた。

彼らはどんなに忙しくとも捜査に駆り出されないし、飲み会にさえ呼ばれない。

真面目《まじめ》に働く警官たちにごんぞうの怠慢を見せないこと。ごんぞうを隠蔽《いんぺい》するのはまともな警官たちに心の平穏をもたらすためでもあった。

土曜日は同室の水谷も休日で特に予定もなく寮で過ごす、と桐野に知らせてくれた。そこで桐野は金曜の夜に実家へ帰ることにした。

十八歳の時から仙台で寮生活を始めていたから、実家に長く居ると他人の家に泊まっているような感覚に陥ることがあった。

学生時代もあまり実家には戻らなかったし、親も帰って来いとはほとんど言わなかった。親子三人の桐野家のつながりは薄い。

署の最寄《もよ》り駅から電車で約一時間。駅から歩いて十分ほどの場所に桐野の実家はあった。

二十四年前に母親が桐野を身ごもったのを機に両親がこの場所に家を買ったのだ。丘を切り崩して造成された新興住宅地で、毎週のように近所に新築の家が建って、一種異様な光景が広がっていたというが、二十年の年月を経て、街は落ち着きを得たように見える。

白い壁に茶色い屋根の二階建てが桐野の実家だ。

インターフォンを押すと、母親は見覚えのある毛玉だらけのルームウエアを着て現れた。今日はパートが休みらしい。顔を合わせるのはほぼ半年ぶりになるが、あまり変わりはないように見えた。桐野は母親に似ているとよく言われた。切れ長の一重の目と小さくてツンと尖《とが》った鼻が似ている、と桐野自身も思っていた。

父親は桐野とは似ていない。細身の長身も母親譲りだ。中肉中背の父親とは違っていた。

相変わらず家の中には暗く湿った空気が淀《よど》んでいた。

父親はかつて祖父の寝室だった和室に閉じこもってパソコンに熱中しているらしく、一人息子の顔を見に来ようともしない。

父親は三十年一筋に勤めてきた家電メーカーをいきなり早期退職した。五十三歳だった。それ以来、家に引きこもっている。

居間のソファに桐野が座ると、その向かいに母親は座って「あら、また痩《や》せたんじゃない」と息子が一番気にしていることをさらりと言ってのけた。桐野は嫌な顔をしたが、母親がそれに気付いているのか分からない。

母親は何事もなかったかのように顔をテレビに向けた。

桐野は細身だが虚弱な体質ではない。ストレス性の腸炎を別にすれば子供の頃から病気らしい病気にかかったことはない。だが体育は苦手だった。座学の試験で点数を稼いで、五段階の成績で辛うじて三をキープしていた。

「ピストル持つと人生観が変わるとか言うけど、そういうもの？」

テレビを見ているとばかり思っていた母親が桐野に視線を向けていた。

桐野にはいまだに母親がなにを言い出すのか予測できないところがある。幼い頃には母親の質問を恐れていた時期もあった。

「まあ、人生観とか、そんなのないけど、恐いっていうか……」

そして桐野はいつもまともに答えられない。自分でも間抜けな答えだと思う。

「ふ〜ん」

母親は表情をまったく変えずにうなずきつつテレビに視線を戻した。

母を失望させたのか、と子供の頃には悩んだものだ。だが母はなにも期待していない。

難関高校、難関大学に合格して、その報告をした時も今と変わらない表情をしていた。大喜びもしないが、公務員受験に失敗した時も嘆いたりはしなかった。過大な期待を子供にしていないのだ、と桐野は最近になってようやく納得した。

桐野がそんなことを考えていると母親がぼそりと言った。

「だいたい人生観てのが、なんだか分かんないわね」

また桐野は返事に窮して「ああ」と曖昧《あいまい》に言葉を濁すと、ソファから立ち上がって自室へと逃げた。

自室のある二階に向かう途中で父親がこもっている部屋に桐野は「帰ったよ」と声をかけた。

中から「おう」とかすれた声が返ってきた。それだけだ。かすかにマウスをクリックする音が聞こえてくる。ゲームでもしているようだ。眠るのも食事を摂《と》るのもこの部屋で、外に出るのはトイレと風呂の時だけだ、と母親が言っていた。その際にも母親の表情に変化はなく、悲嘆するような調子でもなかった。

国家公務員試験に落ちた原因の何割かは父親のせいだと桐野は思っていた。

大学時代は余暇の時間のほとんどを司法試験の勉強にあてていた。

それは断念した〝東大進学〟への復讐《ふくしゅう》だった。浪人することが許されれば東大に行けたかもしれない。それを諦めたのだから、司法試験を狙った。最難関試験に合格することが復讐だったのだ。

とはいえ在学中に合格できるほどの秀才でないことは冷静な桐野には分かっていた。大学卒業後は弁護士事務所などでアルバイトをして生活費を稼ぎながら二十代の半ばまでに試験にパスすることを目標にしていた。だがその予定が狂ったのだ。

四年生に進学する直前にいきなり母親に卒業後はすぐに就職することを命じられた。父親が突然に退職したからだ。

現実的な母親はすぐにスーパーマーケットでパートを見つけて働きだした。まだ家のローンがたっぷり残っていたのだ。

　アルバイトをしながら受かる当てのない司法試験に挑み続けることはやめて正社員として働くことを母親に言い渡された。驚きながらもどこかで安堵《あんど》している自分がいることに桐野は気づいた。

　司法の四角四面な硬さやリーガルマインドと言われる無味乾燥な世界にどこかで抵抗感があった。それをどうしても払拭することができなかったのだ。

　父親は一応、早期退職制度に応募したことになっているが、実質はリストラの対象となっての馘首《くび》に近かった。かなり厳しいハラスメントがあったようだった。

　桐野が帰省している時に、深夜のキッチンで一人父親が立ったまま、日本酒をラッパ飲みしているのを目撃したことがあった。

　家では晩酌などほとんどしたことのない父だった。

　それが「オウオウ」と獣の鳴き声のような声を出しながら、酒瓶に口をつけてゴクゴクと飲んでいる姿は衝撃的だった。

　声をかけることもできずに足音を忍ばせて部屋に戻った。

　それ以来、父親は再就職のために動くこともせずに部屋に閉じこもっている。

　桐野は父親を責める気になれなかった。

それでも、三年間も勉強を続けた司法試験には未練もあった。一発勝負でチャレンジすることも考えたが、やはり落ちた時のことを想像すると危うかった。考え抜いた末に勉強の方向を変えた。国家公務員になろうと決めたのだ。

だが国家公務員試験は目前だった。大学四年間をキャリア合格のためにかけている優秀な学生が東京大学には山ほどいるのだ。かなうわけもなかった。

民間企業への就職も考えたが、父親の姿を見せつけられていては、その気にもなれず、地方公務員試験を狙った。

当初は警察を志向していなかった。だがあの日、宮城県の松島《まつしま》で目にした一人の警官の姿に思いが至り心奮わされて、進む道を決めたのだ。

だがその志も六カ月の警察学校での苦しみを味わう中で、色あせていった。逃げ出すことばかり考えるようになっていた。

それでも桐野は踏みとどまった。決して忘れられなかったのだ。東大を諦め、司法試験を諦め、国家公務員試験に落ちたことを。

戸村副署長の言う通りだった。

このままで終わるわけにはいかない、のだ。

翌日は近所の図書館に出かけて終日、資料を読んだり勉強をして過ごした。

帰宅して夕食を食べ終えると、母親が「あら、久しぶりに帰ったんだから、なにかご馳走《ちそう》にすれば良かったわね」とちょっと笑った。

桐野は苦笑するしかなかったが、なにか期待していたわけでもない。元々、家は居心地のいい場所ではなかった。それが善くも悪くも桐野を大人にしたのだった。親が自分に期待していないように、桐野も親に期待していない。

父親は夕食の席にも出ず、部屋にこもったままだった。

翌朝は五時半に起きて、昨夜のうちに母親が用意しておいてくれた冷たいにぎり飯を食べて家を後にした。父親も母親も顔を見せなかった。

七時ぎりぎりに警察署に到着するとすぐに武道場に向かった。

警察署では朝に約一時間、柔道と剣道、それぞれの自主練習が行われている。勤務がないかぎりは半ば強制的に参加させられる。特に新人は休むことを許されない。寮で寝ていたりすると先輩にたたき起こされて武道場に連行される。

警察学校で剣道を選択した桐野は、準備運動を終えて、素振りから切り返し、かかり稽古と一通りの練習を終える。

防具を外して、同期の新人たちと武道場の床に雑巾《ぞうきん》がけをしていると、出入り口に制服姿の男性が現れた。

署長の原口だった。背筋をピンと伸ばし後ろに手に組んでゆっくりと歩く姿は二十代とは思えない貫禄《かんろく》があった。

「ご苦労さま」

署長が武道場の出入り口から誰ともなく声をかけた。

新人は一斉に立ち上がり、敬礼をした。

「おはようございます！」

署長はうなずいて応じると、桐野にその鋭い目を据えた。

「桐野くん、鳩裏交番はどうですか？」

桐野は逡巡した。それが一番いけないことだと思いながらも返答に迷った末に大きな声を出していた。

「はいっ。順調です！」

馬鹿な答えだった。母親に答えた時のような無力感に襲われる。

「しっかりやってください」

署長は無表情のまま去った。

「ありがとうございます！」

「失礼します！」

全員が声を揃《そろ》えて挨拶をする。体育会系の行儀作法だ。

桐野は自分に言い聞かせた。

悪い答えではなかった。わざわざ自分だけを選んで声をかけてくれたのだ。この場でなにか特別なことを言うべきではない。間違っていなかった。

そう思うとホッとした。

3

「巡回に行かない？」

まるで遊びに誘う調子で、小貫が桐野に声をかけた。

この日は穏やかに晴れた日で斉藤は公園で〝お茶会〟を催していて留守だった。

浮かない顔で桐野は自転車をこいでいた。

前を行く小貫は鼻歌でご機嫌な様子だ。やはり「つけまつける」のようだ。

桐野は巡回が苦手だった。

インターフォンを押して、応答する住人たちに警察である旨を伝えた時の不機嫌そうな様子だけでも桐野は心が折れそうになる。

さらに雑談が苦手であることに、初めて気づかされた。

「前回の連絡カードの記入からなにかお変わりございませんか？」と尋ねるだけで
「ないです」とインターフォンを切られる。

なぜみんなこんなにも苛立《いらだ》っているのか、と社会を嘆きたくなるほどに刺々《とげとげ》しい対応を受けるのだ。

新規で記入をお願いする際の反応で多いのが「書かなきゃいけないんですか？」だ。世帯全員の氏名、生年月日、続柄、勤務先から本籍。さらには所持している車やバイクの車種やナンバーまで記入しなくてはならないのだ。後ろ暗いところのない人間でも痛くない腹を探られているようでいい気持ちはしないのだろう。それに面倒なのは間違いない。

巡回連絡カードをめぐって警官による情報漏洩《ろうえい》や事件も起きていて、それを指摘する住民もいる。

さらに「市役所に届けてあるでしょ。それじゃダメなの？」というもっともな意見を表する住人も多い。

そんなとき、桐野は完全に立ち往生してしまう。すると小貫がすかさず助け船を出す。

「そうなんですよ。悪い警官もいるんです。面目ないです。ごめんなさい。ご存じですか？　この巡回連絡カード、一九五〇年から始まったんです。もう半世紀以上続いてるんです。で、良い面と悪い面のどちらが多いかって言うと、やっぱり良い面なんですね」

だいたいはこの時点で、住人（主に主婦だ）は、小貫の話に聞き入っている。それは小貫の話術もそうだが、やはりその美貌によるものだった。

女性陣はまるでドラマやマンガのように、小貫の顔を〝二度見〟する。煙たい表情をした後に「あら、美男」と見直すのだ。桐野が見たところほぼ九割がそうだった。

これは相手が男性でも同じだった。最初のぶっきらぼうな対応が、小貫の容貌をみとめてからは柔らかくなる。こればかりは桐野が真似《まね》たくてもできなかった。

「お宅には幼稚園ぐらいのお子さんいらっしゃいますね？」

玄関脇に置かれた三輪車などを小貫は確認している。

「たとえばお子さんが夜に迷子になる。分かってます。お宅では夜にお子さんを外に一人で出したりなさらない。でも子供はなにかに呼ばれてるかのように、フラフラ〜ッてお母さんの目の届かないところに行っちゃったりする」

これは小貫の常套句《じようとうく》でたいていの母親が「なにかに呼ばれてる」のくだりで笑いだす。

思い当たることがあるのだろう。

「で、そんな時、私たちがお子さんを保護します。利発なお子さんだから、きちんと名前も言えるし、年齢も言えるはずです。でも自宅の正確な住所や電話番号は覚えてないかもしれない。パパとママの携帯電話の番号もなかなか難しい。もう十時だ。市役所の職員さんはほとんどが帰宅している。残っていた職員さんがいたとしても不慣れなことが多い。照会に時間がかかる。さあ、困った」

ここまで小貫の一人語りを聞いてくれた住人は「そんなときの連絡カードなわけね」とうなずいてくれる。

子供がいない家の場合には、この口上が、自然災害や空き巣や火事に変わる。

小貫は巧みだった。

引き際もわきまえている。インターフォンで冷たく応対されても、丁寧に礼を言って引き下がる。そして何度でもトライする。懲りない。諦めない。

玄関から住人が少しでも顔を出したら、逃がさない。

この日、十八枚の連絡カードの記入を依頼することができた。すべて小貫が渡したのだ。中には初対面なのに「お疲れさまです。お茶でもどうぞ」と老婆が誘ってくれたケースもあった。

さらに「お変わりありませんか？」と再訪した五軒の家でおやつとお茶をふるまわれた。それが常態化しているようだった。

小貫との差を見せつけられて、桐野はどんよりと落ち込んでいた。もはやインターフォンを押すこともしなくなっていた。

前を颯爽《さっそう》と歩く小貫の後ろ姿に問いかけた。

「小貫さん、新卒で警官になられたんですか？」

小貫は立ち止まらずに歩き続けた。

「ああ、そうだね」

「民間の会社に行こうとは考えなかったんですか？　営業力高いですし……」

少々嫌味な声音になったが、小貫は気にかけていないようだった。

「いや、考えなかった。世のため人のためって本気で思ってたからなあ」

軽口のように言ってカラカラと笑った。

一瞬ためらったが桐野は斬り込んだ。

「その信念を持ち続けるのって難しいことですか？」

小貫が歩を止めて振りかえる。桐野は怯《おび》えたが、小貫の顔は穏やかだった。

「ああ、難しいね。何度も辞めたくなったよ。でも割と強情なんだよね」

信念を持ち続けていると言っているのか、と桐野は耳を疑った。このごんぞうっぷりを散々さらけ出しておきながら。

「……強情ですか」

「母親譲りでな」

また軽口めかすと、小貫はきびすを返して歩きだした。

桐野は黙って小貫の背中を見つめていた。

それは六軒目の家で起きた。

尾崎《おざき》家は二世帯住宅だった。都内のマンションで暮らしていた娘夫婦が子供連れで数年前に帰ってきたのだった。

尾崎家の主婦智子《ともこ》は、社交的な女性で、居間は近隣の主婦たちのたまり場になっていた。

そんな女性だから巡回で再訪したりすると、必ずお茶に誘われる。

おまけに近隣に電話して「イケメンお巡りさん登場。至急来られたし」などと呼び寄せているのだ。

その日は智子の他に三人の女性たちが集まっていた。

中にはビールを持参して小貫と桐野にも勧める女性もいた。

「飲んでしまえ」と桐野は心の中で小貫に念を送っていた。制服姿でビールを飲んでいるところを隠し撮りするつもりだった。

「一応、勤務中なんで」とさすがに小貫も断っている。

だがそれを尻目に昼間から女性たちの酒盛りが始まった。

昼酒で頬を染めた女性たちが小貫を質問責めにしているが、小貫は実に楽しそうに、時にはぐらかし、時に楽しげに打ち明け話を披露して、女性たちを喜ばせている。

桐野にも女性たちは〝おまけ〟のように話をふるが、桐野は当意即妙な応《こた》えはできない。すぐに話題は小貫に移っていく。

ここに小貫は一時間も居すわった。

途中で何度も桐野は目配《めくば》せをしてみたのだが、気づいているはずなのに無視された。

主婦の一人が「あら、こんな時間、夕飯食わせなきゃ」と家を去ると他の女性たちも続いて家を後にする。

「それでは……」とついに小貫も立ち上がって、玄関に向かうと、そこに智子の娘の青緒《あお》が立っていた。

連絡カードによれば三十四歳。小学六年生の女の子の母親だ。

「ああ、娘さん、お邪魔しました」

小貫が挨拶する後ろで、桐野も頭を下げる。

青緒も会釈するが、笑顔がない。

「どうしました？　なにか困ったことでもありますか？」

小貫の問いかけに青緒はしばらく考えたような顔になったが、やがてうなずいた。

「なんか、こういうのってどうすればいいのか分からなくて……。そしたらお巡りさんの声が聞こえたから、ちょっと相談に乗ってもらおうって思って」

小貫はうなずくと、居間に青緒をともなって戻った。

桐野も浮かない顔で従う。

「なんなの？　あの、なんだっけ？　ヤンキーの？」

青緒に問いかけたのは母親の智子だ。

「うん、そう。こういうのなんの証拠もないし、勘違いだったら傷つけちゃうし。でも放っておいていいものじゃない気がして」

小貫は青緒の前に正座して、うんうんとうなずいている。

しばらく青緒は言葉を探しているようだったが、やがて切り出した。

「ラインって知ってます？」

「あの、アレですね。スマートフォンのアプリですよね。使ったことないですが、聞いたことあります。複数の人と無料でチャットができる……」

ラインはリリースされて一年ほど経過したアプリだった。無料で通話とチャットが出来ることで爆発的に普及しているのだという新聞記事を、桐野も目にしていた。

「子供会に参加してる子供の保護者たちがラインのグループを作ってるんです。お祭りとかイベントの時に情報交換できるように」

「なるほど」

「そこに冴木《さえき》さんって女性が参加してるんです。〝美遊《みゆ》ちゃんママ〟って呼んでますけど」

青緒は照れたように笑った。

「そのグループに冴木さんのご主人も入ってるんです。でもほとんど投稿はしないし、子供会にも顔出さないんです。ママの方は凄いまめに顔出してお手伝いもたくさんしてくれるんですけどね。まあ、どこもダンナはあんまり積極的に手伝ってくれないから気にならないんだけど……」

ここで青緒は口ごもった。そのためらいを敏感に察して小貫が穏やかに、そして少々滑稽《こっけい》に声をかけた。

「一応申し上げておきますが、他言はしませんし、忘れろって言われれば瞬時に忘れることができます。まして警察の力を使って誰かを逮捕するなんて私にはできません。なにしろ私は警官になってから一度も逮捕したことないんですから」

小貫は声を立ててアハハと笑う。青緒の表情も緩んだ。

「冴木さんのパパは使い方があんまり分かってないらしくて、グループのラインに時々、ママ個人に宛てた投稿をしちゃってるんです。ママが気づいて指摘するらしくて、すぐ消されるんだけど、この一カ月で数回あって……」

「その内容が問題なんですね？」

「ええ。恐いの。〝ぶっ殺す！〟とか〝死ねよ！〟とか、短いんだけど激しくて……」

「なるほど」

「それだけなら夫婦喧嘩の範囲かなってスルーしちゃってたんだけど、〝みっともねぇから、ぜってぇに近所に言って歩くなよ〟って書き込みがあって……」

青緒の顔から血の気がひいていた。

「そのパパさんてどんな方なんです？」

「この辺じゃちょっと有名人なの。私より二個上なんですけど、同じ中学でワルくて、高校も喧嘩で退学になって、改造バイクを乗り回して、一人で暴走族みたいなことしてて。その後もしばらく半グレの組織入ってたりしてたらしいけど、美遊ちゃんママと出会って更生したっていうか、結婚したくて建築関係の会社に就職して……」

「建築関係ってどんな職種です？」

「戸高《とだか》組って地元の……」

「ああ、内装関係の」

「そうです。その美遊ちゃんママが若くて美人なんですよ。まだ三十にならないんじゃないかな。子供が二人いるから子供会に入ってるんですけど、この一カ月ぐらいまったく参加しなくなっちゃったんです。明るくて元気な子だったのに、町でばったり会っても、なんだか暗いの。おかしいなって思ってたら、スーパーのレジ打ちのパートも辞めちゃって。そしたら、パパの暴言のチャットが飛んできたりしたから、これはって……」

「家庭内暴力を心配されてるんですね？」

「そう。でもそういう証拠がないじゃないですか」

「町でばったりお会いになった時に、なにか変わったことありませんでした？　普段はしないマスクやサングラスをかけてたり、とか。メイクが濃かったとか」

「いえ、メイクは普段から濃いめかも。彼女も元ヤンだから。でも怪我したりアザがあったりとかはないと思います。服の下までは見られないけど」

「うむ」と唸ってから、小貫は桐野に目をむけてきた。

「ラインはやってないよね？」

「ええ」

「娘さんになにか質問ある？」

桐野は一瞬ためらったが、切り出した。

「そのパパさん……冴木さんは結婚してからも、粗暴なふるまいとかを目撃されたりしてるんですか？」

首をふって青緒は否定した。

「仕事が忙しいらしいから、あんまり見かけることないけど、そういう噂は聞いたことなないです」

しばらく小貫は腕組みをして考えていたが、やがて青緒に笑顔を向けた。

「確かにナイーブな問題ですね。でも教えていただいてありがとうございます。誰も傷つかないように配慮しながら、ちょっと探ってみます。冴木さんの住所を教えていただけますか？」

住所と家族構成を聞き取りして、小貫と桐野は尾崎家を辞した。

外に出るとすぐに小貫は私物の携帯電話でどこかに電話をかけている。小声なので桐野には聞き取れなかったが、小貫の話し口調から斉藤ではないか、と推測していた。

自転車で並走しながら、桐野は小貫に尋ねた。

「ＤＶだと思います？」

「分からない」

「ＤＶやる人は内側に向いていって、外面は良いらしいですからね」

「ああ、とにかく明日の夜にでも、現地に行ってみよう。なにか分かるかもしれない」

「え？　鳩裏の管轄じゃありませんよ」

「そもそも警官として調べる気なんてないの。お茶とお菓子をごちそうになってるから、そのお返し」

「お返し？」

「そう。つまりあなたもお返しをする必要があるわけ」

呆れた桐野は、自転車の速度を緩めると小貫の後方につけた。

小貫の携帯が鳴り出した。

自転車を停めて、小貫は電話に出る。

「あ、はい、すみません。え？　そうなんですか？　まだ引っ張られたりしてないんですよね？　そうすか。ありがとうございます」

電話を切ると、小貫は桐野に目を向けている。

「どうしたんですか？」

「斉藤さんだ。ちょっと冴木家のダンナの素性を探ってもらったんだ。そしたら、例のホームレス襲撃事件の容疑者のリストに入ってるらしいんだ」

驚いて桐野は目をむいた。だが小貫は薄ら笑いを浮かべている。

「まったく手がかり見つけられないから、手当たり次第にリストにあげてるだけだろ。元ヤンだからとかって、馬鹿な理由だよ、きっと。くだらねぇ」

〝先入観は目を曇らせる〟という言葉を思い出していたが、桐野は口には出さずに尋ねた。

「斉藤さんに情報を与えてくれる人がどこかにいるんですか？」

するとと小貫は目をすがめて桐野を見やった。

「なに？　疑ってるの？　それともなにかお探りになってるおつもりか？」

「いや、そういうワケじゃ……」

どぎまぎしてしまいながらも首を振る。気づいているのか？

だがすぐに小貫は微笑んだ。

「斉藤さん、あの歳《とし》までごんぞうを続けてるんだぜ。筋金入りなの。斉藤さん優しいだろう？　やっぱり〝人柄〟ってごんぞうには必要なのよ。県警本部にも斉藤さんの信奉者がいる。それが誰なのかは、俺にも教えてくれないけどね」

笑いを浮かべたまま小貫は自転車を再びこぎだした。

4

その日は夜になると急に冷え込んだ。東北では初雪になるとニュースが伝えている。

鳩裏交番では木本の二班への引き継ぎとは名ばかりの無駄話が繰り広げられていた。

もう引き継ぎの時間を過ぎて午後十一時になろうとしている。

話題の中心は小貫が提供した冴木家のＤＶ疑惑についてだったが、小貫は湘南ホームレス連続襲撃事件の容疑者のリストに冴木が含まれていることを話さなかった。本当に「くだらねぇ」と思っているのだろう。

「〝死ね〟とか〝殺す〟って夫婦の間だったら、ちょっと口が悪かったら言うだろ。それをDVってのはちょっとなあ」

木本はDV説に否定的だった。

「〝みっともねぇから、近所に言って歩くな〟ってのはちょっと引っかかるけどな」

せんべいをかじりながら高木は首をひねる。

やはりせんべいをばりばりとかみ砕きながら、小貫が墨田に話を振った。

「元妻帯者の見解はどうだい？」

茶をすすりながら墨田は顔を歪める。

「罵《のの》り合うぐらいの関係があるなら、俺から見たら仲良しですよ」

「同じ空気を吸うのもヤだって言ってたもんな」

墨田の離婚当時の事情を木本は知っているようだった。

「でも仲が悪いってのと、DVはこれ、関係ないんじゃないの？」

二枚目のせんべいに取りかかった小貫の問いかけに誰も答えを出せずにいる。

「ちょっと調べたんですけど……」

桐野がおずおずと手を上げた。

「うん」と小貫がアゴで先を促す。

「確かにDVって夫婦仲はあんまり関係ないようです。むしろDV被害者が加害者に依存している場合もあって、外部からの通報で第三者が家庭に立ち入ろうとすると被害者が拒んだり、恫喝《どうかつ》したりするケースもあって……」

手で小貫が桐野の言葉を切った。

「なるほど。よく分かった。とにかく桐野くんと行ってみるわ」と小貫が立ち上がった。

「え？」

「なに？ ヤなの？ あんなにうまそうに大福食ってたのに」

顔が赤らむのを桐野は感じた。たしかに尾崎家で出された豆大福はとびきりおいしかった。思わず表情に出てしまうほどに。


署を出てから歩いてきたので時間は夜の十二時近かった。小貫はもうすぐ終電を迎える。タイムリミットは一時間だ。

冴木家の住所である古町《ふるまち》の周辺は、昔からある住宅街だった。

新築されたりして、新たな住民が入ることで街は生まれ変わっていたが、そのままの街並みが一部に残っていた。

昭和二十年代に一斉に建てられた同じ形の平屋の戸建てが並び立っているのだ。目指す冴木家は、その地域にあった。

小貫は黒いジャケット、桐野は紺のステンカラーコートという夜陰に紛れやすい色目の上着を着込んでいる。

夜に私服で訪れたのには意味があった。警官は縄張り意識が強い。そこを荒らされたりすると大騒ぎになるのだ。

犬猫以下だ、と小貫は警察の縄張り意識を揶揄《やゆ》して笑っていた。

少し時間が遅くなりすぎていたが、夜陰に乗じて、家の様子をうかがうことにしたのだ。

この一帯の家々には塀がなく、長屋のように軒を連ねている。だから簡単に家の様子が覗けた。ＤＶの証拠を摑んだら通報すればいいだけのことだ。

どの家も古びていてわびしい気分にさせられる。家が傾いていたりするし、家の周りの壁に補強のためにトタン板が張り巡らしてある。そのトタンも錆《さ》び付いてところどころ穴があいている。屋根のコンクリート製の古い瓦はところどころ割れたり欠けていたりして雨漏りがしそうだった。

小貫と桐野は足音を忍ばせて冴木家に向かった。同じような平屋建ての家を三軒過ぎると、そこが冴木家だった。同じ造りの古びた家だが、こちらは瓦を鋼板製にふき替えてあり、外壁も白いサイディングボードで覆っていて、窓もアルミサッシに替えられている。

この家には冴木、その妻と二人の幼い女の子が住んでいる。

家の外観は他の家より綺麗にしてあるが、家の周りはかなり乱雑だ。

子供の遊具ばかりではなく、夫の作業具が錆び付いたまま野ざらしにされていて、自転車も六台あるが、いずれも雨ざらしで、まともに乗れそうなものは一台しかない。

つい桐野は自転車防犯登録を確認したくなった。

家の横に駐車してある車は、〝関東狂騒会〟と書かれたステッカーがリアウィンドウに貼り付けられた白いワゴン車だ。〝関東狂騒会〟はかなり前に解散したはずの暴走族の名だった。車自体も様々に改造がされているようだ。

家中の様子に耳を澄ます。玄関の小窓から明かりが漏れているが、静まり返っている。テレビの音なども聞こえない。

腰を曲げて前をゆっくりと進んでいた小貫が大きな枯れた木の陰に身を潜めて、冴木家の裏庭を覗いてつぶやいた。

「こりゃ、マズイな」

そこには白いポリカーボネートの波板で作られた小屋のようなものがあった。かなりの大きさで他の家なら縁側に当たる部分をすっぽり覆い尽くしている。サンルームのようだが、波板は半透明の白色で、家の中の様子はうかがえない。かすかに明かりが灯っているのが分かる程度だ。

「外からの視線を嫌ってるんだな」

小貫が声をひそめて言った。

「ああ、そうか……」

ＤＶの犯例を学んだことを桐野は思い出した。暴力を振るう男は、妻や恋人が外の社会と触れ合うのを嫌がる。自分の暴力を世間に知られることを嫌うのだ。エスカレートすると、家を要塞化して女性を軟禁状態にする。その果てにあるのはさらなる暴力と死だ。

「サッシも外壁の補強も外に音が漏れないためなのかもしれません」

桐野の言葉に小貫がうなずいた。一気に緊張が高まる。

「あの縁側の波板のそばまで行ってみよう。中の様子が探れるかもしれない。暗いから、こちらの動きは分からないはずだ」

小貫が庭に足を踏み出すと、ジャリッと音がした。

「ダメだ。砂利が撒《ま》いてある。あっちから回り込もう」

砂利を撒いたのも外部からの侵入者を警戒しているからだろう。

小貫の指示に従って遠回りをして、物置の陰で身を潜める。

「なんか匂わないか?」

桐野はくんくんと匂いを嗅いだ。小屋までの距離はかなりあったが匂いが漂ってくる。

「あ、これ、洗剤の香りですよ。香る洗剤ってのが最近流行《はや》ってまして、それの匂いです。フローラル・ブーケとかいうんですよ」

「あなた、詳しいね……」

突然に小貫が口をつぐんだ。その視線は庭の小屋に向けられている。

小屋に向かう男の姿があった。真っ黒なパーカーを着てフードをかぶった大きな男だ。

作業ズボンをはいている。この家の主人だろう、と桐野は思った。いかにも建築業らしい馬力のありそうな体つきだ。

だが挙動が怪しい。足音を立てないようにそろそろと歩いているように見える。

「なんでしょう?」

「多分、窃盗だ。黙ってろ」

男が裏庭にそっと近づき、小屋の脇にあるドアの前でしゃがみ込んで、手になにかを持って動かしている。やがてドアを開けて、中に入った。鍵を開けていたようだ。

家の中のぼんやりとした明かりで男の動きがそれとなく分かる。家の中に侵入しているのではない。小屋内でなにか物色している。

「下着泥棒だ」

小貫が断言した。確かにあの小屋が物干し小屋だとすれば納得がいく。下着泥棒の被害にあって困った末に、冴木家であの小屋を作ったのかもしれない。

男が小屋から出てきた。ポケットの中になにか押し込んでから、ドアを閉めて、やはりしゃがんでドアに細工している。鍵をかけているのだろう。

「いいか。一一〇番だ。いや、所轄は駅前交番だ。番号分かるな？　通り掛かったら偶然見つけたって言え。すぐに来てくれって」

言いながら、小貫は立ち上がって男を追っていく。逮捕するつもりなのだろうか、と思っている間もなく、小貫が男に声をかけた。

「待て」

低い冷静な声だった。

立ち止まって振りかえると男はいきなり小貫に襲いかかった。

慌てて桐野は携帯電話で駅前交番に電話を入れた。

電話がつながる前に勝負はついてしまった。

小貫は機敏に身体をかわして、男が殴り掛かってくるのを寸前で避けた。そのまま流れるように、前のめりになった男の背中に肘を当て、体重を乗せて男を押さえ込んでしまった。

逮捕術で習う技ではない。桐野にはそれがどんな武術の技なのか分からなかったが、鮮やかだった。

男が苦しげにうめいている。背中に肘うちを食らって呼吸がうまくできないのだ。もはや戦意を喪失している。

「桐野、来い！」

桐野が駆けつけるまでに、小貫は男の腕を後ろにねじり上げた。

「警察だ。大人しくしろ」

その言葉で男は身体から力を抜いたように見えた。

「いいか。お前がこの腕押さえてろ。暴れたら上にねじれば動けなくなる。気を抜くなよ」

言われるままに桐野は小貫に代わって男の腕をねじると、馬乗りになった。

「じゃ、俺は行くからな。俺はここにいなかったことにしろ。お前はなんか嘘《うそ》をでっち上げて偶然ここを通り掛かったことにするんだ」

小貫は夜道を走り出した。

「小貫さん……」

小貫は立ち止まると笑顔で振り返った。

「俺は嫌われ者だからさ。なにかと厄介なことになるんでね。じゃあな」

小貫は走り去っていく。

小貫が去った気配を察した男が動こうとしたが、小貫に言われた通りに腕を持ち上げると「アアア」とうめいて静かになった。

駅前交番に桐野が電話した時に応じたのは主任の千倉だった。桐野は嫌な予感がしながらも事件の詳細を伝えた。予感は見事に的中した。

冴木家に駆けつけたのは駅前交番の熱血漢の都築だった。

「人のショバ荒らしてんじゃねぇよ！」

いきなり桐野はどやしつけられた。チンピラそのものだ。

「おいしいラーメン屋さんがあるって聞いたので探していたら迷ってしまって……」

「誰に訊いたんだ？」と都築は犯罪者に尋問する時のように尋ねる。

「ちょっと名前が……」

「名前知らない人に訊くのか。〝おいしいラーメン屋さんありませんか？〟って」

「いや、私が尋ねたんじゃありません。雑談しているのをお聞きして……」

「なんてラーメン屋だよ」

「めんめん屋です」

「全然違うじゃねぇか。めんめん屋は新町《しんまち》だ。適当にごまかしやがって。お前……」

都築がジロリと睨んだ。

「なんか隠してるだろ？」

桐野は震え上がっていた。黙って首を振って否定することしかできない。

「お前、なんか情報摑《つか》んで、勝手に捜査してたんじゃねぇか？　出世したくてうずうずしてるって顔だ」

「いえ、そんな……」

「あの大男をお前が倒せたのか？　本当は他に誰かいたんじゃねぇのか？」

図星だったが、必死になって首を振る。

黙って都築は桐野の顔をにらみつけている。恐ろしい形相《ぎょうそう》だ。

桐野も腹を据えた。どんなに脅されても否定し続けよう。

なおも長い凝視が続いた。

やがて諦めたようで都築の顔に微笑みが浮かんだ。ほっとしたのも束《つか》の間《ま》、都築が拳でドンと桐野の胸を突いた。

息が一瞬止まってしまった。

呟き込んでいる桐野に「お前、油断し過ぎだ。死ぬぞ」と言い置いて、都築は現場検証の手伝いに向かった。

捕まえられた男のパーカーのポケットからは二枚のパンティーが押収された。やはり下着泥棒だったのだ。

三年ほど前からこの一帯で下着泥棒が発生していたのだが、犯人が周到でなかなか尻尾を摑めなかったという。

この一帯の古くからある家は塀のないものが多くて侵入しやすく、ターゲットになったようだった。警察に被害届を出していたのは五軒だけだったが、実際には二十軒近くが頻繁に被害に遭っていた。下着泥棒は通報することをためらう家も多く、届け出することなく自衛していた。その中に冴木家も含まれていた。

一度でも被害にあった家は自衛策の第一歩として室内干しに変更するのだが、半年もすると家の中がカビたりして、また外に干すようになる。そこを狙い澄ましたように盗まれていたので、住民は困り果てていた。

もちろん警察も動いてはいたが、犯人像はまったく固まらなかった。

まず盗まれる時間帯が一定していなかった。朝干しても、昼干しても、夜に干しても盗まれた。

警察は犯人は無職なのだ、と想定していたが捕まった男は土木作業員だった。休日も睡眠も削ってすべてを下着泥棒の計画と犯行のために使っていたようだ。

犯行は若い女性の下着に限定されていた。被害者は線を引いたように全員が三十五歳以下で十四歳以上だった。

犯人の独り暮らしのアパートの部屋からはこの一帯の住人の綿密な〝女子分布図〟が見つかった。女性の年齢と容姿が五段階で評価され、評価が〝一〟以下になると対象から外され〝緊急用〟に回される。調べ上げたその家が無人になる時間帯から、泥棒をした年月日、さらに犯行が一軒に集中しないように各家を回るためのローテーション表まで作られていた。

その中にあって今回被害にあった冴木家の妻はたった一人だけ五段階を飛び出して〝特五〟という評価になっていた。だが、この一カ月はローテーション表への記入がなくなっていた。

犯行の手口を担当刑事から聞かされながら、犯人の中の〝抑制が飛んだのだ〟と、桐野は感じていた。

通常、鳩裏交番の警官なら、犯行の詳細は伝えられない。だが桐野は逮捕した功労者だ。担当刑事に呼び出されて署で説明を受けた。もちろん小貫の存在は隠した。犯人も小貫のことは口にしなかったようだ。

「ホシはさ。この一カ月は仕事にも行かなくなってたみたいでね。ホシの中のなにかがぶっ壊れちゃったんだろう。ほぼ毎日冴木さんのお宅だけ盗み始めたんだな。可哀相に奥さん、ノイローゼみたいになって〝襲われるんじゃないか〟って外も歩けなくなって、パートは辞めちゃうし、夫婦喧嘩も増えたそうだ。警察に言ってくれりゃ良かったんだが」

「あの、縁側の覆いは防犯のためですか？」

「ああ、作ったのは一週間くらい前らしい。旦那《だんな》さんが建築業なんで、お手の物だろ。内側から掛け金式の鍵もつけてたそうだが、あのホシはドライバー一本で開けちゃってた」

ラインに流れた夫からの〝ぶっ殺す！〟や〝死ねよ！〟の暴言は、新たな下着泥棒被害を妻から告げられて、犯人に向けて放たれたものだろう。そして〝みっともないから、近所に言うな〟は下着泥棒のことだ。夫はラインの使い方がまるで分かっていないようだ。

「あ、冴木さん……夫の方ですけど、湘南ホームレス連続襲撃事件の容疑者に……」

すると担当刑事が顔をしかめて、声を落とした。

「誰に聞いたの？」

「噂です」

しばらく渋い顔で黙っていた刑事だったが、やがて口を開いた。

「もう広めんなよ。下着ドロの件で、自宅で事情聴取した時に、ホームレス連続襲撃事件の担当が紛れて、ダンナの靴のサイズを調べたんだ。サイズが合わないからリストから外れた。間抜けだよなあ。元暴走族がホームレス殺しなんかやるかよ。筋が違うだろ」

小貫の言っていた通りに「くだらねぇ」理由だったようだ。

「いや、すげぇよ。その下着ドロってのがさ。まあ、枚数はブラとパンティーで千枚ぐらいで大した数じゃないんだけどね」

引き継ぎのために鳩裏交番にやってきた木本は開口一番に桐野が検挙した下着泥棒の話題を口にした。木本も署内に懇意にしている警官がいるのだろう。下ネタ好きの木本にとっては看過できない事件だ。強引に聞き出してきたようだ。

「では、ここで質問です。その下着をどうしていたでしょう？」

木本は小貫の真似をしてクイズ形式にして、指を立てて見せた。誰も笑わない。

「上掛けとシーツに仕立ててた」

部屋の隅でパイプ椅子に座っていた小貫がつまらなそうに答えを出した。署で聞いてきたことを桐野が小貫たちに伝えていたのだ。

「なんだよ。知ってんなら言うな」

木本が矛盾したことを言って小貫をなじった。

犯人はブラジャーのワイヤーなどの金属類を丹念に取り除いて縫い合わせて上掛けを造り、パンティーはすべて縫製部分をほどいて、改めて縫い合わせてシーツを造り、それにくるまって眠っていたのだ。

それを知らされた被害女性たちは怒りばかりではなく、言い難《がた》いほどのおぞましさに震え上がったであろうことは想像に難くない。

「はあ、でも、担当が死ぬよなあ」

木本がため息まじりに気の毒がった。

担当とはこの事件を担当する刑事のことだ。被害実態を調査するために、犯人が三年間にわたって盗み続けた下着をすべて検分して被害実態を把握しなくてはならない。

つまり縫いつけられた下着を一枚ずつほどいて持ち主に確認しなくてはならないのだ。

被害者にとっては二度目の被害にあうのも同然だ。被疑者に蹂躙《じゅうりん》された自分の下着を見せられることは苦痛以外のなにものでもない。

「結局、家庭内暴力はなかったんだね」

斉藤が塩昆布をしゃぶっている。

「そうみたいです」

桐野が答えるが、斉藤は聞いていなかったかのように茶をすすった。

「あの、こういうことってよくあるんでしょうか？」

桐野の問いかけに、全員の視線が集まった。

「こういうこと？」と木本が怪訝《けげん》そうな顔をする。

「いや、住民たちの通報……と言いますか、困りごとの訴えで、なにか事件を解決するというようなことが、今までもあったのかなあって」

木本たちが小貫に目を向けていた。

小貫は視線を受けて椅子から立ち上がった。

「事件解決まで行ったのは二、三件かな。未然に防いでるのは結構あると思うよ」

ごんぞうたちも役立っているということだ。しかも巡回をこまめにしているからこそ得られる情報だった。これは桐野も認めないわけにはいかなかった。

今回の逮捕は小貫の手柄だった。桐野がその手柄をもらったことになる。それまではどうだったのだろう。

「その手柄っていうのは……」

「俺たちの手柄にはしない。ボランティアだからさ。名乗り出るような不細工なことはしないんだ。事件を見事解決して、足跡一つ残さずに消え去るヒーロー、ごんぞうマン！」

仮面ライダーのように〝変身〟のポーズをする小貫に、木本たちは苦笑している。

一人だけ桐野は無表情で立ち尽くしていた。

住居侵入罪……。冴木家の敷地に無断で立ち入っている。三年以下の懲役または十万円以下の罰金。

所轄外での私服での捜査を罪に問えるかは微妙なところだ。今回は桐野が一人で事件現場に出くわしての緊急逮捕という形になっていた。火の粉が自分にかからないように配慮する必要がある。

「日曜かあ。巡回行こうか?」

小貫に誘われて桐野は顔をしかめた。

「もう七時ですよ。巡回でうかがうと一番嫌な顔される時間じゃないですか」

小貫は楽しそうに笑った。

「分かってきたじゃないの。一人前のごんぞうだね」

小貫は声を上げて笑いながら交番を後にした。

桐野は仏頂面のまま黙っていたが、仕方なくあとに続く。

自転車をこぎながら桐野はずっと気にかかっていることを尋ねた。

「鳩裏交番って警察庁の肝入りなんですよね」

「ああ、そうだよ。警察庁が募集して選考までやったんだから」

「その……なんていうか……」と桐野は言いづらそうにしている。

「なんだよ？　はっきり言えよ」

「その……なぜごんぞうばかりが応募したんでしょうか？」

「まず〝楽な勤務〟ってのに飛びついたって思われるだろ。次に所属署も県警も飛び越えて、警察庁の応募に応じるってことは〝へつらう〟ってことだよ。所属署の上に睨まれて出世できなくなる。警察庁が実験交番勤務後の警官の出世なんて心配してくれるわけないからな。〝普通〟の警官は絶対に応募しない」

「それで二十人の応募者は全員がごんぞう……」

「いや、応募者はごんぞうばかり五十人いたそうだ。ただ所属署が成績を偽装してくれなかった三十人は成績不良で足切りになったって噂だ。ちなみに俺は断トツでトップの成績だったらしい。なんとしてでも追い出したかったんだろうね」

　小貫は楽しげに笑った。

「警察庁からの視察とかないんですか？」

「いや、配置になって一カ月後に、警察庁のお偉いさんがドヤドヤと広報と一緒にやってきて、俺と写真撮って帰って行っただけ」

「え？」

「〝この交番が成功すれば、四年後にはウチが主導して全国にこの四交替制交番が広がっていくからね。君たちの奮起に期待しています〟とか言いやがって」

「小貫さんはなんて答えたんですか？」

「〝ハッ！　全力で臨みます。ご期待ください。キチンと敬礼！〟って感じだよ」

「はあ……」

「マジメな警官の真似なんて簡単よ」

またも声を立てて笑うと小貫は目的地も告げずに自転車で先を行く。

小貫がなにか独り言を言っていると桐野は思ったが違った。また歌っているのだ。

「♪ちゅ〜る〜ちゅ〜る〜ちゅるちゅるちゅ〜付〜けるタイプの魔法だよ〜♪」

また「つけまつける」だった。よっぽど好きなのだろう。しかもなかなか歌がうまい、などと感心していた桐野はブレーキをかけて止まった。

「小貫さん、ここから先は管轄外ですよ」

小貫は返事もせず、歌いながら進んでいく。

桐野は「ええ〜」とぼやきながらもその後ろをついていくしかなかった。

しばらく進むと小貫の目的地が分かってきた。下着泥棒の被害者である冴木家だ。

もう事件の捜査は完全に終わっている。警官が再び訪れることは被害者感情を逆撫《さかな》でするこ とにならないだろうか……。

冴木家の前で自転車を停《と》めると、小貫は耳を澄ましている。

桐野も小貫にならって聞き耳を立てる。中からはにぎやかに子供のはしゃぐ声が聞こえてくる。ときおり太い声が聞こえるのは父親の冴木だろう。子供たちと遊んでいるようだ。

「もういいかな？」と謎の言葉をつぶやきながらも「でも一応」と小貫はブザーを押した。

「はい？」と男の声が中から応じた。

「駅前交番の者です」と小貫が嘘をつく。

すぐに引き戸が開いて、二歳ほどの女の子を抱いた冴木が顔を出した。冴木の大きな身体に隠れるようにして五歳ほどの女の子がこちらを覗いている。どちらも可愛らしい。

「すみません。お休みの夜分に」

小貫が帽子を脱いで頭を下げた。

「はい、なんすか？　まだなにかあるんすか？」と冴木はそのごつい顔だちを歪めた。

「いえ、違うんです。実はウチの新人があの犯人を捕まえたんです」

いきなりのことに桐野はどぎまぎしていたが、小貫に引っ張られて前に出る。

「新人なのに大金星で、異例の表彰されることになりまして、そのお礼を申し上げたいってこの若造が言うもんですから、お邪魔と分かりながらもうかがってしまいました」

また小貫に手を引かれて、桐野は帽子を脱ぐと深々と頭を下げた。

「ありがとうございました」

「いえ、それは、こっちが言うことで……」と冴木は頭を下げる。

「それとついで、と言ったらなんなんですが、巡回連絡カードへの記入を……」

冴木の顔色が変わった。険しい顔つきになっている。

「もうヤですよ。書き間違いがあるとか何度も何度もしつこくって、もういいでしょ。書いたの二年前だよ。なにも変わってないし……」

かなり大きな声だった。するとそこにジャージ姿で頭にタオルを巻いた女性が現れた。華やかな香りが漂った。フローラル・ブーケだと桐野は思い当たった。

「なに騒いでんの？　やめてよ」

冴木の妻の美咲《みさき》だった。風呂上がりのようだ。すっぴんだが、美しかった。桐野は下着泥棒が評価した〝特五〟の理由を充分に知った。小貫の目的はこれだったのではないか、と疑ってしまったほどの美貌だ。

美咲は桐野たちに微笑んで会釈した。だが直後に夫に向けて「なに？」と恐い顔をする。

「だってまた巡回連絡カード書けって言うんだぜ」

「あんたが、書き殴るからダメ出しされたんだろーが。あんな字、読めないんだって。お巡りさんだって申し訳なさそうにしてたじゃん。なのにガンガンブータレて。結局書いたの私じゃん」

「だって……」

冴木は子供のようにすねた顔をしている。

すると冴木の腕の中にいた娘が美咲に手を伸ばした。美咲は娘を抱き取りながら小貫に笑顔を見せた。

「あの時、まだこの子がお腹《なか》にいたから変わってますもんね。書いておきます」

「いや、すみません。二年前に書いていただいてたのを、この若いのが見落としてたようで、改めてそれをお持ちします。申し訳ありません！」

慌てて切り上げると何度も詫びて辞した。

外に出て自転車まで戻ると、小貫が桐野に明かした。

「担当刑事があの夫婦の〝喧嘩が増えた〟って言ってたんだろ？　それが気になってね」

「どういうことですか？」

「ＤＶの線を完全に潰《つぶ》しておきたかったってこと」

だからわざと巡回連絡カードへの記入という面倒なことを言い出して冴木に負荷をかけたのか、と桐野は思った。

「あの威勢のいい奥さんが外出できなくなっちゃうんだもんな。下着泥って罪が深いよ」

パートまで辞めてしまっていたのだった。

するとと急に小貫が楽しげな声を出した。

「ああいう夫婦っていいな、なんて思わなかった?」

「ええ」と不承不承に桐野は応じた。確かに微笑ましかった。

第3章

1

夜になると冷え込んだが、陽差しがあると日中は暖かい。その陽気に誘われたとでもいうように、小貫は桐野を連れ立って巡回に出かけた。今日は遅番で午後二時半から午後十時半までの勤務だ。課長による巡回がないため、三時には目的の住宅街にいた。前を歩く小貫の背中を見ながら桐野は、オヤツの時間を狙ってるんじゃないか、と踏んだ。

巡回にはやはり慣れることができなかったが、最初の十軒ほどを桐野が担当すると残りはすべて小貫が対応してくれた。

「田端《たばた》さん、お久しぶりです。お変わりございませんか？」

にこやかな笑顔で、インターフォンに向かって小貫は挨拶を告げた。

「あら、お巡りさん、ご無沙汰じゃない」

インターフォンから声が答えるとすぐに玄関から女性が現れた。カードによれば五十九歳の田端京子《きょうこ》。六十二歳の会社役員の夫と二人暮らしだ。

「お変わりあんのよ。家族が増えちゃいそうなの」

「え？　おめでとうございます」と小貫はおどけて京子の腹に目をやった。

「ヤだ！」と笑いながら京子がかなり強めに小貫の肩をはたいた。

「私が孕《はら》んだら奇跡起きちゃうわよ。違うの。娘がダンナと別れるって言い出しちゃって。困ってんのよ。ちょっと込み入ってるから、上がってかない？」

誘われるままに、小貫は玄関に向かう。どう考えても愚痴《ぐち》を聞かされるだけだった。

だが仕方なく桐野もついていく。

聞いてみると娘夫婦の喧嘩レベルで、深刻な話ではなかった。だが小貫は巡回で見聞きした事例を持ち出しつつ、その愚痴に上手に付き合っている。それればかりか、ちょっとしたアドバイスまでしている。その様子を見ながら桐野は気づいたことがあった。

小貫は雑談をしながら、近隣の情報を聞きだそうとしなかった。雑談のための雑談なのだ。

京子の話題はやがて県内の紅葉スポットに変化していた。それに応じて話す楽しそうな小貫の横顔がすべてを物語っている。ごんぞうにとって巡回連絡は娯楽なのだ。

「お庭も紅葉始まってますね。手入れはプロにおまかせなんでしょ？」

居間から美しい日本庭園が見えるのだ。

「年末だけね。後は主人が休みの時にちょこちょこやってるのよ。玄関に梅があるでしょ。あれがやっぱり難しいらしくて主人は手を出せないのよ。あ、あの梅の実で梅干し作ってんの。持ってく？　評判いいんだから」

答えを聞くまでもなく京子はキッチンに向かってしまった。

五分ほど手持ち無沙汰にしていると、京子が小瓶を二つ手にして戻ってきた。

贈収賄罪の可能性があった。小貫は「ありがとうございます」と素知らぬ顔で受け取っている。だが京子は桐野にも瓶詰めを手渡した。小貫の手前断るわけにもいかずに「すみません」と受け取ってしまった。同罪だ。しかし、実際問題として自家製梅干しの五粒ほどで倫理規程に反することはあり得ない。

「なにか困ったことがありましたらお気軽にお声かけてくださいね」

決まり文句を告げて田端家を辞すると、次の目標である秋田《あきた》家に向かった。すると道端で若い主婦たちが三人で立ち話をしている。

「あ、お巡りさん、こんにちは」

中の一人が小貫に声をかけてきた。残りの二人も顔見知りらしく小貫に会釈をしている。

「これはこれは、みなさんお揃いで」と小貫は主婦の輪の中に入っていく。

桐野は近づくものの、その輪の中には入れない。

ひとしきり、ペットの犬（大型犬のマスチフだった）や子供たち（全員小学生の男の子の母親だった）の話題で盛り上がっていた。しばらくすると小貫に声をかけた女性が話題を変えた。その顔には非難するような尖《とが》りがあった。

「あそこの角にあったゴミ屋敷、おばあさんがボヤ出したじゃない？」

それは桐野が赴任する前、昨年の夏の事件だ。正確に言えば事件ではなく事故だった。

そのゴミ屋敷は数年前から交番や保健所に何度も苦情が寄せられていた。庭に溢《あふ》れ出ているゴミと腐臭の苦情だった。

小貫も鳩裏交番に配属された当初から何度か足を運んでいた。ひどいありさまだった。

二階建ての家はその姿が判別できないほどにゴミに覆われていた。辛うじてゴミは敷地内に収まっていたが、庭もゴミで埋めつくされていた。ゴミのほとんどが粗大ゴミだったが、中には生ゴミもあり、腐って猛烈な臭気をまき散らしていた。

だが警官ができることはなかった。法的に取り締まることができないのだ。

それでも気になって小貫はたびたびゴミ屋敷を訪れたが、いくら声をかけても夫を亡くして独り暮らしのはずの七十代の老婆は姿を見せなかった。

小貫は周辺住民の訴えに耳を傾けながら、彼らの苦悩が憎悪に発展していくのを肌で感じ取っていた。

その家でボヤが出たのだ。火事はかねてから近隣住民が心配していることだった。庭にまで溢れたゴミはプラスティック製品が多く、タバコの一本でも放り投げられれば簡単に燃え上がりそうだった。

深夜に家の二階部分の窓から煙が上がっている、と消防に通報があって、消火に駆けつけたときにはすでに鎮火していた。

実況見分のため建物内部に隊員たちが入ろうとしたが、ゴミに邪魔されて困難を極めた。

二階には辛うじて二畳ほどのスペースがあり、そこが出火元だった。小さなテーブルと石油ストーブがあり、寒暖にかかわらず、そのストーブで煮炊きをしていたようだった。

この家はガスと電気、水道も料金を滞納していたために止められていたのだ。そのストーブの横で老婆は身体の半分が真っ黒に焼け焦げた姿で見つかった。

小貫は現場に近づくことも許されなかったが、警察と消防の現場検証の結果を知った。

灯油をストーブにつぎ足そうとして誤ってこぼし、身体に火が移って焼死したという判断だった。

老婆の焼死という後味の悪い結末だったが、住民の誰もがこれでゴミ屋敷問題は解消すると思っていた。

だが遠方に住んでいて没交渉だった老婆の息子が、ゴミの撤去を拒否した。〝ゴネ〟たのだ。市に土地と家を買い上げろ、と要求した。市としても百坪の土地を七千万円という値段で買い取るわけにはいかなかった。またも事態は膠着《こうちゃく》するかに思われた矢先に救世主が現れた。

地元では土地持ちで知られる大地主の梅園《うめぞの》家の当主である梅園大治郎《だいじろう》が、この土地を老婆の息子から買い上げたのだ。噂では老婆の息子の言い値通りに買ったと言われていた。

大治郎は本職である土木建築業、梅園組の社長であったが、現場に立つことはなく不動産の管理が主な仕事だった。

ゴミ屋敷のゴミの片づけから建屋の解体まですべて梅園組が手がけた。夜を徹しての猛烈な突貫工事であっという間に、跡地には梅園クロスビルと名付けられた立派な四階建てのビルが建った。

「お巡りさんだけはあそこのおばあさんと仲良くしてたよね？」

立ち話をしている女性の言葉にはやはり非難の色があった。

珍しく小貫は沈黙している。表情も冴《さ》えない。

老婆は住民たちと没交渉だった。ゴミを片づけろと何度も言われ続けた結果、深夜や早朝にゴミを集める以外には外出しなくなって、住民の姿を見かけると隠れるようになったのだ。

そんななか、小貫の呼びかけにだけ老婆は応じるのだった。だがそれは小貫が一人で呼びかけた場合に限られていた。そこに近隣住民、町内会役員、市役所、保健所の職員、民生委員などの姿が一緒にあれば決して家から出てこようとはしなかったという。

「お巡りさんが厳しく言わないからあのおばあさんはつけあがってるんだって、みんな言ってたんだから」

女性はますます糾弾《きゅうだん》する色を強めていた。もはや小貫は不機嫌である様子を隠そうともしていない。憮然《ぶぜん》とした表情だ。

やがて一礼すると無言で歩き去った。

主婦たちは険しい顔で小貫を見送っている。

「少なくとも」

小貫は後ろの桐野に向けてなのか、ボソリとつぶやいた。

「あのばあさんは犯罪者ではなかった。ただゴミを収集する習癖があったというだけだ。確かにはた迷惑だったかもしれない」

小貫は立ち止まった。

「どうしたん……」

桐野は思わず言葉を飲み込んだ。小貫はうつむいて怒りのために震えていた。

小貫は事故のあらましを桐野に告げると、さらに怒りに震えながら続けた。

「俺はゴミ屋敷の苦情が届くたびに心配だった。だから、あのばあさんの家の周りを〝警邏〟してた。ある晩、ばあさんが道端で倒れているのを見つけた」

「え？」

「顔面を殴られて、鼻が折れて唇が裂けていた。最初はゴミ屋敷のばあさんだとは分からなかったが、介抱するうちに話してくれるようになった。通りがかりの男にいきなり殴りつけられたと言っていた。病院に連れて行こうとしたが、かたくなに断った。

明るいところに出ると殺されると言うんだ。これまでもいきなり暴行を受けたのは一度や二度じゃないと言う。あの家で腐って匂いを放っていた生ゴミも、あのばあさんが集めたものじゃない。投げ込まれたものなんだ。それだけじゃない。大きな石やブロックが何個も投げ込まれたりして、家の壁が破壊されたりしている。恐くなって外出しなくなったが、食料や日用品が必要で、深夜に隠れるようにして、買い物に行って逃げるようにして帰っていた。それでも何度も襲われたんだ。防御用だと言って手作りの杖《つえ》をいつも抱えていたが、役に立たなかった。襲ってくる相手は一人じゃない、男も女も、子供も大人も老人もいたと言っていた。名前を教えてくれと訊いた。人相だけでも教えてくれ、と。知った顔のはずだが、あのばあさんは絶対に言わなかった」

怒りに任せて一気に語る小貫の話を聞くと被害者と加害者が逆転して見えた。桐野も考え込んでしまった。やがて浮かんだ疑問を口にした。

「……でも、おばあさんもどうしてゴミを片づけなかったんでしょう？　片づければ襲撃もなくなったろうに」

小貫はゆっくり首を振った。

「殴られて人の気持ちって変わるか？　力ずくで押さえ込まれたら反発しないか？」

桐野も首を振る。

「いや、さらに殴られるよりはいいです。私ならやめます」

「あのばあさんは違った。なぜゴミなのかは知らない。聞いても答えなかった。でも、あのばあさんはゴミで徹底的に抵抗したんだ」

桐野は納得しがたかった。

「暴力も悪いけれど、ゴミだって悪いですよ」

「そうだ。両方悪い」

「でも、暴力を振るってない人もゴミの迷惑を被ってるんです。それは違うような気がします」

「暴力を振るうやつも、通りすがりに睨みつけるやつもばあさんからはおんなじ仲間にしか見えなかったんだろう」

道端で老婆の話をした時の女性の鋭い口調を桐野は思い出していた。しかし承服できなかった。

「いや、警察が立つべき位置は迷惑を被っている大多数の住民の側でしょう」

「暴力を振るわれている老婆の側に警察はつくべきじゃないか？」

小貫はいつになく真剣に、さらに言い募った。

「ゴミは事件じゃない。でも暴行は事件だ。罪だ。逮捕できる」

桐野は切り返す言葉に窮した。

「そして、ばあさんは死んだんだ」

小貫が哀《かな》しげに付け足した。

「でも、あれは事故なんですよね？　現場検証も入ったって言ってたじゃないですか」

「ああ、そうだ。だが警察は絶対じゃない」

「待ってください。言い過ぎですよ。それじゃ私たちの仕事は……」

桐野は我知らず声を荒らげていた。

小貫は桐野の目をまっすぐに見た。その目には哀しげな光があった。

「ああ、そうだ。俺たちの仕事に意味なんてない」

感情を押し殺したような小貫の静かな声だった。

突き放されたようで桐野は絶句して立ち尽くした。

小貫はきびすを返すと、大通りに停めている自転車に向かって歩き去った。

結局、小貫は先に行ってしまった。追う気になれず桐野は一人で交番に向かっていた。

交番に帰り着くのが恐かった。どこかで時間を潰して頭を冷やしたかった。

小貫に影響を受けていることに自分でも驚いていた。決して取り込まれないと決心したはずだった。それは簡単なことに思えた。

これまでの人生を桐野は自分でコントロールして乗り切ってきたのだ。挫折もあったが、それをプラスに転換するために、腐ったり投げやりになったりはしなかった。常に自分を律して前向きでいることでチャンスは訪れるのだ。

桐野は自分を叱咤《しった》しながら、交番へと向かった。

2

昨日の怒気をはらんだ顔はなんだったのか、と桐野が拍子抜けしてしまうほどに小貫は上機嫌だった。

「なんか寒いなあ。こういう日は会社巡りがいいだろうね」

そう言って小貫は桐野に笑みを向けた。

巡回連絡は民家ばかりではなく、管轄内の会社も対象になる。駅前のパチンコ店、コンビニ、歯科医院、美容院、楽器店を回って、巡回連絡カードの確認と新規のカード記入依頼を終えたのは、午前十一時だった。

「やっぱり、会社は暖かくていいね」

小貫の言葉に桐野は顔をしかめた。

「昼にはまだ早いから、ちょっと離れてるけど、ネギシ塾でカード引き取っていこうか」

ネギシ進学塾は辻堂駅の北口から線路沿いに百メートルほど行ったところにあった。真新しい三階建てのガラスを多用した洒落《しゃれ》たビルの全フロアが教室になっている。

一階の受付を訪れたが、受付担当が不在で〝不在時はブザーでお呼び出しください〟とあった。迷わず小貫がブザーを押すと、受付の奥にある扉が開いて、スーツ姿の太った男性が顔を出した。若い。学生のように見えた。

「あ、なにかありました？」

青年が心配そうに尋ねる。

小貫が小さく口の中で「アレ……」とつぶやいて青年をしげしげと見つめて黙っている。小貫が黙っているので桐野が尋ねた。

「巡回連絡カードを以前にお渡ししてるんですが、記入はお済みでしょうか？」

青年は受付にやってきて困った顔をした。

「ああ、ちょっと私、アルバイトの講師でして、分からないんですが……」

「では、またうかがいます」

そう言って桐野は去ろうとしたが、小貫が動かない。まだ青年の顔を見ていた。見つめられて青年も困惑している。やがて小貫が「ああ」と声を出した。

「五月に、武道館にいませんでした？」

なにを言い出したのか、と桐野が小貫を見ると笑っている。

「ええ、じゃ……」

「やっぱり」と小貫は破顔した。

「警察でも合気道ってやるんですか？」

「いや、警察は関係ない。完全に趣味」

話の行方が桐野には見えなかった。

「大学生だよね？　どこ？」

「早稲田《わせだ》です」

「お、優秀。じゃ、神山《かみやま》先生だ」

「はい。でも私はあの場では演武もしてませんし、どうして覚えてらっしゃるんです？」

するとと小貫が笑った。

「いや、悪いけどさ。君みたいな体格の人ってあの会場じゃ珍しくてね。ちょっと気になった」

すると太った青年は頭をかいて笑った。

「動く以上に食べてしまうんです。底無しの食欲でして、友人には魔神と呼ばれてます」

「ハハハ。そりゃ頼もしいな」と小貫が桐野に顔を向けた。

「俺は合気道やってんのよ。毎年、五月に武道館で演武大会があってね。結構な人が集まる。そこで彼を見かけた覚えがあったんだ」

下着泥棒の男を流れるような動きで組み伏せた小貫の姿を桐野は思い出していた。合気道だったのか。

「名前は？」と小貫にしては珍しくぞんざいな口調で青年に尋ねた。先輩風を吹かしているのか、と桐野はおかしくて笑ってしまった。

「沢井卓郎《さわいたくろう》です」

「魔神サワタク。早稲田。よし、覚えた」

「お巡りさんのお名前、お訊きしてもよろしいですか？」

「俺は小貫。こっちは桐野。よろしく」

桐野は帽子を脱いで会釈した。沢井は会釈を返しながら小貫に問いかけた。

「小貫さんはどちらの大学の合気道部にいらっしゃったんですか？」

沢井の問いかけに小貫は笑った。

「わざわざ発表するような有名大学じゃないので、非公表とさせていただいております」

沢井も桐野も思わず噴き出してしまった。

冗談めかしているが、小貫は学歴コンプレックスを持っていそうだ、と桐野は思った。

その日、小貫は有給休暇で休みだった。伊豆《いず》に旅行だと言っていた。通常警察官は病欠以外で有給休暇を取ることは、まずない。だが鳩裏交番の面々は毎年完全に有給休暇を消化している。

斉藤はいつもの公園への〝警邏〟に出てしまった。残された桐野も警邏に出ようかと思っているところに私服姿の木本が顔を出した。

木本は古びた軽自動車を交番脇の駐車スペースに停めていた。道路交通法上の駐車違反には問えないが、不法占拠を訴え出ることで……。無理だ、と桐野はあきらめた。

木本はタブレットを忘れたのだ、と言い訳しながら交番に入って、椅子にかけると机の引き出しからタブレットを取り出して、そのままパズルゲームを始めてしまった。

そんな木本を冷たい目で見ていた桐野はあることを思いついた。滅多にないチャンスだ。

「木本さん、小貫さんって平塚に住んでるんですよね」

木本は自前のタブレットから目を離さずに答える。

「ああ、金持ちなんだぜ。凄い土地持ちでよ」

「そうなんですか」

木本がタブレットから視線を桐野に移した。

「小貫が学生の時に、おやじさんもおふくろさんも亡くなってんだよなあ。事故なのかなあ。そこいらは教えてくれないけどな。小貫、一人息子らしくて相続税が大変で、土地を全部売って現金化しちゃったらしい。はっきりは言わないけど、銀行に金が唸ってるぜ」

「唸ってますか?」

「ここで質問です」

小貫を真似て木本は指を立てる。

「どんだけ小貫が大地主だったかを裏付ける事実があります。彼の処分した土地が、今はなにかの施設になっています。なんでしょう?」

やはり木本はなぞなぞが下手《へた》だった。質問がぼんやりとし過ぎているのだ。

「野球場……」

「ブー。ショッピングモールでした。金田《かねだ》のモール知らない?」

平塚市民病院のそばにあるモールだった。あの広大な土地を所有していたのか、と桐野は言葉を失った。

「あれが全部じゃないんだぜ。あの土地は一部だからな。他は教えてくれなかった」

銀行にどれほどの現金を預けてあるのだろう、と桐野は想像してみた。あの辺りは路線価は高くない。だが土地の大きさを考えれば……。

〝億〟の単位は必ずやいっている。税金をがっぽりと取られただろう。だがそれ以外の土地もあったとしたら、木本が言うように銀行に金が唸っていてもおかしくない。

「え？　なんで警察官なんかやってるんですか？　働かなくても生活できますよねえ」

「だよなあ。道楽なんじゃないの？」

確かに〝道楽〟程度の仕事ぶりと思えば合点もいく。しかし、気になることが桐野にはあった。

「小貫さん、〝アパート〟に住んでるって言ってましたよね。〝マンション〟じゃなくて」

「ああ、それも親から相続したんだって。ボロで立地が悪くて入居者が埋まらないし、売れないから、自分で住んでるんだって言ってたな」

「でも、金が唸ってるならいいところに住めばいいのにって思っちゃいます」

「本当のお坊ちゃんってそういうものなんじゃ……」

言葉を切って木本はジロリと桐野の目を睨んだ。

「お前、なにか探ってるつもり?」

桐野はどぎまぎしてしまった。顔が赤くなったのが分かった。

「い、いえ……」

「こんなこと、もうとっくに知ってるよ、上は」

グイと身を乗り出して、木本は桐野に顔を近づける。

「なんか気持ち悪いやつだな」

反り身になって桐野は木本から離れようとした。木本は顔を戻すと、ふん、と鼻で笑う。

「実は、もっと面白い話があんの。小貫の一世一代の爆笑大恋愛物語なんだけど、お前には教えてやらない」

桐野は黙っていた。口を開けば、余計なことを口走ってしまいそうだった。

3

どんより曇って肌寒い一日だった。

その日、鳩裏交番を覆う空気が重く感じられた。

原因は小貫だった。小貫の調子がおかしいのだ。遅番だったのだが、交番に到着してから普段と様子が違う。

引き継ぎの三十分前になったので、桐野は日報を書きながら、小貫の後ろ姿に目をやった。

小貫は詰め所の戸の前に立って物思いに耽っているのか外を眺めてばかりいる。

やがて小貫は、桐野の隣でお茶を飲んでいる斉藤に声をかけた。

「斉藤さん、津田《つだ》さんて……」

斉藤は湯飲みをテーブルに置いた。

「ああ、津田署長？」

「ええ」

「亡くなったよ。知らなかったの？　まあ、引退後のことだから」

「いつです？」

小貫は外を眺めていて、斉藤に向き直らない。

「二年ぐらい前だったかな。肺ガンだったと聞いたが」

「そうですか」

「どうした？　知らなかったの？」

斉藤の問いかけに小貫はしばし沈黙していたが、やがて少し声をつまらせながら答えた。

「まだ、六十代ですよね」

「ああ、そうだな。誰に聞いたの？」

「署内で立ち聞きしたんです」

するると署外活動系の無線が鳴った。

〈駅前公園で高校生同士の乱闘の通報。駅前ＰＢ人員不足のため、鳩裏ＰＢで対応されたし〉

珍しく小貫が無線を取って、自らが急行する旨を告げて無線を切った。

「俺が対応しますから。遅くなったら引き継いで、帰っててください」

小貫はそう言い置いて自転車で辻堂駅前にある公園に向かった。

驚きで目を丸くしながら桐野は小貫を見送った。

「珍しいことがあるもんですね」

「気まずかったんだろう」

「津田さん、ですか？」

「ああ、もう十年以上前になるが、私と小貫くんは一緒の警察署にいたことがあってな。木本くんもその署で一緒だった。その時の署長が津田さんだ」

「そうですか」

「切れ者でな」

「はあ」

「小貫くんを気に入ってなあ。交番勤務だった小貫くんを引き上げて機動隊の暇な部署に入れて、試験勉強させたりして、そのうちに署長が自分の娘を小貫くんに……」

興味深い話だったが、そこに二班の木本たちがやってきた。交替の引き継ぎのためだ。

「コンチハ……。アレ？　小貫いないの？　旅行から帰ってきたんだろ？　寝てんの？」

木本は入ってくるなり尋ねた。桐野が通報に対応するために出動している旨を告げると驚きの声をあげた。

「なんで⁉」

斉藤が細い目をさらに細めた。笑ったようだ。

「逃げ出したんだよ」

津田署長の死を小貫が今日初めて知ったようだ、と斉藤がつけ加えた。

「あのヒヒジジイ、くたばってたんだ。ザマミロ」

木本も津田の死を知らなかったようだが、心底嫌いらしく、亡くなったと聞いてもなお木本は顔を歪めて罵っている。

「その署長さんの娘さんが小貫さんと……って話をしてるところに木本さんがいらっ

しゃったので、その続きを……」

立ち消えになりそうだったので桐野が話の先を促した。小貫の〝大恋愛物語〟が桐野は気になっていた。木本にせがむのも癪《しゃく》に障るので黙っていたが、今がチャンスだった。

すると木本は乗ってきた。

「オオオオ！　津田さおり！」

木本が激しく反応して大笑いしだした。墨田と高木も笑っている。

「まん丸顔で、鼻があぐらかいてて。絵に描いたような不細工でさ」

桐野は木本が描写する〝津田さおり〟のイメージが丸顔の木本の顔にダブって見えた。

さおりは警察署の運転免許センターでパートとして働いていたという。

「それをあの署長、よりによって小貫とくっつけようとしたんだぜ」

眉目秀麗な小貫と、その横に恥じらいつつ座る女装姿の木本のイメージが桐野の頭の中に浮かんで、思わず噴き出してしまった。

「ところが、笑いごとじゃなかった。なんと小貫とその不細工は付き合いだしたんだ」

意外だった。小貫が権威になびくとは桐野には思えなかった。

「小貫さんは署長の娘だから付き合ったんですか?」

「それ以外に考えられるか。あのブスだぜ。しかもすぐに結婚するって話だった。結婚すれば署長の息子だぜ。特典多数だよ。もちろん出世にも有利だしよ。あの時は、本当に小貫を嫌な野郎だと思ってたよ」

「なぜ結婚しなかったんですか？」

「ある日、突然に署長が辞職してな。署長は地元のヤクザのフロント企業とつるんでがっぽりやってたんだ。でも、署長が欲をかき過ぎたんだろうな。はめられてデカイ借金負わされてヤクザに追い込まれてたんだ」

「え？　それで小貫さん、婚約破棄とか？」

「いや、違う。署長は元々、小貫の金を狙ってたんだって」

「ああ」と桐野は得心して声をあげた。

「アレですね。土地を売ったお金ですね」

「ああ、そうだ」

「でも、それって個人の資産ですよね？　どうして署長が小貫さんの預金を……」

「お前の資産だって調べあげられてるぞ。署長どころか係長クラスでも俺らの資産なんか見放題だ。その資産が急に増えたり減ったりするとすぐに調査が入る。警察はなんでも出来るんだ」

木本の言葉で、十数万円の預金が桐野の頭をよぎった。

「署長は娘との結婚を機に小貫に投資を持ちかけてたんだそうだ。どうやら小貫がそれを断って縁談はパーになったみたいだ。それでどうにも首が回らなくなった署長は退職した。スキャンダルを恐れた警察庁は署長の退職後の身分を保障してたんだな。署長は元々つながりのあったパチンコ業界に相談役として天下りだよ」

まるでヤクザ映画かなにかの世界だった。木本の妄想ではないか、とも思ったが、斉藤も高木も墨田も平然としている。恐らく珍しい話ではないのだろう。

「そうなるとパチンコ業界は署長を通じて様々な便宜や情報提供なんかを警察に要求……」

木本が楽しげに笑う。

「そうだよ。分かってきたじゃねぇか。パチンコなんてギャンブルだろ？　玉をチョコレートに替えてるやつなんていないだろ？　日本は公営以外のギャンブルは違法なはずなのに野放しにされてる。それはつまり、そういうことだよ」

「でも、それは……」

「つまり、そういう汚れに加担するか、しないかってことだよ」

木本はしたり顔でそう言ってパイプ椅子にどかりと腰を下ろした。

すると交番の戸が開いて、小貫が姿を現した。

「間に合った。いやあ、行ったら殴り合いの真っ最中でさ。隠れて落ち着くの待ってたんだけど、体育会系らしくてお互いにタフなんだ。長引いちゃったよ」

　つまり喧嘩を止めようとせずに、殴り合って疲れるのを待っていたということだった。以前に駅前交番の都築が喧嘩の取り締まりの応援を要請してきた時に、なかなか現場に向かおうとしなかったのが思い起こされた。

「津田さん、くたばってたんだってなあ」

　木本は楽しげだ。小貫は一瞬顔をしかめたが、微笑した。

「ああ、死んだの知らなかったよ。お前もか」

「あの時、署長にいくらせがまれたんだ？」

　木本が正面切って尋ねた。

　すると小貫の顔に自嘲するような笑みが浮かんだ。

「マンションを一棟買えるぐらいの額だって言ったろ」

　小貫はそう言い置いて、帰り支度を始める。

「一棟っていくらだよ」

「お疲れ」

　小貫は木本に答えずにさっさと交番を出てしまった。

4

小貫の部屋は殺風景だった。いや、生活必需品がほぼない。

1Kの部屋だ。冷蔵庫がない。どんぶりが一つに皿が一枚。箸が二膳。調理道具もほとんどない。一口のガスコンロに鍋が一つにやかん、電子レンジぐらいのものだ。包丁はなまくらだし、そもそもまな板がない。

居間にあるのもベッドだけ。テーブルさえない。テレビは小型な安物が床に直《じか》に置いてあるがほとんど見ない。

小貫はパジャマ姿でベッドに横たわって、天井をぼんやりと眺めている。

亡くなった津田署長の娘であるさおりに惚《ほ》れていたのは、小貫の方だった。署長に付き合えと命じられたこともない。ところがさおりには結婚を誓った相手がいた。だから振られた。それだけのことだ。

津田署長から結婚の条件のように投資を申し込まれたことも確かだ。さおりに振られた後も執拗《しつよう》に投資を持ちかけられたが、その頃には小貫は津田署長の悪い噂を耳にしていた。断り続けているうちに署長は失脚した。

津田署長の辞職が決まったその日に、異例の人事異動が行われた。左遷と栄転が同時に大量に起こったのだ。

左遷されたのはいずれも〝津田派〟の面々であった。

悪行の限りを尽くしていた津田の失脚により、それに関わっていた者たちへの粛清と署内では噂されていた。小貫もその時はそう思った。まだ警察に希望を持っていたのだ。

その日、小貫は帰り支度を済まし、署から出ようとするところを総務課の先輩警官に呼び止められた。飛田《とびた》というその警官は四十代の後半で、津田署長の金庫番と言われた男だったが、降格されて、備品の購入も彼の決裁では許可されないと言われていた。

飛田は人目を避けるようにして、小貫を駐車場に導いて自分の車に乗せた。車好きの署員の間では羨望《せんぼう》の的となっていたレクサスの大排気量のセダンだった。

小貫が助手席に座ると、運転席の飛田はドアを閉めた。ドアはズンと重い音を立てる。高級車らしく外の音が聞こえない。車に興味のない小貫にも、その価値が分かった。

飛田はエンジンをかけずに、ハンドルに手をかけて口を開いた。

津田署長が、相模原《さがみはら》の1LDKの小さなマンションで夫婦でひっそりと暮らしている、と。小貫はなんの感慨も抱かなかった。ただそこにさおりはいないのだ、と思った。結婚したのだ、と噂に聞いていた。

飛田は今回の件は、津田の隆盛を快く思わない連中が仕組んだ罠《わな》だ、と言い出した。

「署長のこれまでの不正の話は私の耳にも聞こえてきました。署長がボロを出したので、一気に排除されたっていうのが、本当のところではないんですか？」

小貫が反論すると、飛田は冷やかな笑みを浮かべた。

「正義の鉄槌《てっつい》が下されたってことだって？」

飛田の口調には明らかな軽侮が込められていた。小貫は返事をしなかった。

「青田《あおた》組の組長が、仕組んでたってのは知ってるよな？」

「ええ」

「警察署長をはめて追い込むって、ヤクザにどんなメリットがあるの？」

「署長の自宅の土地とか……」

「フフ。お前、本気なのか。あんなもの青田組からしたら端金《はしたがね》だ。それをあれだけ手をかけてフロント企業一つ起こして潰してたら、足が出ちゃうだろ。それでもあいつらがやる意味ってなんだと思うよ？　警察に喧嘩売ってるのとおんなじことだぜ」

「恨みとか……」

「馬鹿だな。ヤクザは得にならないことはやらないよ。あれは吉本《よしもと》たちが起こしたクーデターだ」

吉本は県警本部からやってきた新署長の名だった。

「津田さんはやることが派手だったからさ。静かに田舎《いなか》に別荘でも買ってりゃ、刺されないのにさ。全部横取りされちゃったんだよ。青田組もパチンコも全部盗《と》られちゃった」

小貫は言葉がなかった。

「まあ、あの人は仕方ないけどよ。俺たちまでとばっちり食ってさ。たまんないよ」

そう言ってため息をつく飛田の横顔をチラリと見た。しがない地方公務員が乗れるはずのない高価な車に乗っている男の横顔だ。

「小貫よ。このままじゃ終われないだろ？」

「は？」

「このまんま、冷や飯を食い続ける気はないんだろ？」

「はあ？」

「今度は安達《あだち》さんがアタマになって巻き返そうって話してんだ。お前も噛めよ」

安達は県警本部の管理官で津田署長とは同期の盟友だった。今は小規模署に飛ばされて交通課で課長という肩書になっている。これまた報復人事で左遷された口だ。

小貫が返事をしないでいると、飛田が声をひそめた。

「それでさ。しばらくは動けないから、油が足りない。お前、ちょっと用立ててくれないか？　お前が太いってのは津田さんから聞いてるんだ。安達さんの時代になったら、お前にもきっちりと儲けさせてやるから……」

驚きで小貫は飛田を見つめた。言葉にならなかった。

「なんだ？　もうアッチに取り込まれてるのか？」

「アッチ？」

「吉本の方だよ」

「いいえ」

「じゃ、いいだろ？　一本でいいや。一筆書くからさ」

一本が十万なのか、百万なのか、それとももう一桁上の金額なのか、小貫には量りかねたが、いずれにしても応じる気はなかった。限りない無力感と絶望に襲われていた。やがて小貫の心の中のなにかが弾けた。

「では、ここで質問です！」

突然に小貫は人指し指を立てて首を傾げてみせた。

「なんだよ……」

小貫の突拍子もない言動に、飛田はおろおろし始めた。

「これまで歴代の署長さんは全員が暴力団関係者からワイロを得ていたのでしょう

か？」

真顔で尋ねる小貫に飛田はどう答えていいのか分からないようで、黙っている。

「他の署でも署長さんはワイロを得ているのでしょうか？」

小貫が重ねて質問した。

「署長が金を作らなかったら、署は回っていかないだろ」

当然のことのように飛田は言った。

「その金は捜査費に充てるということですか？」

「捜査費？」

そう言って飛田が嘲笑を浮かべた。

「お前、マジメか？」

「え？」

「まあ、いいや。お前、津田さんとちゃんとデキてんのか、と思ってたけど……」

飛田は小さく舌打ちした。

「なんで津田署長だけが、刺されたんでしょうか？　みんなもやっていることなら……」

「津田さんは太い人だからよ。成績もずば抜けてたけどさ、金引っ張ってくる時も強引でさ。あの大船《おおふな》の家はパーティーで行ったことあるよな？　あの広い庭は昔は隣人の敷地だったんだ。青田組を使って、嫌がらせして追い出して居すわらせたんだ。で、相談に乗るからって隣人に持ちかけて二束三文で買いたたいて、自分のものにしちゃった。引っ張る時はデカく引っ張る。一事が万事よ。しかもそれを見せびらかさずにはいられない人だったからさ」

小貫は絶句していた。

「吉本署長たちも同じことをするんでしょうか？」

「もうやってるよ。津田さんの家を処分した金は、半分以上は吉本たちの資金になってるしな。でも、あいつらはウマイんだ。敵方にも関係者には少しまいておく」

「敵ですか？」

飛田は鼻で笑った。多分、飛田もその金を受け取っているのだ。彼は間違いなくあの一件のすべてを知る〝関係者〟だった。

「津田さんには、そういうところなかったよ。敵は徹底的に排除しちゃうんだ。だから、あれだけ稼げたんだけどね……。あ、安達さんはそういうタイプじゃないぜ。うまく全体に目配りが利くしさ。津田さんより器は大きいよ」

小貫はもうなにも言わなかった。

「いずれにしても、お前は津田印だからさ。吉本の一派には入れないってことだよ」

飛田の声に脅すような色があった。小貫は眉間にしわを寄せて目をつぶった。

「安達さんにかけるんなら、先行投資をしてくれって話さ。遅くとも四年後の異動になれば、俺たちの目が出てくる。それまでパイプに油入れておかないと錆び付いちゃうからさ……」

しかめ面のまま小貫は返事をしようとしなかった。飛田の目を冷たい目で見据える。

「言っとくけど、後でみんな思い知るんだぜ。今はまだ分からないだろうけど、身に沁《し》みて知るんだ。ちゃんと乗っておけば良かったってな。交番のヒラのジイサンたちを見てるだろ？　一生交番勤務のまんまってのもかなりみっともないぜ」

一瞬迷った。だがその一瞬で心の中の舵《かじ》を小貫は大きく切った。それによって自分の先行きが大きく変わるであろうことは予測できた。ごくりと唾を飲んでから口を開いた。

「後輩に金を無心したりするのもみっともないですね」

小貫は飛田から目を逸らして平板な調子で言った。もう後戻りは出来ない。

「なに？」と飛田が凄む。

「仲間がハメられてスッポンポンにされてるのを目の前で見てても、助けようともしないし、告発もしない。それどころか敵から分け前をもらってる、なんてのも凄くみっともないですよ」

怒りの形相で飛田が小貫を睨みつけている。小貫はその顔を逆に見つめ返した。まるで綺麗な青空を見つめているような涼やかな目で。

「降りろや」

吐き捨てるように飛田は言った。

「失礼します」

小貫が車を降りるや否や飛田は猛スピードで車を走らせて去って行った。

まず思ったのが警察を辞めることだ。「世のため人のため」という思いがあって選んだ警察だった。

辞めると思った時に脳裏によぎったのは、銀行に預金として眠っている金だ。

恐らくは生涯食うに困らない。

だがそれはただの逃避なのではないか。親の残滓《ざんし》で生き長らえる人生。それは意味のあるものなのだろうか。

逃げるのはやめよう、と小貫は決意した。

腐った組織の中で「世のため人のため」を貫いてやる。

飛田や安達たちからの嫌がらせは予想していたよりも小さなものだった。ロッカーの鍵が壊されて私物がいくつか盗まれていたり、自宅の郵便ポストに汚物が詰め込まれていたりということが一月ほど続いたが、ある日、ぱたりとやんだ。

特別な原因は見当たらなかった。小貫はただ飽《あ》きただけだろう、と思った。力があれば人事で意地悪をしただろうが、彼らにはその権限がない。警察上層部の不正を目の当《ま》たりにして、小貫は懐疑的になった。元々小貫は日々の交通取り締まりなどにひどく苦痛を覚えていた。それは姑息《こそく》であり自身の信義に反していたからだ。これまで小貫はその感情を抑え込んでいたのだ。課せられた枚数の違反キップを切るというノルマを達成するためには仕方がない、と。いや、そこまで思っていなかった。〝仕事なのだ〟とすべての感情を押し殺していた。

飛田に楯突《たてつ》いたあの日から、自分の苦痛に向き合うことにした。それが社会のためになるのか、と自問するようになった。

自分の中の〝正義〟で仕事を選ぶのだ。

第4章

1

十一月になっても、湘南の海辺は客足が途絶えることはない。寒風の中でも、ウエットスーツを着込んだサーファーたちがカラフルな海獣のように波間に浮かぶ。その仲間たちが浜辺に三々五々陣取ってたき火をする。

陽《ひ》が傾いてくる頃には西の空が赤くなり、富士山がくっきりと夕焼けの中に浮かび上がる。この冴《さ》えた美しさは寒さゆえのもので、点々と広がる浜辺のたき火の火と相まって幻想的だ。

その景色を求めてか、毛布に一緒になってくるまり、浜辺で寄り添うカップルたちの姿もあちこちに見える。

週末の土曜日ということもあって湘南の海は季節や時間に関係なく人々が集っていた。

そこにただ一カ所だけ真空地帯とでも言える場所がある。砂防林だ。総延長で十一キロ、総面積八十五ヘクタール、三十五万本のクロマツに常緑広葉樹が混交する広大な林が存在するのだ。

そこはもはや細長いジャングルとでもいうべきで、一部分の整備された林内散策路があるが、それ以外は地元民も足を踏み入れない。

木に覆われている上に防風ネットや柵で囲われた砂防林の中にはほとんど光が入らない。まして深夜ともなると完全に密林の様相で真の闇となる。

だがその林の中にいくつか道がある。県が作った散策路ではない。それは獣道のような細い筋のような道だった。林の中を密《ひそ》かに棲《す》み家としている者だけが知る道なのだ。

深夜の二時になると、波の音と国道を走る車の通行音さえもジャングルの中ではかすかに聞こえるのみだ。

暗闇に小さな光が瞬いた。小型のライトだった。

足音を忍ばせて獣道を歩いていく。一人、二人、三人……。総勢で四人が獣道を一列になって探るように進む。四人とも、揃《そろ》いのウィンドブレーカーとジーンズを身につけて、同じブランドのスニーカーを履いている。

先頭の男が手にしているのはスマートフォンで、写真撮影用のライトが足下を照らしている。

男たちは声をまるで出さなかった。やがて先頭の男が立ち止まった。

そこは密林の中の小さな隠れ家だった。黒松が何本か枯れて倒れていて、小さな空間が広がっている。そこに隠れるようにして段ボールとブルーシートが見える。

先頭の男は手にしていたスマートフォンのライトで段ボールをさっと照射して、すぐに逸《そ》らした。男は足音をいっそう忍ばせて段ボールに近づく。スマートフォンを慎重に動かして光量を調節しながら段ボールを照らす。すると段ボールの隙間から紺色のジャンパーが見えた。

その場にしゃがみ込むと先頭の男は、ポケットから濡《ぬ》れたタオルに包まれた物体を取り出した。月光を浴びてぬらりと光る。それは拳銃だった。

付いてきていた男たちは先頭の男の背後に控えて身構える。

彼らはまるで訓練された兵士のように一斉にズボンのポケットから黒い物体を取り出して振った。するとその物体の先から鈍く光る棒が飛び出した。特殊警棒と呼ばれる武器だった。

先頭の男は拳銃を段ボールの中のジャンパーに向け、何度か引き金を引いた。拳銃の銃口から銃弾ではなく液体がほとばしった。小さな音を立てて紺色のジャンパーが濡れていく。先頭の男は数十回水鉄砲の引き金を引くと、次は地面に線を引くように銃口から液体を出しながら後退した。

身構えている男たちに並んで立つと防風仕様のライターを取り出して、地面に火をつけた。細く赤い炎が地面を伝って走っていく。

先頭の男はスマートフォンで火の行方を照らす。男たちはさらに緊張して身構える。火が紺色のジャンパーに達して一気に燃え広がった。炎が大きく立ち上がってジャングルの木々を照らす。まるで秘密の儀式をしているかのように男たちはその炎を恍《こう》惚《こつ》の表情で見つめた。

次の瞬間、段ボールが弾《はじ》け飛んだ。紺色のジャンパーを着た男がうめきながら立ち上がって、暴れ回った。彼の背中から激しく真っ赤な炎が柱のように燃え立っている。男はその火を消そうとしてもがき苦しむ。

四人の男たちは沈黙しながらも、興奮で目をギラギラと光らせながら苦悶のパニックダンスを見つめる。

炎に包まれながらも男は四人に気付いた。救いを求めようとしたが、すぐに事態に気付いたようだった。だが逃げることも出来なかった。

背中から後頭部にかけて炎に包まれている男ができることはただ一つ。火を消そうと、その場に仰向《あおむ》けに倒れることだけだった。

そこに男たちは警棒を振りかざして殺到した。

砂防林の中に響くのは殴られている男性のくぐもったうめき声だけだった。

襲いかかっている男たちは不気味なことに一言も発しなかった。


湘南一帯で頻発《ひんぱつ》していたホームレス連続襲撃事件は、ついに鳩裏交番が所属する藤沢南署管内でも発生した。

さらにその直後に平塚でもまったく同じ手口でホームレスが襲われた。同一犯人と断定された。

ホームレスは、四人襲われたうちの三人が殺害され、一人は依然意識不明の重体のままだ。

事件の発生した三つの警察署に県警の捜査一課が加わり、合同捜査本部が平塚署に設置された。

合同捜査本部が設置されると、署内はいきなり慌《あわ》ただしくなる。刑事たちはもとより、交番勤務の警官たちも休日返上で出勤となり、捜査に駆り出されるのだ。

それだけ事件解決に重点が置かれるということだが、それはそれぞれの署が手柄を求めて躍起になる競争の場でもある。

その決定は鳩裏交番の警官にも届いた。だがそれは彼らの平穏怠惰な日々になんの変化ももたらさない。彼らは完全に〝真空地帯〟にいた。休日は今までどおりにあったし、配置転換もない。捜査に駆り出されることもなかった。

署の上層部は、彼らが合同捜査に加わることはなんとしても避けたかった。彼らは署の〝恥部〟なのだ。

「中高生の線は修正したんだってよ」

鳩裏交番の机に腰掛けて鼻をほじりながら言ったのは三班の班長である立石《たていし》だった。引き継ぎの際に顔を合わせても雑談もしなければ、挨拶もまともにはしない。いつもダルそうに肩や腰を叩《たた》いたり、伸びをしたりしている。

桐野は彼が意味のある言葉を語っているのを二カ月目にして初めて耳にしたのだった。普段は「ア」「オ」「ウン」だけで〝会話〟していた。

他の二人の班員たちも、そこまでひどくなくてもほとんど口を利かなかった。

木本は三班の三人を陰で「伊賀者《いがもの》」と呼んでいた。確かに忍者のように寡黙で得体が知れない不気味さがあった。ただし、彼らも間違いなくごんぞうだった。その点は疑いようがない。実際の勤務の様子を桐野は見たことがなかったが、引き継ぎの際の緩みきった様子だけですべてが分かった。

「自動車使ってるなら、そうなるね」

まるで雑談しているかのように斉藤が応じた。

一件目は深夜の一時、そして二件目は三十分後。移動距離は十キロだ。徒歩での移動はあり得ない。自転車やバイクでの移動も、四人が深夜に一緒での移動となると人目につく。

警官を大動員して大がかりな聞き込みをしていたが、目撃情報がまったく上がってこない。移動手段は自動車だと想定して、犯人像に変更が加えられたのだ。

「必ず土曜日なんだろ? 家でも会社でも冷遇されてる中年のオッサンたちが、飲み屋で愚痴ってるうちに仲間になって、ホームレスを叩いて憂さ晴らししてるとかさ……」

彼らの与太話に近い犯人像の分析を耳にしながら、交番の隅で桐野はほくそえんでいた。

藤沢南署管内で、ついに湘南ホームレス連続殺人事件が発生したことが発覚すると、真っ先に、戸村副署長は連絡を桐野によこしたのだ。桐野はまだ寮にいて食事中だった。

「あなたの言っていた通りに、犯人たちは車で移動してるようだ。これを指摘したのはあなた以外にいなかった。あなたが予想する犯人像を教えてほしい」と。

　戸村に懇願されるのは心地よかった。

「男性、年齢は十八歳から二十四歳。住居は藤沢、茅ヶ崎、平塚。必ず土曜日に犯行を重ねていることから学生ではなく社会人の可能性が高いような気がします」

　確証はなかったが、桐野は上機嫌で犯人像を作り上げた。

〈他になにかない？〉

「新たな情報が出てこないと、これ以上の分析はできません」

　やんわりと桐野は〝特別な情報〟を求めたのだ。

〈そうですか。なにか出たらまた連絡します。では〉

　案外にあっさりと電話は切られた。いきなり口調が変わったことから、誰か聞かれたくない相手が現れたのかもしれない、と桐野は推測した。署内からだとしたら署長だろうか。

　交番内では〝伊賀者〟たちが夢中で犯人捜しの雑談に耽《ふけ》っている。低レベルだった。

　桐野は小貫に目をやった。

　小貫も伊賀者たちの雑談には興味がないらしく、パソコンに向かってマウスを操作していた。微笑《ほほえ》みを浮かべている。

　よほど面白いサイトを見つけたのか、それとも私生活でなにか良いことでもあったのか。

持て余すほどの預金にあの美貌……。静かに憎悪に近い感情が桐野に湧き起こる。

桐野は小貫の横顔を見つめていたが、不意に小貫が桐野に目を向けてきた。桐野はどぎまぎして目を逸らしてしまった。

桐野には小貫の私生活が想像できなかった。

2

十一月の所属長表彰で、桐野は賞状と副賞のタイピンを授与された。先月下着泥棒を検挙した件が対象になったのだ。管轄外で勤務時間外であったことなどに異論も出たが、副署長の鶴の一声で決まったのだった。

キャリア署長は現場からは浮いた雲の上の存在で、お飾りの要素が大きい。

そんなキャリアたちの経歴に汚点がつかないように、約二年の署長としての任期を過ごさせ警察庁にお返しするまで陰日向《かげひなた》にわたってフォローするのが副署長の役目だった。

通常はたたき上げのノンキャリアの優秀な人材が副署長には配置される。平場の現場から雲の上の事情、その裏表にまで精通しており、頭脳明晰《めいせき》にして、繊細なバランス感覚を持ちつつ、大胆な果断さも持ち合わせねばならないという難しい役職だった。準キャリアで女性の抜擢《ばってき》は異例だったが、戸村はここまで平穏に署の管理を行っていた。現署長の残り任期の一年間を無事に過ごさせれば、これ以上降格させられることはないはずだった。

署の訓授室で表彰式の最中に一度だけ桐野は、列席した戸村と視線を交わした。

「おめでとう」と美しい唇が声を発せずに動いた。そして微笑した。

その艶然とした笑みに桐野は再び強い衝動を覚えていたが、どうにか正気を保った。

桐野が鳩裏交番に戻ると、詰め所では小貫と斉藤が座ってお茶を飲んでいた。

到着すると同時に桐野は小貫に詰め寄った。

「小貫さん、やっぱり嫌でした。私がもらうべき賞じゃないんだって、ずっと心の声が叫んでるんです」

「なんだよ、いきなり」

「小貫さんが手柄をあげたって別にいいじゃないですか」

「俺があそこであの犯人を取り押さえてたって、俺の手柄にはならない。誰か……。多分都築に奪われる。だったら可愛《かわい》い後輩のあなたがもらった方がいいじゃない」

小貫が楽しそうに笑った。

「なんか、それじゃ、私が小貫さんと共犯……」

思わずを口をついて発した言葉に桐野自身も驚いて口をつぐんだ。

「共犯？　なんの？」

「いえ……すみません……」

桐野の言葉はしどろもどろになった。

「なんだい？　一緒に管轄外で捜査したり、不法侵入したりって共犯か？」

小貫は不敵な笑みを浮かべている。

「いえ……」

消え入りそうな声になった。

「こいつはヤバイぞって俺も心の声が叫んでるよ」

桐野はもう返事することもできずにうつむいた。

「でもね」

桐野は驚いて顔を上げた。すると小貫がまたも愉快そうに笑っていた。

「年末に向かってなにかと街も慌ただしいからね。一緒に巡回に行こうよ」

二人がまず向かったのは辻堂ニュータウンと呼ばれる地区を担う不動産会社だった。

ニュータウンはかつて公社の広大な社宅があった地域だが、そこが民間に売却され、戸建て専用として百四十戸の区画が分譲された。そのほとんどが完売して、入居済みだ。

すでに半年前に巡回連絡カードを配布してその七割ほどを回収済みだった。未回収の分の〝取り立て〟と新入居者にカードを配布するために再訪する。まだ入居が始まって一年ほどなのだが、転居してしまった家が少なくない。

管理している不動産業者によれば、いずれも経済的な問題らしい。誰もが知る一流と言われる企業の中堅社員がリストラで馘首《かくしゅ》されたという話を何例も聞いたそうだ。

「公務員が一番ですよ」と件《くだん》の不動産会社の社長は小貫と桐野の顔色を窺《うかが》いながら嫌味を言って含み笑いをした。

転入出の状況を得るために不動産業者を巡って事前に情報を仕入れるのだ。

「あ、そっちじゃなくて、西側から行こう」

事務所を出て、ニュータウンへ向かおうと自転車をこぎ始めると、小貫が桐野を呼び止めた。

西側から行くと明らかに遠回りになる。自転車を停《と》めたものの承服しかねている桐野に小貫が理由を明かす。

「そっちで今日はネズミ捕りやってるんだ」

小貫の言うように今月は交通取り締まり強化月間で、各所で交通取り締まりをしている。

さらに湘南ホームレス連続殺人事件の合同捜査が行われているため、警官たちはてんてこ舞いの忙しさだ。鳩裏以外の交番勤務の警官は三交替を返上して二交替になっている。つまり一日おきに二十四時間ぶっ続けで勤務しているのだ。

署内で他の交番の警官と顔を合わせると、桐野たちに向けられる視線には殺気が感じられるほどだった。

いくら能天気な小貫でも、その気配は感じ取っているようで、寝不足と過労の中で自動車速度違反取り締まりに駆り出されている警官たちの目の前を自転車でのうのうと通りすぎる気はないようだった。

やや遠回りをして到着した新居群は壮観だった。真新しい家が百以上も建ち並んでいる。どの家も大きめの区画で通りに面して門扉《もんぴ》や塀などがなく開放的な造りだ。アメリカの洒落《しやれ》た住宅を手本にしているようだった。

相変わらず、桐野は巡回に慣れることができなかった。

それでも新規の巡回連絡カードへの記入は比較的スムーズに依頼することができた。冷ややかな対応が少ないのは、新しい土地に越してきたばかりでどの住民も不安を感じているからだろう、と桐野は推測した。

三軒目の新規巡回連絡カードの依頼をし終えて、次の家に向かって桐野と小貫が自転車をこいで行くと、向かいから歩いてきた女性が手を振っている。

その女性には桐野も見覚えがあった。先月にこのニュータウンへ越してきたばかりの若い主婦だった。愛想のよい女性で初訪問であるにもかかわらず、お茶を出してもらった。だが名前が思い出せない。

「会《あい》田《だ》愛《あい》さん、こんにちは」

確かにその名だった。小貫が「アイアイ」などとふざけて呼んでいたのを思い出した。

小貫は手を振り返している。警官にしては気安すぎる挨拶だ。

小貫が警察仕込みの敬礼をしている姿を見たことがない、と初めて桐野は気づいた。桐野が挙手の敬礼をしても答礼をしない。代わりに嫌そうに顔をしかめてみせるだけだ。

「喉渇いてませんか？　お茶淹《い》れますよ～」

目の前まで来ると愛は気さくに誘った。

「リビングのソファの座り心地が最高でした～。アレってお高いんでしょ？」

小貫も気さく過ぎる言葉で応じた。

「フフ、秘密です。でもかなり値切ったんです。そしたら店の人に〝値切られたのは初めてです〟って言われちゃって」

「それだけの高級家具店でお買い上げってことですね。さすが社長夫人」

愛の夫は食品加工工場を経営している。まんざらでもなさそうに微笑んだ後、「ホントにお茶いかがですか？」と愛は真顔で尋ねた。

小貫は「お」と小さく驚きの声を出した。

桐野も愛の顔つきに、切羽詰まったものを感じた。

結局、小貫は招かれるままに会田家を訪れていた。

「探偵さんとか、こういうのどこに相談するべきか分からなくて、ちょっと教えてもらえるとありがたいんですけど」

愛がそう前置きをすると、小貫はふかふかのソファに身体《からだ》を沈める。

「いやあ、いいなあ。もう立ち上がれない。あ、いいんです。とりあえず、お話をうかがいます。それから判断させてください」

愛の相談は自分や家族のことではなかった。愛の実家がある静岡県の中学校の同級生のことだった。

「その子、ちょっと危なっかしい子なんで、心配なんですよ」

同級生だった高井陽子《たかいようこ》という名の女性が行方不明なのだ、という。

陽子は変わり者で、学校でほとんど誰とも関わることがなかった。いじめられる対象にもならないほどに、その存在はないもののような扱いをされていた。

「私、三年生の時に一緒のクラスになって、帰り道が偶然一緒になって、色々話すようになったんです。そしたら彼女、問題抱えてて、それを打ち明けてくれて……」

愛の顔に暗い影が差した。

「お父さんが働いてなくて、貧しくて、そのお父さんに時々殴られたりすることとか、お母さんはパートで働いてるんだけど、家のことはなんにもしてなくて、小学生の頃から食事や身の回りのことは、全部自分でやってるって……」

ＤＶとネグレクトだった。

「もう聞きたくないって思っちゃうぐらいひどいんですよ。彼女の制服は綺麗《きれい》にアイロンかけてあって、それも全部自分でやってたみたいなんです。でも体操着なんかは黄ばんで伸びちゃって、よれよれなんです。ジャージは穴が空いたりしてたし。でもその理由も分かったんです。放課後に遊ぶことにしたら、彼女、学校のジャージで来たんです。服を買ってもらえないんです。だからずっとジャージを着てるんですよ」

愛は陽子の唯一の友達だったようだ。

「家族の話は辛《つら》かったし、どうにもしてあげられないって苦しかったけど、なんか彼女といると楽しいんですよね。二人で放課後に、買い食いしてずっとしゃべってたんです。彼女はお小遣いもらえないから、私のおごりでしたけど。それでなんか私も学校では〝変わり者〟の烙印《らくいん》押されちゃったみたいだけど、あんまり気にならなかったんです」

その後、陽子は高校には進学せずに、町の洋食屋でホール係として働いていたという。高校生となった愛とはそれでも付き合いが続いた。

陽子が東京に出てキャバクラに勤めたのは十八歳の頃だった。

その後も東京で会ったり、中間地点である箱根で落ち合ったりしていたようだから、親友なのだろう、と桐野は判断した。

二十歳《はたち》になったばかりの頃、陽子は店で知り合った男性と結婚した。

しばらくすると一通のメールが愛に届いたという。

そこには〝ちょっと色々と辛いから連絡できない〟とあったそうだ。

そう言われてはますます心配になる。愛は、何度かメールをしたが、〝ゴメン〟とだけ返信があるだけで、電話をかけても応じなかったという。

次第に愛からも連絡を取らなくなった。

「でも、去年の夏に久しぶりに連絡があって、町田《まちだ》のキャバクラで働いてて、夫とは別れて。そのゴタゴタが辛くて連絡できなかったって。それから毎日のように電話があって昔に戻ったみたいにしゃべりまくって……」

「会ったりしてないんですか？」

桐野の問いかけに愛は首を振った。

「何度か誘ったんだけど、なんとなく嫌そうだったから無理はしなかった」

「それがまた音信不通になった？」

小貫に愛はうなずいた。

「もう四日になるんです。前に音信不通になった時は、こっちからメールを入れると、短くても必ず返信があったのに、今度はまったく返信がないんです。心配で……」

雲を摑むような話だった。陽子の消息を探ってくれ、という依頼は警官ではなく探偵にするべきだ。

驚いたことに小貫は乗り気だった。

「その陽子さんのお住まいはご存じなんですか？」

「知ってたら、押しかけてますよ」

「ですよね。職場は？」

すると愛がスマートフォンを取り上げて、操作する。

「中学の同級生たちで、ライングループを作ってるんですけど、男子がコレを上げてて」

怒りの表情でスマートフォンを愛がかざす。そこには〝アンジェリーナ町田〟とショッキングピンクの文字があった。デリバリーヘルスのホームページだ。派遣型の性風俗店の広告だった。電話番号もある。はっきりと顔が分からないほどの濃いメイクをしている女性の写真があった。源氏名は〝りんご〟とある。

「男子のやりとりを見てたんですけど、ネットで見つけたみたいなんです。〝高井陽子じゃね？〟って、リンク張ってさらしてるんです。ホントに男って馬鹿のまんま」

「それはいつ頃の出来事ですか？」

「半年くらい前です」

「とすると、今回の失踪の原因ではなさそうだな」

「ええ」

「で、どうなんです？　その写真、随分とメイクしてますけど、面影ありますか？」

「間違いないです。陽子です」

「店に連絡はしました？」

「ええ。でもお店の人は音信不通で陽子と連絡がとれないって。住所も分からないって」

小貫は難しい顔をしている。本気で取りかかる気か、と桐野はいぶかしんだ。町田だとしたら警視庁の管轄だ。当然ながら捜査権はない。

「多分、店は陽子さんの住所を知っていると思います。教える気がないのでしょう。恐らく当人が許可をしなければ、電話も取り次がないはずです」

小貫は座り心地のよいソファから立ち上がる。

「この関係に強いのがウチの交番にいるんで、ちょっと相談して捜してみます」

風俗に詳しいなら墨田のことだ、と桐野は考えながらため息をついた。本気で取りかかる気か……。

「最後に確認です。陽子って女性は結婚してたそうですけど、子供はいないのかな?」

愛は大きくうなずいた。

「私がおなかに赤ちゃんがいるって言ったら凄《すご》く喜んでくれたんですけど、自分の子供のことはなにも言わなかったから、いないんだと思いました」

「おめでたでしたか。それはおめでとうございます」と小貫が頭を下げた。

「まだ十六週なんで、まだまだですけど、ありがとうございます。それより、本当にいいんですか? 町田って東京ですよ。縄張りとかが違うんじゃないですか?」

「縄張り!」と小貫は腹を抱えて笑った。

「大丈夫。〝捜査〟なんかしませんから。知恵と工夫で調べ上げます」

小貫が安請け合いする姿を見ながら、桐野は目をすがめた。

失踪したのは風俗嬢なのだ。となると事件性がありそうだ。簡単には解けないなぞなぞだ、と。

交番に戻る道すがら、自転車の速度を上げると、桐野は小貫の自転車と並走した。

「町田署に連絡した方がいいんじゃないですかね。匿名《とくめい》で失踪人の捜索を依頼……」

「あなた警察を信頼し過ぎだぜ」

小貫が吐き捨てた。

「どういうことですか？」

桐野の声が尖《とが》る。

「あなただって分かるだろ？　匿名での失踪人の捜査依頼はほぼ無視される。本名を名乗っても該当者が風俗嬢で住所も分からないんじゃ、放置されるのが関の山だ。正式に捜査依頼するにしても町田は東京の警視庁だ。うちの県警からの捜査依頼が出ることはまずない。根拠がはっきりしてれば別だが、元同級生が連絡がとれなくなったというだけじゃ、動かない」

押し黙って桐野は後方に下がった。反論の余地はなかったのだ。

交番に帰り着いたのは十四時半だ。木本たちの二班との引き継ぎの時間だった。

小貫は早速、墨田を取調室に連れ出して、相談をしているようだ。

さすがに警視庁の管轄での捜査をおおっぴらに相談はできないか、と桐野はどこかで小貫の小心を面白がっていた。

小貫と墨田の〝相談〟は長引いていた。十五時を過ぎようとしている。孫娘の保育園へのお迎えのために早く帰宅したい、と斉藤が取調室に向かった。すると同時に二人が出てきた。小貫が桐野を見つめてニコリと笑いかけた。

嫌な予感に包まれて、桐野は慄然《りつぜん》とした。


デリバリーヘルスの〝アンジェリーナ町田〟は午後三時から翌午前五時まで営業していた。

風俗通の墨田によると、人気の風俗店は夕方から明け方までの長い時間営業しているところが多いという。その理由は「男は一日中発情してるから」ということだった。

〝アンジェリーナ町田〟の所在地はいくら調べても分からなかった。ホームページに掲載があるのは電話番号のみだ。デリバリーヘルスは店舗を持たない。風俗嬢たちが待機するためのスペースとオフィスは確実にあるはずだが、その住所を公開するメリットが店にはないのだ。

だがホームページにある「駅近隣ホテルは交通費無料」というデリヘル嬢の派遣条件から察するに町田の駅周辺に事務所があると予測された。

墨田は、たいていの風俗嬢は、事務所に出勤して電話を待ち、そこから近隣のホテルへと出勤していくのだ、と教えてくれた。

客を装ってデリヘル嬢をホテルに呼んで、陽子の住所を聞き出せばいいのではないか、と小貫は墨田に提案したそうだが、却下されたという。

風俗嬢はライバルでもある他の風俗嬢の噂話《うわさ》はほとんどしないというのだ。そもそも風俗嬢同士で身の上話をすることもほとんどない。過去に傷を抱いた女性がほとんどで、自分の傷だけでも精一杯なのに、さらに他人のトラウマを聞きたがる者はいない。

だから狙うべきは男性従業員だ、と。彼らは、風俗嬢たちの愚痴や身の上話を聞いてやるのも仕事の一つで、それを持て余していて、少し水を向けるとペラペラしゃべるという。

だが肝心のデリヘルのオフィスの場所が分からない。その場所を割り出すために風俗通の墨田がある奇策を授けた。

桐野と小貫が町田の駅に到着したのは十八時を少し回ったところだった。

奇策の主役を任せられたのは桐野だ。若くて細くて頼りなげな桐野の外観は、いかにも女に舐《な》められそうだ、という墨田の一言で決まった。

町田の駅前の大きな踏切のそばにある交番に桐野は一人で訪れた。

これから犯す罪に戦《おのの》いてもいたが、同時にこんなことに付き合わされる怒りが鎮まらなかった。

だがその怒りも収めねばならない。墨田の奇策は違法行為だった。小貫の犯罪を目撃するためにその場に立ち会わねばならなかった。なんとしても違法行為の現場を押さえたい。だが同時に桐野も共犯となる可能性があって……。

離れた場所でこちらを見ている小貫に鋭い視線を送った。

帽子を目深《まぶか》にかぶった小貫は電柱に隠れるようにしてこちらを見ていた。そして桐野に笑顔を向けて手を振った。

怒りが爆発しそうになった桐野だったが、後ろから声をかけられた。

「どうしました？」

交番の中から桐野の姿を認めた若い警官が立ち上がって声をかけたのだ。

交番から出てきた警官は桐野と同年代のようだった。動きがきびきびとしている。

桐野は警官に勧められるままに交番に入ってスチール椅子に腰掛けた。

「ちょっと言いづらくてなかなか来られなかったんですけど」

緊張で声がうわずってしまいそうになるのをなんとか抑える。

「はい」

警官は丸顔で人懐《ひとなつ》こそうな顔をしている。桐野には決して醸しだせないような温かみがある。罪悪感が桐野の胸をよぎるが、ねじ伏せた。

「五日前に風俗で遊んで、そのときに女の子に財布のお金を一万円抜かれたんです。後で気付いてしばらく悩んでたんですけど、やっぱり悔しくて……」

桐野は顔が赤らむのを感じた。実際に風俗に出向くこと自体、ひどく恥ずかしいことだが、それを装っただけでも羞恥心が激しく刺激された。

警官の表情の変化がひどく気になる。だが警官は慣れた様子でニコリと笑った。

「そりゃ、悔しいですよね。で、お店の名前と場所は分かってるの？」

「いや、それがデリバリーヘルスなので、そこのホテルに呼んだので、店じゃないんです」

「なるほど。そのデリバリーヘルスのお店の名前と電話、分かります？」

「ええ、アンジェリーナって店です」

桐野が番号を伝えると、警官はメモ用紙に電話番号を書きつけた。

「それで、お兄さんね。窃盗事件として訴える気があるなら、それも可能だけど、とりあえず私がお店の方に連絡取りますんで、店の人がこっちに来たら、あなた交渉してみてください。大丈夫、交番の前で話してもらって、私が見てますから。どうします？」

ここまでは墨田が言っていた通りの展開だった。

「じゃ、話してみます」

「それがいいと思いますよ。じゃ、電話しますんで」

警官はすぐに店に電話をしている。

「うん、そう、一万円だって。はい、そうしてくれる？」

警官は慣れた口調で告げると受話器を置いた。

「すぐに来るそうなんで、ちょっとここで待っててください」

そう言って警官はすぐに書類を書き始めた。チラリと覗《のぞ》くと、日報だった。細かくびっしりと書かれているが、その文字が子供のように拙《つたな》いのを見て、桐野は少しホッとしていた。あまりにこの警官の応答が滑らかで劣等感を抱きかけていたからだ。

五分も経《た》たないうちに、白いシャツに黒のスラックスをはいた五十代前半の男が交番に現れた。のっぺりした顔だちで表情が読めないが、小柄で痩《や》せぎすなので、迫力があるタイプではない。

腰を折ってペコペコとお辞儀をしながら交番の前に現れたので、桐野は意表を突かれた。

「あ、こちらがお店の人。ちょっと外で話してもらえますか？」

敬語と平語が入り交じった独特の話し方をする警官だった。

桐野と店の男は交番の前に出た。

チラリと小貫に目をやると、にやにや笑いながらこちらを見ている。

「すみません。お話うかがいましたが、いつのことになりますでしょうね？」

男がすぐに切り出してきた。

「五日前です。あのキャッスルホテルで」

「お相手は？」

「りんごって子です」

「はあ、そうかあ」

そう言って男は芝居がかった様子で嘆息した。

「店の割引カードをお持ちですか？」

「いや、頭に来たので捨てちゃったんです」

これも墨田の入れ知恵だ。デリヘルは一度利用すると必ず割引カードを渡して客をつなぎ止めようとする。これは利用者にしか配らない。必ずその提示を求められるはずだ、と聞いていたので、平静に答えられた。

店の男はその細い目でジロリと桐野を見てから頭をペコリと下げた。

「基本的にウチは女の子と契約があるわけじゃなくてね。女の子はフリーであくまでも出会いの場を提供してるだけなんですよ」

そう言ってまた男はチラリとまぶたの奥で桐野の様子をうかがった。桐野は表情を消して黙っていた。

「っていうことなんで、女の子が悪さをしたりしても補償するって契約じゃないわけ。逆に女の子が悪い客になにかされても、女の子に補償したりしないし。病気なんかもね」

男はそう言っていたずら小僧のようにペロリと舌を出した。不気味な姿だった。

「でも、お客さんはウチの名前を信頼してお電話くれたわけだしね。申し訳ないんだけど、三千円で勘弁してもらえない？　それがウチで出来る精一杯の誠意なの」

男は深く頭を下げた。

「りんごって女の子に直接謝ってもらいたいんですけど」

これも決めていたセリフだが、桐野の声が震える。

「本来ならそうすべきだよね。でもトンじゃったのよ。連絡とれないの。これ、本当よ。言い訳じゃないの。ちょうど四日。まるで連絡がとれない」

「家とか分からないんですか？」

桐野が食い下がる。これもプラン通りだ。

「住所が分からない。ホラ、ああいう子たちはワケアリが多いから。携帯電話の情報しかないんだよね。それがつながらない」

男はそう言ってまた頭を下げていたが、チラリと狡《ずる》そうな目で桐野の様子をうかがった。

墨田に教えてもらった通りに、桐野は黙っていた。すると、また男が大きくうなずいた。

「そうだよなあ。ここまで来てもらってるんだもんね。じゃさ、交通費ってことで千円上乗せします。それでどうかご勘弁」

男はさらに頭を深く下げた。

もうこれ以上の情報は引き出せないだろう。

「分かりました」

桐野が言うとすぐに男はポケットから銀行の紙封筒を取り出すと、そこに千円札を追加して、桐野に差し出した。桐野は受け取るときに手が震えた。生まれて初めての犯罪行為だ。封筒を受け取るとすぐにポケットに押し込んだ。

詐欺罪。横取り詐欺の手口だ。懲役なら十年以下。小貫は教唆だろうか。共同正犯でいけるか、脅迫、いや、強要だ。それなら自分の罪は軽くなる……。いや、共犯などとんでもない。これは潜入捜査だ。戸村副署長がきっとなにか手を打ってくれるはずだ。

「じゃ、これはオマケ。またお願いします」

そう言って男は桐野の手になにかを握らせる。男の手は熱く乾いていた。見ると店の割引カードだ。

「じゃ、お世話おかけしました！」

店の男は交番の警官に声をかけると、そそくさと逃げるようにして人込みに紛れていく。その後ろ姿を見送っていると、革ジャンパー姿の小貫が男のあとをつけていく。

これが本当の目的なのだった。

桐野は交番の警官に礼を言って退散した。説教の一言も言われるか、と思ったが、警官はただ礼を返しただけだった。

駅に向かって歩いていると、小貫から携帯にメールが入った。

記された住所を見ると、駅のすぐそばに事務所があったようだ。ただしオートロックでカードキーがないとビル内に立ち入りが出来ない仕組みだ、とメールにあった。

桐野はすぐにその住所に向かった。


雑居ビルというには立派なビルが、正真正銘の薄汚れた雑居ビルに囲まれるようにして立っていた。他の雑居ビルには風俗店のけばけばしい看板が掲げられているが、その真っ白な真新しいビルには、看板はほとんど出ていない。

まるで、都心の一等地にあるオフィスビルのような洒落た構えだ。四階建てでタイル張りの外壁。窓に社名を貼りだしている部屋が数室あるが、それ以外は入居しているか否か、分からない。だがどの窓からも明かりが見えるので、部屋は埋まっているのだろう。

辺りを見回すと小貫が隣の古めかしい雑居ビルの入り口に隠れるようにして、桐野を手招きしている。

桐野は手をあげて小貫に駆け寄った。すぐに気になっているものを小貫に差し出す。風俗店の男から詐取した四千円が収められた封筒だ。

小貫はそれには目もくれずに険しい顔で、叱った。

「顔を知られてるんだ。ビルの目の前に立ってキョロキョロしてるな」

封筒をポケットにねじ込むと、桐野は慌てて小貫にならって身を潜める。

「あの男はエレベーターを使わなかった。恐らく一階にオフィスがある。だがどの部屋かは特定できない。完璧なセキュリティで夜なのに受付がいるんだ。入れたとしてもアポがあるか尋ねられるだろう」

桐野はそう言って出入り口を見つめている。

「りんごって子はあの男の口ぶりだと、本当に失踪しちゃってるような気がします」

「そうなのか。なんで?」

「りんごと連絡とれなくなって四日と言ってました。会田さんのお話と符合します」

「そうか。でかした」

小貫の横顔が輝いているように見えた。やはりなぞなぞを前にして興奮しているのだろう、と桐野は苦々しく思った。

まだ十一月とはいえ末日ともなると夜風が予想外に冷たかった。小貫がコンビニで温かいお茶と肉まんを買ってきてくれたおかげで身体が温まったが、すぐに冷えきってしまう。

かれこれ一時間近くも見張っている。それらしき女性が三人ほど出て行ったが、人の出入りはほとんどない。示談金を支払いにきた男は姿を現さない。

打つ手がなかった。本来ならオフィスに小貫が出向いてヒモのふりをして、従業員の待遇を聞き出す手筈《てはず》だったのだ。

「小貫さん、今思ったんですけど、こんなことしなくても、小貫さんがあのオフィスに電話して、待遇を聞き出せばいいんじゃないですか？」

「うん。電話での問い合わせには基本的に応じない所が多いって、墨田がな。女を同行して来いって言われるだろうって話だ。女の品定めをしたがるんだそうだ。だったら押しかけた方がいいって。俺の容貌を見せると信じるっていうのが墨田の案」

さすがに小貫も照れ臭そうにしている。

いずれにしても膠着《こうちゃく》状態だ、と桐野が思っていると、小貫が背伸びしてビルを見た。

「うん？　一階のガラスのところで人が行き来してるよな？」

ビルの造りからして共有の廊下と思われる部分が、半透明の白いガラスに覆われている。中から薄暗い明かりが漏れていた。確かに時折そこに人影のようなものが映る。

「ええ、さっきから何度か人が歩いてるように見えます」

「ちょっと見ててくれ」

小貫は桐野に言い置いて、建物の脇にある小道を歩いていった。

すぐに小貫から桐野の携帯に連絡があった。ビルの裏手に非常口があって、少し離れた駐車場に喫煙所があるというのだ。そこでビルに勤めている従業員と思われる数人の男女がタバコを吸っている、と言う。

桐野は顔を知られているので、表口で待機しているように指示された。

真新しいビルだから館内が全面禁煙になっていて、外に喫煙所が設けられているようだ。

小貫が戻ってきたのは一時間後だった。

タバコの匂いがした。

「りんごの家が分かったよ」

「あの男が出てきたんですか？」

「いや、いなかった。タバコは吸わないんだろう。その代わりにあの店のマネージャーっていう若造から聞き出した。ちょっと水を向けたらその若造が〝原町田《はらまちだ》の消防署んとこ〟ってマンションのおおよその場所を言った」

「どうやって聞き出したんですか？」

桐野が尋ねると小貫が不敵な笑みを浮かべる。

「喫煙所に黙って立ってたら勝手に向こうが、俺のことを近所の水商売の男かなにかだと勘違いしてくれてな。適当に話を合わせて、女を働かせたいが店の待遇はどうなんだ、と尋ねたら福利厚生の一つとしてマンションの話が出たんだ」

小貫は飛び抜けた美男だったが、水商売特有の〝崩れた〟印象がないように桐野には思えた。とはいえあの場所に立っていたら〝一般人〟には見えないのも確かだ。

「どうやってそのマンションを探すんです？」と桐野が問いかけると小貫は首を振った。

「疑われちゃマズイんで大まかな場所しか聞き出せなかった。タクシーに当たってみる」

小貫は桐野を伴って駅前まで戻ってから客待ちしているタクシー運転手に声をかけた。

「ちょっとお尋ねします。原町田の消防署の付近で、風俗の女の子たちが入ってるマンションをご存じありませんか？」

五十代の運転手は首を傾《かし》げて「知らない」と答えた。

「すみません」

詫《わ》びて小貫は、すぐ後ろに停まって客待ちしているタクシーの運転手にも同じことを尋ねている。

五人目で小貫は後部席に乗り込んだ。少し離れて見ていた桐野に手招きをしている。

「五分ぐらいだそうだ」

タクシーの後部席で小貫は桐野に告げた。小貫の声が緊張からなのか硬くなっている。

「店がそのマンションを十二室も借り上げてるんだそうだ。女の子たちはタクシーを使うだろう、と踏んで当たってみたらビンゴだ」

タクシーの運転手が車を発進させながらバックミラー越しに桐野をチラリと見た。

「運転手さんには警察だって話してある」

ミラー越しに運転手が軽く会釈した。桐野は会釈を返す。

「そのマネージャーにりんごって子が失踪してるのかって確認とれましたか？」

「いや、警戒されたらマズイんでりんごのことは訊けなかった。借り上げてるマンションの場所を聞き出すので精一杯だ」

「マンションの名前は訊けなかったんですか？」

「いや、そのマンションて名前がないんだそうだ」

「どうしてです？」

「あの店だけじゃなくて、他にも数軒の風俗店がそのマンションを女の子用に借り上げてるそうだ。マンションは満室でほぼすべてが風俗嬢らしい。オーナーがゆるい人で、町田の風俗業界じゃ有名なマンションだそうだ。〝審査がない〟って。だからオシャレな名前をつけて借り手を求める必要がないんだろう」

派手な姿の風俗嬢が出入りするのを嫌うオーナーは多いのだろう、と桐野も納得した。

そのマンションは、夜目にもまぶしいほどに純白のタイルで覆われていた。細長い十二階建てだった。

正面のエントランスの大きくて分厚いガラスドアは、オートロックのためカードキーが必要だった。マンションの周りをグルリと見て回ったが、自転車置き場への通用口もオートロックになっていて入り込めるような場所がない。

「もう郵便も新聞も検針も終わっちゃったな」

時計を見ながら小貫がため息をついた。郵便受けはエントランスの中にあったのだ。

「郵便屋さんにもカードキーを渡してるんですか？」

「いや、郵便屋と新聞配達には……宅配もか！」

小貫が素早く動いた。マンションのエントランスに見覚えのある制服姿の男が荷物を脇に抱えて向かっていた。宅配便の業者だ。

小貫はエントランスのそばまで走って駆け寄って、そこから通行人を装ってゆっくりと歩きながら通りすぎた。業者はエントランスから中に入っていく。

戻ってくると小貫が言った。

「ビンゴだよ。郵便と新聞だけじゃなく宅配業者にも、カードキーじゃなくて暗証番号を伝えておくゆるいマンションがあるんだ。でも番号は住民には決して伝えない。住民はすぐに友達や恋人なんかに漏らすからな。あっと言う間に拡散しちゃう」

説明をしている間にも、小貫は人指し指で空を押している。盗み見た宅配業者の男性が押した指の動きを忘れないように再現しているようだ。

エントランスに目をやると宅配業者が荷物を届け終えて出てくるところだった。

すぐに小貫は動いた。桐野も後に続く。

カードリーダーの下にフタがあってそこを開くとテンキーが並んでいる。

小貫はキーの上で指の動きをシミュレーションしている。

「キーの配置的にナンバーは二八一一か二八四四だな。多分……」

小貫はそう言いつつ、二八一一を選択して押した。その直後にカチリと音がしてガラスドアのカギが開いた。

　小貫と桐野はエントランスに入った。

　建造物侵入罪、懲役三年以下、または十万円以下の罰金だ。ここで住民にとがめられたりすれば不退去罪が加わる。

　すぐ左手に郵便受けが並んでいて、小貫はまっすぐにそこに向かった。小貫は郵便受けをざっと見渡してうなずいた。

　〝五〇一〟にだけ、郵便物が差したままになって溜《た》まっている。それ以外の郵便受けにはチラシが数枚挟まっている程度だった。

「五〇一号室だな。人が来たら知らせてくれ」

　そう命じて小貫は郵便受けから郵便物を取り出して調べ始めた。調べていた手が止まった。やがてその一つを開封する。

「高井陽子、二十四歳」

　小貫は、開封した請求書のようなものを郵便受けに戻す。

　窃盗や信書隠匿には当たらないか。器物損壊罪は確定で、三年以下の懲役、または三十万円以下の罰金もしくは科料。

「年齢まで分かるんですか？」

「はっきりと書いてはないが、請求書の類には大抵はバーコードの下の数字に情報として生年月日が入ってるんだ。当たりをつけて読めば分かる」

小貫はエレベーターに向かった。感心しながら桐野も従って乗り込む。

「一つ確認しておきたいんですけど、重大な事件がその部屋で起きてたとしたら……」

桐野がエレベーターの中で気になっていたことを切り出した。

「うん」

「交番でりんごのことで相談してますよね。タクシーの運転手さんにもここの場所まで乗せたと知られています。りんごになにかあったら真っ先に私が疑われるんじゃないでしょうか?」

小貫が桐野の顔を見て、ニヤリと笑った。

「まあ、そうだな」

「もし、そういうことになったらどうするんですか? 証言してくれますよね?」

「でもどうかな? ごんぞうの俺の証言だぜ。警視庁の刑事には信じてもらえないだろうな。冤罪《えんざい》で投獄されるのも経験だよ」

小貫はカラカラと笑った。

「ちょっと冗談じゃないですよ!」

エレベーターが五階に到着した。小貫は食い下がろうとする桐野を押し退《の》けて、五

○一号室に歩を進めた。
　小貫は玄関の金属製のドアに鼻を近づけた。その隙間から中の匂いを嗅《か》いでいるのだ。

「ダメだ。あんまり鼻が利かないんだ。ちょっと匂いを嗅いでくれ」

　桐野が代わってドアに鼻を近づける。かすかに腐臭のような匂いがするような気がした。

「ちょっとなにか腐ってるような匂いがします」

「あなた腐敗が始まってる死体の匂いを嗅いだことある？」

「いいえ」

「血の匂いがしないか？」

「いいえ」

　しばらく考えていた小貫はインターフォンを押した。かすかに玄関の中で呼び出し音が聞こえる。かなり気密性が高いマンションのようだった。

「高井陽子のポストには公共料金の督促状の類は一つもなかった。生活が乱れているという風でもない。電気も通じている。なんなんだ？」

「じゃ、いいんじゃないですか？　もう……」

　桐野が逃げ腰になる。小貫の〝冤罪〟という言葉がリアルに感じられて怯《おび》えていた。

小貫は金属製のドアノブを握ってドアを開こうとしたが、ビクともしなかった。

このドアにもエントランスと同じようにカードリーダーがついている。

小貫はカードリーダーの下にあるカバーを押し上げて、テンキーを押した。するとカチリと解錠する音がした。

「二八一一はマスターナンバーだったよ。ゆるゆるだな」

楽しげに小貫が笑ったが、桐野の顔は蒼白《そうはく》になっていて、かすかに震えている。

「やめましょう」

小貫が取りすがる桐野を押し退けて、ドアを開いた。

「馬鹿言うな」

玄関は綺麗に片づいていて靴の一足もない。大きな下駄箱に収納されているようだ。

腐臭が漂っている。食物の腐った匂いだ。それにカビのような匂いと、納豆のような匂いが混じっている。

「匂うな?」

小声で小貫に確認されて桐野はうなずいた。

玄関の先には細い廊下があって、突き当たりにすりガラスをはめ込んだ木製のドアがあった。廊下のダウンライトがグレーの絨毯《じゆうたん》にオレンジの光輪を作っている。

小貫がポケットからビニールの手袋とシャワーキャップを出して、桐野に差し出した。

小貫はすぐにシャワーキャップを靴の上からかぶせて、手袋を着けた。

桐野は受け取ることも拒否して後ずさりしている。

「折角持ってきたのに」

小貫は桐野を残して自分だけで、室内に足を踏み入れた。

住居侵入罪はこれで確定だ。建造物侵入罪と法定刑は同じだが。


廊下の右側に白いドアがある。小貫が開けた。

トイレだった。電気が点灯され、換気扇も回しっぱなしだ。そこで小貫はギョッとした。

丸められた白い物体がたくさん転がっている。小貫は顔を近づけた。換気扇のせいか、予想外に匂いはあまりなかった。その白い物体は紙おむつだった。使用済みなようで、丸められて付属のテープで留められている。

トイレの隣は風呂場だ。消えていた電気を点《つ》ける。風呂場は使われた形跡がなく乾いていた。浴室の隅などにカビが繁殖しているが、それほどひどくはない。

風呂場の反対側のドアはクローゼットで、女性の服が綺麗に揃えて並べられている。

小貫は足音をひそめて、廊下の突き当たりのドアに向かった。１ＬＤＫの造りだとすれば、そのドアの奥にキッチンやリビングダイニングがあることになる。

小貫は一呼吸置いてからドアを開けた。

部屋は薄暗い。ドアを開けると暖気と共に腐臭が襲いかかってきた。

ポケットから小型の懐中電灯を取り出して部屋を照らす。部屋の照明のスイッチを入れると、白色の強い光が部屋を照らしだした。

十畳ほどのリビングダイニングの中央に、ソファとダイニングテーブルがある。いずれも安物であることがひと目で分かった。

大きなガラス窓があるが、それはブラインドで覆われている。エアコンが作動していた。フローリングの床には、菓子の包み紙、使用済みのティッシュなどが散乱している。

左手にキッチンがあり、開きっぱなしの冷蔵庫の内部照明が、薄暗いキッチンに光を投げかけている。冷蔵庫の前に子供用の椅子があった。

キッチンのシンクで物音がする。見ると、蛇口から細く水が流れっぱなしだ。

シンクの前にも子供用の椅子がある。そしてシンクが真っ白になっていた。近づいて見ると、ミルクの粉だった。大きな粉ミルクの缶が空《から》っぽになって転がっていた。

その脇に白く汚れたコップや哺乳瓶がいくつも置いてある。

小貫は危うく転びそうになった。キッチンの床はなにか食物が腐敗して、ヌルヌルになっているのだ。

冷蔵庫に近づくと、冷気が出ているのが分かった。冷蔵庫はほぼ空だ。だが冷蔵庫の最上段にだけジャムやバターなどが置いてある。

小貫はまたリビングに引き返した。部屋の奥にドアがある。小貫は呼吸を整えると、ドアを開いた。部屋の中には小さなスタンドが灯《とも》っていて、ぼんやりと照らしている。小貫は目が慣れるのを待った。寝室だった。大きなダブルベッドが一つ。そして、その横にベビーベッドがある。

ベビーベッドは空だ。

だがダブルベッドの真ん中が盛り上がっていた。

小貫は慌てて、ベッドに駆け寄った。かぶせられている毛布をめくる。そこには幼い少女と赤ん坊が抱き合っていた。

すぐに小貫はベッドの上に上がって、二人の呼吸と心音を確認した。

「桐野！」

逼迫《ひっぱく》した声に、桐野は一瞬逡巡《しゅんじゅん》したものの、靴を脱いでから廊下を走った。

桐野が寝室に飛び込んだ。

「小貫さん……」

「子供は四歳ぐらいと乳児。救急要請！」

「はい……」

桐野は一瞬迷ったが、すぐに部屋の隅にあった電話機の受話器を持ち上げて一一九番をプッシュした。

桐野は電話しながら、子供たちを見ていた。どちらも頬がげっそりとやつれている。少女は顔をしかめているので、生きていることが分かったが、乳児はまるでミイラのように見えた。小貫がベッドに上がって心音などを確認しているが、動かない。

〈呼吸はありますか?〉

救急に問われて、「呼吸はありますか?」と桐野は小貫に尋ねる。

「心音、呼吸、確認できた。衰弱、脱水症状」と小貫が答えた。

「心音も呼吸もあるそうです。衰弱して脱水症状で……」

小貫の言葉をそのまま電話で伝えて、住所とマンションの部屋番号を知らせると、一方的に電話を切った。

小貫がベッドを下りた。

「恐らく陽子って女のネグレクトだろう。二人きりで何日放っておかれたんだ? こんな小さな子が……。ミルクを赤ん坊に飲ませようと必死になってた痕跡がキッチンにあった。おむつもこの子が替えてやってたんだろう。自分でも空腹に耐えられずに冷蔵庫を漁《あさ》ったんだな。でも手が届かないところにジャムが……」

うつむいて立っていた小貫が絶句した。あごから涙が伝い落ちている。

「どんだけ心細かったろう。でも必死で頑張ったんだ。力尽きて、ここで二人で眠ってたんだ。見ろ、姉ちゃんが赤ん坊を守るみたいに抱いてやがる」

小貫がしゃくりあげる。

「チクショウ、可哀想《かわいそう》に、チクショウ……」

泣く小貫を桐野はこわばった顔で見つめていた。

3

翌々日の新聞の三面記事にはかなり大きく、デリヘル嬢の子供置き去り事件が取り上げられていた。

源氏名がりんご、本名高井陽子。二十四歳。金髪に近い髪色にド派手なメイクでピースサインをしているプリクラ写真が必ず使われていた。

テレビのワイドショーでも長い時間を割いてこのショッキングな事件を報道した。

子供たちは栄養失調で脱水症状を起こしていたが、どちらも生命に別状はないという。

まもなく五歳になる姉の方は意識もはっきりとしていて、しきりに「ママに会いたい」と泣いていると報道された。

その母親は警視庁からの連絡を受けて出頭した。〝友人〟の家を転々として四日間も家を空けていたという。

所属していたデリヘル店には子持ちであることを隠していた。店が用意したマンションへの引っ越しの際には子供たちを一時保育に預けたというから念が入っている。子持ちの風俗嬢は少なくないが、日給が割安になるのを恐れたようだった。

そのためりんごが無断欠勤した際にも、店の従業員が子供たちを気づかって寮のマンションを訪れることはなかったのだ。

無断欠勤した末に行方不明になる風俗嬢は珍しいことではなく、毎月十日に従業員が部屋の清掃と私物の撤去、カードキーの変更をすることが決まっていた。もし小貫たちが踏み入らなければ、二週間近くも高井陽子の娘たちは放置されることになったのだ。

それでも母親は「店の人が見つけてくれる、と思っていた」と語っているという。さらに「(子供たちが)死んでしまうかもしれない、と思ったが、なにも考えたくなかった。すべてから逃げ出したかった」と供述している。

新聞の識者もテレビのコメンテーターも「同じ親として信じられない」「厳罰に処すべき」と声を荒らげ、涙を浮かべる者もいた。

さらに数日が経つと、週刊誌が、この話題を大々的に取り上げて母親の〝奔放な男性関係〟や〝非行歴〟を暴きたてた。現場を発見して通報したものの消えた謎の男の存在は、そうしたセンセーショナルな話題の前に消し飛んでいた。

「この女、死刑だな」

週刊誌を読みながら、木本が憤る。小貫班との引き継ぎのさなかに木本は椅子に座って週刊誌を読んでいるのだ。だが桐野は木本の言葉に心の中で賛同していた。あの子供たちの衰弱した姿がまぶたから離れない。発見が半日でも遅れていたら一歳の乳児は死んでいただろう、と病院は発表している。

救急が到着する寸前に小貫と桐野は現場のマンションを出ていた。

桐野は電話機やドアなどの指紋は辛うじて拭き取ったが、慌てていたので不安が残っていた。さらに玄関には足跡が残っていると思われたが、母親のネグレクトであることがはっきりすれば、警視庁も捜査はしないだろう、と小貫が予想したのだ。今のところ、小貫の言葉通りになっている。

「失踪してる四日の間に、三人の男の家を泊まり歩いてるんだってよ。そのうちの二人は新宿《しんじゅく》でナンパされてくっついていってるらしいぜ。子供の顔が浮かばないのかね」

下ネタ好きの木本もさすがにこの事件では、怒りが先に立って冗談にはしない。

穏やかな斉藤も表情が険しい。

「上の子供は赤ん坊のオムツの始末をしてたっていうじゃないか。そこまで知恵があるんなら、なんで逃げ出さなかったのかね？　玄関のカギを開けられなかったんだろうか？」

難しい顔をして小貫が黙っているので桐野が答えることになった。

「いえ、カギは低い位置にあったので、手が届いたと思います。これは私の勝手な解釈ですけど、多分、お姉ちゃんは凄く〝いい子〟なのだと思います。母親に絶対に家から出るなって言われたら、それを守る……」

「死んでも、母親の言いつけを守ろうとしたんだよな」

高木が吐き捨てた。

「死刑はなくても懲役で五年はいくだろ？」

「いや、こんだけ世の中が騒ぐと、遺棄に傷害がついて十年はいくよ」

墨田がコートを羽織りながら応じた。

「いや、死刑だろ、こんなクソ女」

木本もそう言いながら立ち上がって帰り支度を始める。

「刑務所にぶち込んでも治らないだろうな」

それまで黙っていた小貫が口を開いた。

署に出勤して今まで、小貫は口数が少なかった。

「治すために刑務所に入れるんじゃないだろ。罰するためだ」

木本が不満げに小貫に反論した。

「子供が会いたがってるんだ。母親を刑務所に閉じ込めておくなんて、あの子供たちも一緒に罰してるようなものだ」

小貫は感情を抑制しているようで、普段よりゆっくりした口調になっている。

「お？　お前、あの現場見てるんだろ？　こんな親が娘を育てられると思ってんのか？」

木本が荒い口調になる。

桐野には木本の言うことが正論に思えた。子供が親に会いたいと願うのは当然だが、会わない方が幸せということもある。正にこの場合はそうだ、と思えた。

「どんな母親でも子供は恋しがるもんだ」

小貫は頑強だった。木本もさらに反論する。

「時機が来ればそれも忘れられるもんだろ。親がなくとも子は育つって言うじゃねぇか」

「違うんだ。その記事にも書いてあっただろ？　あの母親のりんごって子も幼いときにひどいネグレクトとDVを親から受けている。身の回りの世話は一切してもらえず、食事を与えられないのは当たり前で、近所の商店で万引きして空腹を満たしていたとあった。父親からの性的虐待も匂わせてる」

愛から聞かされた陽子の家庭環境よりもひどいことが週刊誌には書かれていた。愛にも話せないことが陽子にはあったのだろう、と桐野は推測した。

「だからって自分の子供に同じことをしてもいいってのか?」

珍しく木本が道理にあったことを言っている、と桐野は小さくうなずいた。

「違うんだ。あの女はそんな経験をしたせいで問題を抱えてた。週刊誌の記事で小学校時代の同級生の証言で〝嫌なことに直面すると電池が切れたロボットみたいに無反応になってしまった〟ってのがあった。強い不安があると意識をシャットダウンしてしまう〝解離〟ってやつだ。心理学の言葉だが、自分の心を守るための働きの一つかもしれない」

木本が不愉快そうに唸《うな》った。

「だから、許せっていうのか? あんなことした母親を……」

「あの子供たちは年齢相応に肉体的に成長していた。知能程度も問題がない。いや、お姉ちゃんの方はむしろ進んでいた。あんなに幼いのに、妹にミルクを与えておむつを替えていたんだ……」

「母親がなにもしなきゃ、大人にもなるだろう。でもそれは子供にとって決していいことじゃない」

今度は墨田が口を挟んだ。別居しているとはいえ、同年代の子がいるだけに説得力がある。

「いや、そうじゃない。あのりんごって女には、子供を日々養育する能力があるってことを言ってるんだ。しかし不安に直面すると、意識が飛んで、すべてを投げ出して逃避してしまう。そういう病気で……」

木本が手を振って小貫を遮った。

「人を殺すのを楽しんでる変質者が〝心神耗弱状態〟だって無実を主張してるのとおんなじ理屈じゃねぇか」

「この件を飲み込めなかったんだ。俺も怒ったよ。あの女を憎んだ。でも、なにかしっくり来ないんだ。落ち着かない。あの女のせいにしても落ち着けないんだ。だから、あちこち調べちゃったんだよ。虐待を受けたことが原因となって、自分の子供にも虐待をする親は多いんだそうだ。それを更生するためのプログラムも開発されてる。刑務所に何年閉じ込めたって、あれは治らない。むしろ拘禁されて精神状態を崩して……」

「プログラムとかカウンセリングなんて大抵が無駄なの知ってるだろ？」

高木が皮肉をこめて笑っている。

「スリは一生スリのままだし、ロリコンはロリコンのまま。痴漢は痴漢を繰り返すし、強姦魔《ごうかんま》は強姦がやめられない。どんなに〝治療〟したって無駄だ。危険なやつらは隔離するしかない」

小貫の目が高木に据えられる。険しい目つきだった。

「それを警察がやるのか？　お前ら、偽のレッテル貼られて刑務所に一生ブチ込まれる恐怖を知らないわけじゃないだろ？　俺たちはそういう〝警察〟にはならないって、ごんぞうをやってるんじゃないのか？」

一同が黙り込んだ。桐野には小貫の言葉の意味が正確には分からなかった。しかし今は口を挟むべきではない、とも思った。

「ガキの頃から虐待されて、まともな教育も受けられず、家を飛び出して、ようやく新しい家族を作ったら、まともに働かない夫が逃げ出して、二人の子供抱えて風俗嬢になって暮らしてんだぜ。虐待の過去を持ってなくても、不安で押しつぶされそうにならないか？」

「その女が選んだって部分もある……」

木本がボソボソと反論しようとしたが、小貫が遮った。

「選んだ？　それしか子供を食わせる収入を得られる仕事がないんだろ？　風俗嬢な

んで寿命が短いのは、彼女だって分かってたはずだ。だから不安になるだろう？　逃げ出したくならないか？　それを刑務所にぶち込んで済ませるのは違う」

小貫は一気にそこまで言って、深いため息をついた。

沈黙が訪れた。桐野は小貫の言葉があまりに冷静過ぎて反発したくなった。

子供たちの衰弱した姿を見て、涙を流して「チクショウ」と怒っていたじゃないか、と指摘したくなった。思わず口を開きかけた時、小貫が独り言のようにつぶやいた。

「あの女は、子供に会うのを一番恐がってるはずだ。刑務所に入ってる方が楽だろう」

桐野は言葉を飲み込んだ。他の誰も答えなかった。重苦しい沈黙が交番を包んでいた。

数日後に高井陽子は保護責任者遺棄罪で起訴された。三カ月以上五年以下の懲役だが、前科もなく情状酌量が予想された。判決が下っても執行が猶予されてすぐに釈放されると見られていた。

鳩裏交番はいつも通りの日常を過ごしていた。その日は、自転車盗難が三件、駐車違反処理が五件、近隣騒音が一件、行方不明老人の捜索が一件とのんびりとした勤務だった。

小貫に誘われて、桐野は巡回に出た。

目的は分かっていた。会田愛に報告にいくのだろう。

案の定、小貫は辻堂ニュータウンに向かった。


会田家のインターフォンを小貫が押すと、愛が応じた。

玄関から慌てて愛が飛び出してきて、深く腰を折って何度も頭を下げる。

それを押しとどめながら、小貫は愛を家の中に戻した。

リビングに上がるように愛に乞われたが、小貫が固辞して、玄関先で神妙な面持ちで制帽をとると頭を下げた。

「あなたの通報のお蔭《かげ》で幼い子供の命を救えました。ありがとう……」

「いえ、そんな、感謝するのは私の方です。小貫さんたちにご迷惑だったんじゃないかってずっと思ってて……」

「心配ありません。私たちは通報しただけですから。ただ会田さんが私たちに相談したってことは内密にお願いします」

「ええ、夫には話してしまいましたけど、お巡りさんたちに迷惑をおかけすることになるから他言するなって叱られました」

「一つお訊きしたいんですが、高井陽子さんは、嫌なことがあると、電池の切れたロボットのように無反応になってしまうことってありましたか？」

愛は強く首を振った。

「その記事読みました。でも少なくとも私はその姿は見てません」

小貫はしばらく黙って考える顔になった。

「……きっとあなたは、良い友達だったんですね」

愛の目にみるみる涙が溜まってこぼれ落ちた。

「でも、私、陽子を傷つけたんじゃないかって……。夫の職業も伝えてたし、一軒家を買ったことも伝えてたし……。だから陽子は子供のことも私に言わなかったし、会おうとしなかったんじゃないかって」

「いや」と小貫は静かに語りかけた。

「確かに引け目を感じていたかもしれない。でも、あなたは彼女の良い友達だ。あなたがいれば〝嫌なこと〟があっても彼女はそれを感じなかったんですから」

愛は顔を両手で包み込むと、声を上げて泣きだした。

自転車で署へと向かいながら、桐野は小貫の隣に並んだ。

「誘っといてなんだけど、なんかあなたと話す気分じゃないんだよな」

そう言った小貫の目が潤んでいるように見えた。それを隠すように顔を背ける。

桐野はそれでも訊かずにはいられなかった。

「会田さん、高井さんと友達に戻れますかね?」

小貫が即答した。

「当たり前だろ。執行猶予がついてすぐに出てくるよ。釈放されたら連絡取り合って、この近所に高井さんは越してくる。それで会田さんのご主人の会社で働くようになるに決まってんだろ。そこで出会った素敵な男と高井さんは幸せな結婚をするよ。そして、会田さんが居てくれるから、高井さんはもう二度と〝解離〟を起こさない」

桐野は自転車を減速して小貫の後ろに下がった。

刑法一三〇条の建造物侵入罪及び住居侵入罪は、刑法三五条の正当行為または刑法三七条一項の緊急避難と認められれば罰しない……。

第5章

1

冬らしい澄んだ青空の広がる午後に、会田愛は交番をわざわざ訪れた。起訴後勾留中だった陽子を〝見舞った〟と、小貫と桐野に報告するために。

さらに養護施設を訪れて陽子の子供たちにも面会してきたという。

「子供たちが可愛いんですよ。もう食べちゃいたくなるぐらい。本当にいい子で……」

愛はまた涙ぐんでいた。

「あなたがいれば大丈夫」

小貫の言葉に愛が笑みを浮かべた。だが直後にその顔が曇った。

「それと……」

逡巡しているようで、目を伏せてしまった。

「どうしました？　なにかありました？　気兼ねなく言ってくださいね」

小貫の声音が優しい。

「あの……」

愛は顔を上げたが、その目に戸惑いがある。

「また誰かを救えるかもしれませんよ。遠慮なく」

「いや、そういうのじゃなくて苦情なんです。でも小貫さんには関係ないことだって私は思ったんですけど、夫が交番行くなら、言ってみてって。ホームレスの……」

「ええ、連続殺人事件？」

小貫の目が鋭くなっている。

「はい。夫の会社の男性社員さんとかアルバイトさんたちが、警察に順番みたいに呼び出されて、ジジョーチョーシューっていうんですか。それをされてて。なんか工場の雰囲気が凄く悪くなってるんです。任意同行って拒否できるんですよね？　拒否すると逆に疑われたりするもんですか？　工場のローテーションもうまく組めなくて」

〝事情聴取〟を片言の外国語のように愛は語っている。

「ううむ。土曜日の夜って勤務あるんですか?」

「いえ、十八時までで、深夜はないです。日曜日の早朝にはあるんですけど」

「事件当日の日曜の早朝に勤務だった人だけ除外して、事情聞いてるのかなあ」

「そうだって夫は言ってました。それと靴のサイズが二十五センチと二十七センチの人だって……」

うんざりした顔を小貫がするのを桐野は見逃さなかった。だがすぐに小貫は真顔に戻して愛に頭を下げた。

「ごめんなさい。私たちに刑事たちの無茶苦茶な捜査を止める力はありません。ただ警察は犯人の尻尾《しっぽ》も摑めなくて手当たり次第に事情聴取かけてるんです」

「でも、なんでウチの人たちが……」

「ちょっと考えて思いつく理由って、車です。工場の従業員さんたちって、ガソリン代を節約するために相乗りをするって聞いたことがあるんですけど……」

「ええ、一番遠くから通ってる人が途中の人たちをピックアップして、ガソリン代を少しずつもらってるんだって聞きました」

「相乗りしてる姿を捜査員が偶然に見たのかもしれない。多分それだけのことです。なんの根拠もないと思います。私が知ってるのは〝元ヤンキー〟だからって理由でリストアップされてた男性です。はっきり言って間抜けです。旦那さんには警官がそう言ってたと伝えてください。少しでも工場の雰囲気が良くなるといいんですが」

もう一度小貫は頭を下げた。

すると慌てて愛も頭を下げる。

「私こそすみません。小貫さんにこんな話をしちゃって」

何度も詫びて愛は帰っていった。少し膨れたように見えるおなかに手を添えながら。

「まったくくだらねぇ」

吐き捨てた小貫は椅子に腰かけて吐息をついた。

2

冬の風が海から潮の香りを運んできていた。桐野はそれを良い匂いだと初めて感じた。

なぜだか今日は巡回連絡がうまくいっていたのだ。後ろに控えていた小貫に手伝ってもらわなくとも十五枚の新規連絡カードを手渡すことができた。

その気分のままに桐野は前を歩く小貫に今、一番気になっている話をし始めた。

「小貫さん、最近この辺りでサーファーを中心に広がってる噂話ってご存じですか？」

「そういえばサーファーの知り合いはあんまりいないなあ」

「ネットで何度もあげられてる話なんです」

「なんだよ、オカルトか？」

「小貫さんが嫌いなのは知ってますけど、ちょっと聞いて……」

「いいよ。興味ないよ」

「目撃情報ってヤツです。オカルトっぽいですけど、それだけじゃないんで」

「分かった。聞くよ」

桐野は小貫に並ぶと歩きながら話し始めた。

「凄くシンプルなんです。夜暗くなってからサーファーたちがミソシタって呼んでる海岸に行くと、砂浜に四人の男が並んで立って、海を眺めてるって言うんです」

「なんだ、そりゃ？」

「その一人ずつの頭の上に火の玉が浮かんでるんだそうです」

「ハハハ、それってろうそくなんじゃないの。でも燃え尽きてないんなら生きてるんだなあ。吹き消して立派なオバケにしてやれよ」

「なんですか、それ？」

「〝死神〟って落語知らないんだ。オカルト好きなのに」

「知りません、落語なんて」

桐野がふてくされる。

「で、それで終わりなの？　振り向いて追いかけてくるとかのオチはないの？」

「ないんです。声をかけたり近づいたりすると消えていくそうです」

「正にヤマなし、オチなし、意味なしだなあ」

「でも意味はあるんですよ。四人ですよ。それに火の玉。なにか気づきません？」

一瞬、考える顔になったが、小貫はすぐに笑いだした。

「ハハハ、ホームレス連続殺人事件のこと？　オバケの仕業だっていうの？　だったら現場に足跡つかないだろう」

「夜ならミソシタからだと海岸から誰にも見つからずにあの砂防林に入れるんですよ」

「うん？」と小貫は立ち止まって上を向くと考える顔になった。

「で？　犯人の目撃情報だっていうの？」と小貫が先を促す。

「でも奇妙に符合してません？　なにか示唆してるんじゃないかって……」

「待てよ。順番が逆だよ。あなたも相当頭いいんだろうに。オカルトがらみになると狂うね。砂防林、四人組、ガソリンの火って情報はニュースでもやってる。その情報を元に、ミソシタから砂防林に入れるって情報を加えて、作られた与太話だろ」

「ウ……」

桐野は返事ができなくなった。

「オカルトは破綻だらけだよ。それが頭のいい人には面白いのかもしれんけど」

小貫は桐野に笑いかけると、その肩を励ますように叩く。だがその直後「ん？」と小首を傾げた。

「あなた、かなりオカルトが好きだけど、実際に心霊現象なんかに出くわしたことないの？」

「オカルト好きってわけでは……」

桐野は否定しようとしたが、小貫は無視して尋ねてくる。

「幽霊見たことないの？」

桐野は少々の逡巡のあとに渋々「ないです」と首を振った。

「じゃ、いわゆる心霊スポットみたいなところに行ったことないの？　そういうトコで、謎の音が聞こえたり……なんつったたっけ？　そういうの」

「ラップ現象ですか？」

「ああ、それ。〝チェキラッチョ〟な」

桐野は思わず吹きだしてしまった。

「それは音楽のラップで。コツコツって音を総じてｒａｐと言うそうです。それとしゃべるように歌うって意味が……」

小貫が笑いだした。

「ハハハ。やっぱりオカルトマニアじゃん。で？　心霊スポット行ったことある？」

桐野は観念して認めた。

「まあ、あります」

「そりゃ、結構行ってるって口調だな。心霊現象を体験したことあるだろ？　そんなに好きなら」

「いいえ。実は一度もないんです」

小貫が考える顔になった。

「好きなヤツって、ちょっとしたことを盛って〝あります〟って言いがちだけどな」

「私、そういうの大嫌いなんで、本当にないです」

小貫が「なるほど」と楽しげに笑った。

「あなた、親族に、神職とか僧侶とか、牧師とかいない？」

「え？　いませんけど」

「そうなんだ。祖先とかにそういう人いない？」

「ちょっと思い当たりませんけど……なんですか？」

「そんなに幽霊とか好きなのに見えないなんて、実はあなたにはエクソシストの才能があって、大好きな幽霊を無意識のうちに祓っちゃってんじゃないかって思ってさ」

そう言って小貫は腹を抱えて爆笑する。

桐野は笑い続ける小貫を苦々しい思いで見やりながら、〝俺がエクソシストなら、幽霊警官なんか真っ先に祓ってやるよ〟と思ってどうにか溜飲を下げた。

巡回連絡を終えて、桐野と小貫が交番に戻ると二班の木本たちがお茶を飲んでいた。

小貫がいない時は木本が話題の中心になることが多い。もちろん猥談《わいだん》だ。

「結局、最後にもう一回ってなっちゃうから、男ってダメだ。そうだろ、桐野くん」

木本がコートを脱いでいた桐野にわざわざ話を振った。

「え？」

「女と別れるのは難しいだろ？　あ、お前、そういう経験ナシのタイプだな」

桐野をからかうのが木本の狙いだったようだ。

「一応、彼女はいます」

無視しても冗談に紛らせても良かったが、桐野は不機嫌な調子で思わず返してしまった。これまで〝女性に恵まれる〟ことの少ない人生だった。

「意外だな」

真面目《まじめ》な顔で高木が桐野の顔をしげしげと眺めている。その視線から逃れるように桐野はかぶりを振った。

「どんな子なの？」

珍しく斉藤が口を開いた。にこやかな笑顔で、孫息子を見守る老爺《ろうや》のようだ。

「普通の女性です。大学の後輩で……」

「そういえば、あなた、東北大学だよな。仙台だろ? 震災の被害はなかったの?」

小貫の言葉に、桐野の表情が硬くなった。あまり報道されていなかったが、大学でも被害があった。

「女川《おながわ》にあった農学部系のセンターが津波で大被害です。青葉山《あおばやま》ってところにある理工系のキャンパスも建物がかなりの被害を受けてます。亡くなった学生もいますが、春休み中だったので、大学で被災した人は少なくて……」

「あなたはどこにいたの?」

すかさずに小貫が掘り下げてくる。

「休みだったので、神奈川に帰ってました。でも……」

「彼女はどこの人?」

木本は彼女が気になるようだった。

「神奈川です。戸塚《とつか》で」

「なるほどそういうつながりか」

木本が訳知り顔でうなずく。

「帰省してたんですけど、就活のためのレクチャーが翌日にあって、松島に向かってたんです。仙台に寮があったんですけど、松島に行ったことがなかったし、秋保《あきう》温泉がいいって聞いてたので、ついでに旅行しようって……」

桐野の顔が紅潮していて、言葉がしどろもどろになっている。

「なんだ？　彼女と旅行か？」

鋭く木本が突っ込んだ。

「ああ、まあ……」

「松島旅行で一発二日ってやつだな」

木本が一人で笑っている。同調する者はいない。あの災害の悲惨さは人々の心に濃く暗い影を残していた。

「松島の辺りは被害が少なかったってニュースでやってたな」

高木がさらに「あの松島が堤防代わりになったみたいだな」と付け加えた。

「ええ。あんまり大きな被害はなかったみたいですけど、津波で亡くなった人はいます。私たちが乗ってたのはツアーバスでして、松島で食事をしてから海岸沿いを観光して、その後に内陸にある秋保温泉に向かいました。海岸線を走ってる時に地震があって、バスは停まったんですけど、しばらくしたら津波警報が出て、バスで内陸に入って、そのまま秋保温泉に向かったんです。その直後に、私たちがいた海辺の辺りが津波に飲まれたってバスのラジオで言ってて……」

「うう、危機一髪だな」

墨田が唸った。

「違うって。一発二日だってな」

また木本が下ネタで一人だけ笑う。桐野は愛想笑いをする気にもなれなかった。人の死を前にしてあまりに不謹慎だ。木本にはその自覚もない。怒りが込み上げてきたが抑えて続ける。

「宿にたどり着けたんですけど、水道もガスも電気も止まってて、宿泊はキャンセルさせてくれって旅館の人に言われたんです。大きな旅館だったんで、自治体に要請されて津波の被害にあって逃げてきた人たちを受け入れてたんです。彼女が旅館に申し入れて、二人で震災にあった人たちのお手伝いしてて……」

「偉いな」

小貫が感心してつぶやいた。

「一発二日どころじゃなかったね。残念。まさか、それがお前の初めてとか……？」

木本の鈍感な言葉に嫌気がさして、桐野は顔を背けて返事をしなかった。

「怒っちゃったよ」

木本が笑っている。

「やめてください！」

桐野が木本に怒鳴った。

「なんだ、そんなに怒るなよ……」

あまりの剣幕に木本がなだめようとしたが、桐野の怒りは収まらない。

「なんでも、そうやって茶化して、馬鹿にして！　亡くなった人がたくさんいるんですよ！　真面目に一生懸命やってなにが悪いんですか？　まともに仕事もできない人間の負け惜しみにしか聞こえませんよ！」

さすがに面と向かって罵られておちゃらけの木本も顔を真っ赤にして気色《けしき》ばんでいる。

「お前なあ。なんにも知らねぇで、調子に乗るなよ」

桐野は蒼白の硬い顔のまま無言で木本を睨《にら》み返した。

木本は真っ赤な顔で口を開いたが、一つ吐息をついて、声音を落とした。

「いいか？　俺らがなんで交通取り締まりに行かないと思う？　どうして俺らが国道のネズミ捕りに駆り出されないと思う？」

「まあ、怒りに任せて言うことじゃない。ちゃんと時間を持って……」

斉藤が小声で木本をたしなめた。だが桐野の耳にもその声は届いていた。

「なんなんですか？　はっきり言えばいいでしょう」

「お前なあ……」

詰め寄ろうとする木本を、小貫が押しとどめた。

「今じゃないよ。落ち着いた場所で静かに話さなきゃダメだ」

木本は大きく吐息をついて、桐野から視線を逸らした。

「なんなんですか？　言ってくださいよ！」

声を荒らげる桐野に、小貫が顔を向けた。

「落ち着けよ。折りを見てきちんと話すから、今日はここまでにしよう」

小貫の声音にはなだめるような調子があった。急に桐野は恥ずかしくなって、鉾《ほこ》を収めた。

もやもやした気分を残したまま数日が経過していた。

その日の交番での引き継ぎは木本班だった。

交番の中に桐野が入ると、せんべいを食べながら、木本がチラリと視線を送ってくる。桐野は足を止めて一礼した。

先日、声を荒らげた詫びのつもりだった。

木本は無表情のままで軽くうなずいた。

許す、という意味だろう、と思って桐野はコートを脱いだ。

その日は土曜日でいつにも増して、鳩裏交番はのんびりしていた。いつものおなじみの課長による巡回もなかったし、引き継ぎの木本たち二班のメンバーも特に用事がないようで、引き継ぎとは名ばかりの雑談に耽っていた。午後二時半に終了するはずの引き継ぎは四時を回っても終わる気配がなかった。装備を解くために訪れる署の方でも、鳩裏交番のメンバーが遅れても誰も気にかけないし、叱責《しっせき》したりする者もいない。

ただ一人、桐野だけが焦っていた。七時から戸村と署で報告会なのだった。戸村は休日だったはずだが、湘南ホームレス連続殺人事件のために土曜日も出勤になっていた。

桐野の焦燥をよそに、小貫の雑談は尽きることがない。先ほどまでインドが初めてもった原子力潜水艦の話から、インドの核武装に移り、福島の原発事故についてかなり詳細な解説をした。それがいつのまにか、先日見かけたハクビシンという動物の話になり、やがて湘南ホームレス連続殺人事件に着地した。

「本部が静かだもんなあ。お手上げなんだろうね」

フンと小貫は鼻を鳴らした。

「だろうなあ。まったく聞こえてこねぇもんなあ」

木本の言う通りだった。捜査に進展があると、独特の興奮が〝声〟となって署内を駆けめぐるものだった。それは噂話などではない。担当刑事たちの表情や動きなのだった。

だが刑事たちにまったく動きがなく、ただ焦りだけが厚い雲のように捜査本部を覆っていた。その結果、冴木家の夫や、会田の工場の従業員たちなどに手当たり次第に当たっているようだ。

「焦ってるよなあ。最初が九月だろ？　次が十月、それで十一月だもんなあ。一カ月のインターバルだから。前回から一カ月過ぎてるしなあ」

木本の推測に小貫が付け加える。

「しかも前回は一晩に二件だから。エスカレートしてる。下着泥棒と同じで、性的な衝動で犯行に及んでるなら、恐らく一カ月が我慢の限界なんだろうな」

高木が頭をポリポリとかく。

「あの海岸沿いの松林を封鎖して、見張りを立てておけばいいんじゃないの？」

小貫が反応した。

「ところがホームレスはあそこだけにいるわけじゃない。あそこを固めたら、高架下なんかで事件が起きそうだ」

高木が「あ〜ヤだね」とつぶやいてから誰にともなく尋ねた。

「変態なのかね。ホームレスのジジイを殺してなにが楽しいんだか、さっぱり分からん」

「殺す対象が問題じゃないらしい。殺人自体に興奮するんだよ、そういう変態たちは」

小貫の解説に高木が首を振った。

「どうなるとそこまで狂えるんだ？」

「病的なサディストってのは生まれつきってのが多いって聞いたな。脳に刻印されてるんだろう。木本が女を見れば所構わず興奮するのとおんなじで、それは抑えがたい衝動をともなって……」

「おいおい、俺は人前で丸出しにしたりしねぇぞ」

木本の抗議を小貫が切り返す。

「いや、お前は女の人が歩いてるだけでもジロジロと上から下まで見てるよ。そういうのを〝丸出し〟って言うんだ」

これには桐野も噴き出した。確かに木本は女性と見れば露骨に目で追い回していた。

さらに小貫が追い打ちをかけた。

「見られる方の気持ちになってみろ。あんなに露骨に見られたら気分悪いぞ」

「うるせぇ」

木本は憮然《ぶぜん》として黙りこんでしまった。小貫のお灸《きゅう》が効いたようだった。

そのとき、署外活動系の無線機が警告音を発した。

〈駅前、都築PM《ピーエム》（ポリスマン）より鳩裏PB！〉

「あの馬鹿」

木本が罵った。

誰も無線には応じようとしない。そればかりか桐野以外の全員が音量を絞った。

〈鳩裏PB！〉

いらだった都築の声が音を絞らなかった桐野の無線機から響いた。

〈鳩裏！　応答しろ！　無灯火のチャリを止めようとしたら逃げ出した。駅前のネギシ塾のカバンを背負ってる。自転車は緑色のシティサイクルの少年。駅前からそっちに向かってる。一国へのルートを封鎖してくれ！〉

桐野は応じようと恐る恐る無線機に手を伸ばした。だが、それを木本が遮った。

「無灯火？　まだ明るいだろ……」

木本が外を覗いてから時計を見た。四時十分だ。いつの間にか外も薄暗い。だがまだ陽が出ている。違反にはならない。自転車ライトの点灯は〝日没から日の出まで〟と定められているのだ。

「しかし……」と桐野が再び無線に応答しようとしたが、木本が桐野の無線に手をかけて止めた。

「駅前から国道までの間にどれだけ道路があると思ってんだよ？　全部封鎖なんてで

きるわけないだろ？　いいんだよ。ほっとけ」

「でも、全員で出たら捕まえる確率は高くなります」

桐野が一人反論するが、小貫は冷笑した。

「自転車の無灯火を六人で捕まえるのか？　しかも日没前だぞ。それが警察の仕事か？」

「当たり前じゃないですか！　無灯火は危険です！」

桐野は怒りに駆られて大きな声を出していた。

「待てよ、桐野」

小貫がたしなめる。

「確かに無灯火は危ない。でも、その小僧を追っかけてどうする？」

「日没前ですが、薄暗いのは確かです。危険です。それになにかやましいところがあるから逃げてるのかもしれません」

桐野の言葉に小貫はうなずいた。

「ああ、そうだ。でも、この薄暗い中で無灯火の自転車を追いかけ回したら、交通事故を起こす確率の方がよっぽど高いんじゃないか？　通行人に追突するかもしれないし」

桐野は反論しようとしたが、言葉が出てこなかった。ぶつけようのない怒りで唇がわなわなと震えている。

〈鳩裏！　馬鹿野郎！〉

桐野の無線から都築の罵声が聞こえた。

それだけではない。交番の外からもその声が聞こえた。桐野が戸のガラスから外を覗くと「馬鹿野郎！」と怒鳴りながら、自転車で疾走していく都築の姿が見えた。

「まったく熱血バカが……」

その様子を見ながら木本がつぶやいた。

「熱血でどこがいけないんです！」

桐野が怒声を張り上げた。だが甲高《かんだか》い声になってしまって迫力はない。

「おお？　なんだ？」

木本が挑むように言って桐野の前に進み出た。それを小貫が制する。

先日の火種が新たな怒りで燃え盛っていた。

桐野は顔を歪《ゆが》めた。泣きだしそうだ。

「私は……誰かを守るために、自分の身体を張れる。そんな警官になって、そんな仕事をしたいって思ったんです。熱血じゃなきゃできません。必死になってる人を馬鹿にするのは簡単です。でも、自分はなにもせずに、必死に働く人を馬鹿にするなんて最低です。そんなのただの言い訳じゃないですか。私は……そんなやつを許せない！」

木本が顔を真っ赤にして詰め寄ろうとしたが、小貫が押しとどめる。

「たぶん、もうすぐ分かると思うんだ」

小貫が静かに切り出した。

桐野は小貫に背を向けたままだ。顔を向けようとしない。

「俺が警察で最初に嫌だなって思ったのは電車の踏切の取り締まりだった」

小貫の言葉に木本と高木、さらに斉藤と墨田もが一斉に大きくうなずいた。

「踏切のそばに隠れてて、一時停止しなかった車に片っ端からキップを切っていくんだ。一時停止をまったく無視する車なんてほとんどない。でも、完全に止まりきらずに徐行して行こうとする車があるんだ。それを全部、違反といってキップを切る」

小貫がため息をついた。

「黙ってキップを受け取る人もいるが、みんな憮然とした顔をしてる。俺はキップ切ってるうちにいつの間にか〝すみません〟て謝ってた。それを上司が叱るんだ。〝毅《き》然《ぜん》としないとつけ込まれる〟ってな。でも、中には文句を言う運転手もいる。〝止まって左右を確認した〟って。でもそういう時には決まりがあるんだ。〝いや、タイヤが回転していた〟と言い張る。それですぐに仲間たちを呼ぶ。駆けつけた仲間たちが〝俺も確認してた。完全に停止してない。タイヤが動いてた〟って。警官たちに囲まれて抵抗する人はまずいない。脅迫だよ。誰も一時停止を無視してるわけじゃない。

安全運転を否定してるわけでもない。なのに反則キップを切って点数と金を取る。それが俺らの成績だ。その成績がまとめられて署の成績になる。つまり成績は出世の道具。そのための〝取り締まり〟だ」

小貫の端整な顔が暗く翳《かげ》っている。

「反則金が払えないって泣いたおばあさんがいた。確かに車が古くてボロボロだった。その時、上司はなんて言ったと思う?」

桐野は背を向けたままで答えなかった。

「〝期限までに払わないと督促状が届くから。その郵送代として反則金に八百円が上乗せになるぞ〟って脅したんだ」

交番を沈黙が包んだ。小貫はなおも桐野の背に話し続ける。

「すべてが無駄だとは言わない。警邏《けいら》も巡回も重要だと思う。だが〝取り締まり〟はすべてただ成績を得るための〝罠〟だ。警官の仕事のほとんどはこの〝取り締まり〟ばかりだ。では、ここで質問です」

小貫の顔に笑みはない。人指し指も立ててない。かすかに苦笑のようなものが頬にあるだけだ。

「〝取り締まり〟を見つけると喜ぶ人がいます。それは誰でしょう?」

桐野は返事をしない。顔も小貫に向けようとしない。

「答えは空き巣です。実際にベテランの泥棒は狙いをつけた地区の〝取り締まり〟の状況を見るんだそうだ。自動車の速度取り締まりでも見つけたら、その町には警官はいなくなる。だから安全だって言うのさ」

小貫はため息をついてから続けた。

「俺は強化月間だろうが、なんだろうが、〝取り締まり〟に駆り出されても仕事をしないことにした。罪のない人から罰金を取り上げることが正しいことだ、と思えなかったからだ。その主張を面倒でもその場で上司に必ず告げる。そうすると面倒臭いやつだってことで、呼ばれなくなる。ついでに他の仕事もまったく回ってこなくなる。その代わりにたっぷりと嫌がらせをされたりする。それを我慢してきたやつがここに集まってるんだ」

「署長の話を聞いてるよな？」

木本が桐野に問いかける。もう怒りは収まっているようで木本の顔から赤みが消えていた。声はいつになく暗く沈んでいる。

「署長が新人の時に一晩に四十件も違反を検挙したってのが伝説って言われてるの知ってるだろ？」

桐野はうなずいた。小貫が署のロッカー室で「伝説か」と吐き捨てるように言った姿まで思い出した。

「あれって、ただの自転車の無灯火なんだぜ。駅から国道に向かう通りに立ってりゃ、一晩で四十件でも違反見つけるのは簡単だ。ただ誰もそれをやらないだけ。口頭で注意すればいいことだからな。無灯火の自転車にキップ切るなんて前代未聞だぜ。しかも四十人。逆の伝説なんだよ。キャリアの阿呆《あほ》っぷりを証明する事件だ」

「そのキップってどうなったんです？」と桐野は思わず尋ねていた。

「全員に詫びてキップを回収して、キップの元帳は紛失処分だ」

「それって……」

「ああ、そうだ。隠蔽だよ。そのことを知らされてない署長はいまだに酒席で、手下にその話をふられると自慢げにしゃべるそうだ。周りの連中はそれを聞いて密《ひそ》かに笑ってる。だが署長はご機嫌だってよ。あのキャリア馬鹿は、それを手柄話だと思ってやがる。周りが馬鹿にして笑ってるって気付かねぇんだ」

木本の丸い顔が憎々しげに歪んだ。

桐野の脳裏にいかにもエリート然とした署長の青白い下膨れの顔が浮かんだ。その話を聞いてから、その姿を思い起こすと、なんとも滑稽だった。

現場の現実を知らずに、キップを切りまくるキャリア警官。それを自慢にしている……。

「それだけじゃないぜ」

ショックを受けていた桐野に木本がニヤリと笑いかけた。

「もうすぐお前も思い知るよ。課長あたりに頼まれて請求書と領収書にサインさせられるんだ。誰だか分からない野郎の名前で……」

するとまた小貫が木本を遮った。

「まあ、ちょっとやめておこう……」

「なんですか？　言ってください！」

桐野が鋭い口調で詰め寄った。

桐野の目を見て小貫は静かに告げた。

「もったいぶる気はないんだ。ただ、もし、そんな経験をしたら、その時の気持ちを大事にしてほしいって思ってる。事前に裁いてしまうようなことはしたくない」

昂然《こうぜん》と桐野は小貫を見つめ返した。

「領収書の件なら聞いたことがあります。それで得た金は確かに裏金かもしれないけれど、慢性的に足りなくて苦労してる捜査費用に充てられると聞いてます。確かにそれは不正ですが、必要悪で裏技と……」

木本が「ハイハイ」と手で制した。

「それは方便なのよ。お前みたいなマジメな阿呆を納得させるための。本当は少しずつお偉いさんが抜いてポッポに入れてから上に上げていくの。ピラミッド形だから上に行くほど多く集まるからがっぽりだよ。ぜ〜んぶ上納金になって、最後は警察庁まで上がっていくんだぜ。ヤクザと同じ上納金ってやつだ。正に〝税金泥棒〟ですよ」

今度は墨田が言葉を継いだ。

「一枚の領収書で一万円とか二万円だ。それは捜査協力費とかって名目になってるんだ。捜査に協力した一般人への謝礼や交通費。全署員分でっち上げたらデカイ金になるよなあ？　もし、それが全部、捜査費用になってたら、俺らも自転車じゃなくて軽自動車ぐらい使えるだろう？」

「それだけじゃない」と木本が付け加える。

「機動隊の空出張ってのがあってな。彼らの嘘《うそ》の出張の交通費と宿泊費、日当なんかが全部、裏金としてプールされてる。人数も多いし、一人当たりの金額も大きい。署のどこかにこれ専用の金庫が隠してあるんだ。幹部たちはこれを自由に使って飲み食いし放題だってよ」

すぐに桐野は戸村が常連になっている茅ヶ崎の高級寿司《すし》店を思い出した。

桐野の表情が険しくなっていく。

そこに居合わせた全員の顔を桐野は見渡した。馬鹿にしているような蔑《さげす》んだ顔つきではなかった。誰もが、桐野に同情するような目つきをしているのだ。

恐らく彼らも同じ気持ちを味わったことがあるのだろう、と桐野は生唾を飲み込んだ。

　小貫がフッと息をついて、明るい調子で桐野に声をかけた。

「だからって、あなたもごんぞうになれって勧めてるわけじゃない。あなたはマジメだからさ。心構えしておけってことだよ」

　桐野が振り向いて小貫に目をむけた。目つきが鋭くなってしまう。

　だがこれだけは言わなくてはならない。

「私が松島の海岸であの震災にあったとき……」

　意外なことを言い出したので、全員が桐野を注視している。

「海岸沿いの道で車や人を内陸の高台に誘導しているお巡《まわ》りさんがいたんです。後で調べてみたら秋津《あきつ》さんという宮城県警の方でした。秋津さんは必死で高台に逃げろって叫んでました。あの方のお蔭で、僕たちは助かったんです。僕たちだけじゃなくて、あの時、あそこにいたすべての人がそうです。少し高いところに大きなスーパーがあって、地震の直後は、そこの駐車場に入ろうとする人が多かったんです。でも、秋津さんが止めて、もっと高台に逃げろって……」

　そこまで言って桐野は大きく嘆息した。声が震えていて今にも泣きだしそうだ。

　しばしの沈黙が交番を満たした。やがて木本がいつもより大きな声を出した。

「でもよ。当たり前のことなんじゃないの？　より安全な方に誘導するってのはさ」

「秋津さんは津波に飲まれて行方不明です。いまだに遺体が見つからないそうです」

そう言って桐野はしゃくりあげた。

「そりゃ、気の毒だけどさ。警官になったらそれぐらいは覚悟しないと……」

木本の言葉を桐野が大声で遮った。

「違うんです！　秋津さんは巨大な津波が来ることを知ってました。自分が危険な状態になっていることも知ってたんです。それでも、自分は逃げずに一人でも多くの人を救おうと必死で〝高台に逃げろ〟と告げてたんです」

木本がさらに反論する。

「お前、バスに乗ってたんだろ？　その秋津さんの気持ちがなんで分かるわけ？　お前、超能力者かよ……」

「秋津さんは知ってたんです！」

桐野はさらに大きな声を出した。だが涙まじりになっていて迫力はない。

「秋津さんは〝逃げろ〟って言いながら泣いてました。泣きじゃくりながら絶叫してたんです。その時、私はその涙の意味が分からなかった。でも、今は分かる。秋津さんは津波に飲まれることを知りながら、自分が死ぬことを知りながら、最後まで一人でも多くの人を助けようと誘導していたんです」

桐野はそこまで言って涙をぐいと袖で拭った。

誰もが言葉を発しなかった。

カチカチとキーボードを叩く音がした。墨田がパソコンを操作しているのだ。やがてボソリと言った。

「秋津巡査長。四十八歳。独身。交番勤務一筋。ごんぞうだな」

墨田が画面を見ながら読みあげた。

「なにがごんぞうですか！　あんなに一生懸命な人をそんな風に……」

「桐野」

小貫が穏やかに呼びかけた。

「ごんぞうってのは俺たちにとって決して悪口じゃない」

「違う！　あなたたちと一緒にしないでください！　あなたたちが怠けてる言い訳に秋津さんを引き合いに出さないでください！」

小貫の顔色が変わった。声のトーンが落ちる。凄味があった。

「あんたに訊きたいんだけどさ。秋津さんの件で、警官になろうと思ったんだよな？」

「……ええ」

「だったら、なんで、副署長の犬になんかなって、俺たちを見張ってるわけ？　それが警官の仕事か？」

桐野は驚きで流していた涙と嗚咽《おえつ》がピタリと止まってしまった。小貫の顔を呆気《あっけ》にとられて見つめる。やはり見抜かれていた。

「俺たちの不正を探って、その証拠を摑《つか》むんだろ？　そしたら、あんたはどんな恩恵が得られるんだ？　昇進か？」

桐野は身体をビクリと震わせてしまった。図星だった。

副署長の助言で桐野は諦めていた夢を再び追い始めたのだ。

それは甘美な誘惑だった。〝仲間を売る〟という言葉ではなく、〝不正を糺《ただ》す〟と心の中で言い換えることができた。

小貫はさらに畳みかけた。

「あんたこそ秋津さんを引き合いにだすなよ。違うか？」

桐野は木本や斉藤、高木、墨田の顔を見回した。全員が悲しげな顔で桐野を見つめていた。

木本が静かに告げた。

「戸村って茨城県警本部から異例の異動でうちの副署長になった。降格だよな。噂じゃイケメン好きで若い警官を食い散らかしてたのがバレたんだそうだ」

戸村の妖艶な笑みが思い出された。

「桐野に白羽の矢が立ったのは意外だった。お前も悪くはないけどイケメンじゃない」

木本が微笑を浮かべて続けた。

「お前、床の中で誘惑されたわけか？　戸村に」

「違います」

否定しながらも声は弱々しかった。

「じゃ、なんで戸村の犬をやってんの？」

恐らくは戸村副署長にとって自分は性の対象ではなかったのだ。魅力的な肢体を武器に籠絡できる上昇志向の強い童貞男だ、と見抜かれたのだろう。

桐野は仙台の恋人と性交渉をしたことがなかった。秋保温泉がそのチャンスだったが、戸村に感じたような衝動はまるで抱いていなかった。

戸村に対する欲望が急速に萎《しぼ》んでいくのを桐野は感じていた。

桐野は身体を震わせるばかりで返事ができなかった。

その様子を見て小貫が口を開いた。今度は責める口調ではなかった。

「だけどな。俺たちも偉そうなことは言えない」

小貫の顔に小さく悲哀とでも呼べるような表情が短く走った。

「俺も……」

消え入りそうな声だ。誰かに向けたものではなく独白のようだった。

「俺は……」

小貫の声は隠しようもなく震えている。桐野は小貫が抱えている闇を覗いたような気がした。言葉の続きを聞くのが恐《こわ》かった。

その時、胸の無線機が大きな雑音を立てて、小貫の言葉を奪った。

〈駅前PB・都築PM、無灯火自転車の少年をNTT社宅付近で確保。塾に向かう中学生。防犯登録確認。盗難はなし。所持品検査したところ、不審物なし。私の怒鳴り声が恐くて逃げたとのこと。マジメそうなので、厳重注意の上に厳罰加えて放免しました〉

桐野の署外活動系無線から聞こえてきたのは、都築の興奮した声だった。自転車で追い詰めて捕まえたのだろう。大した執念だった。恐らく〝厳罰〟とは鉄拳制裁のことだ。

また無線が鳴った。

〈駅前PB・千倉PM、厳罰ほどほどに願います。お疲れさま～〉

〈都築PM、千倉さん、ありがとうございま～す。あ、そうだ、千倉さん、青いジュースって知ってますか？　小僧が持ってたプラスティックのボトルの中身が青いんですよ。小僧にどんな味か飲ませろって言ったら、インフルエンザやったばかりなんでやめた方がいいです、とか言いやがって。ハハハ〉

〈青いジュース？　どっかの国のじゃないの、ハハハ〉

都築と千倉は無線を携帯電話程度にしか考えていないようだった。

「青ガスだ！」

突然、高木が大きな声を出した。

「青ガス？」

小貫が聞き返す。

高木の目が鋭くなっている。

「登山で使うストーブの燃料のホワイトガソリンなんだ。あるブランドは青く着色してあるんで、青ガスって呼ばれてる。ガソリンスタンドでガソリンを中学生が買うのは難しいが、青ガスなら登山用品を扱う店で簡単に買える」

その言葉に全員が色めき立った。すぐに小貫が無線に呼びかける。

「鳩裏ＰＢ・小貫ＰＭより都築ＰＭ、その少年の名前、住所、聴取しましたか？」

もしそれが〝青ガス〟だとしたら。そして警官に呼び止められて逃げたのだとしたら。それは限りなくホームレス連続殺人事件に近くなる。

だが無線はなにも返事をしない。

「鳩裏ＰＢ・小貫ＰＭより都築ＰＭ！　さっきは悪かった。職務質問をして、少年の住所などは控えているか？　防犯登録の確認の際にチェックしているはずだ。重要事件の参考人の可能性が有るんだ。教えてくれ。人相風体だけでもいい！」

やはり無線は沈黙している。都築は先ほど無視した件で腹を立てているのだろう。ごんぞう警官たちの味方をする藤沢南警察の署員は一人もいない、と見越しての黙殺なのだ。都築は正解だった。誰も無線で鳩裏に加勢する者はなかった。

「鳩裏PB・小貫PMより都築PM！　その青いジュースはガソリンの可能性がある。頼む。教えてくれ。ホームレス連続殺人事件に関することだ」

小貫以下、鳩裏の署員たちは固唾《かたず》をのんで、無線機からの応答を待った。だが無線はかすかにノイズを発するばかりだ。

完全に無視することに決めたのだろう。きっと無線のスピーカーの音量を絞ってしまっている。もうこれ以上はなにを言っても無駄だ、と小貫は判断したようで、全員に告げた。

「ネギシ進学塾を知っているな？　俺と桐野で塾に当たってみる」

ネギシ進学塾は入塾時に専用のカバンが塾生に与えられるのだ。

桐野に小貫が問いかける目を向けてきた。桐野は大きくうなずいて、同行を承諾した。

木本たちに小貫は向き直った。

「もう一つの手がかりは、NTTの社宅だ。多分、〝元〟だ。辻堂ニュータウンのことだろう。巡回連絡カードを携帯して、男子中学生のいる家をピックアップして、片っ端から当たってくれ。二人一組で頼む。単独行動は厳禁。もう一つのヒントは緑色のシティサイクルだ。まだ時間がそんなに経っていない。家の前などで見つけたら後輪のブレーキに触れてみてくれ。都築に追われて猛スピードで逃げているから、そこがかなりの高温になっている」

小貫はコートを取って、すぐに交番を出ていく。桐野も慌てて追いかけた。

3

辻堂ニュータウンとその周辺一帯には千戸以上の住宅がある。

ほぼすべてが鳩裏交番の管轄だ。市内でここまで完璧な巡回連絡カードが揃えられている交番は鳩裏以外にはあり得ないだろう。

荷台の箱に積み込んできたカードを探りながら、斉藤と高木、木本と墨田が組になってそれぞれ一軒ずつ当たっていた。

もちろん犯人捜しの目的は伏せられている。〝自転車の窃盗がとても増えているのでご警戒を〟と警告して、さらに〝自転車はちゃんとありますか?〟と自転車のありかを尋ねて確認する。

また移動していて緑色の自転車を発見すると、それがシティサイクルでなくても訪問する。そして家族構成を確認する。中学生ではなく、高校生の可能性も捨てられない。

地道な〝捜査〟をごんぞうたちは続けていた。

ネギシ進学塾を桐野と小貫が訪れていた。

一階の受付には、以前に訪れた際は不在だった三十代半ばの男性職員がいた。

小貫は通塾している男子中学生のリストを要求した。

だが、即座に男性は首を振った。

「個人情報は警察の方にも簡単には、お教えできないんですよ。捜査令状って言うんですか。ああいうものがありましたら別なんですけど」

「事故がありましてね。目撃者がこの塾のカバンを背負った中学生の姿を覚えておりました。本人は気づいていないと思われるのですが、感染症に罹患《りかん》している可能性があるのです。感染拡大を防ぐため、一刻も早く全員に当たらなければならないのです。本来なら県警から本部を通してお話をするところなんですが、時間がなくて押しかけました。申し訳ありません」

小貫は帽子を脱いで一礼した。桐野も従う。

頭を下げながら桐野は密かに舌を巻いていた。口からでまかせの嘘八百だったが、説得力があった。

「しかし……」

受付の男性は苦り切った顔で唸った。

「とにかく急いでるんです。決して悪用はしません。なにかご迷惑がかかるようなことがあったら、私がすべて責任を取ります」

小貫はさらに深く頭をさげた。桐野もそれにならう。

だが受付の男性は渋い顔のままだ。

「私には判断できません。本部の連絡先をお教えしますので、そちらにご連絡ください」

受付の男性は申し訳なさそうに言って、本部の連絡先を名刺に書いて小貫に手渡した。

もうこれ以上、押すわけにはいかない、と小貫は判断したようだった。

桐野を目で促すと、小貫は受付男性に丁寧に詫びて塾を出た。

塾の受付を出ると、小貫はしばらく立ち尽くしていたが、ぼやいた。

「携帯の番号、訊いときゃ良かったな」と言ってすぐに「あ、早稲田か」と私物の携帯を取り出してなにやら操作している。

「あ、お巡りさん……小貫さん？」

背後から声をかけられた。

小貫と桐野が同時に振り向くと、そこにスーツ姿の男性が立っていた。手には激安スーパーのビニール袋を下げていて、ポテトチップスなどの袋菓子が大量に詰め込まれている。

塾のアルバイト講師の沢井だ。

「おお、魔神サワタク！　今、早稲田に電話してあなたの電話番号を神山先生に訊こうと思ってたんだ」

「神山先生、僕の携帯知りませんよ」

「そうなんだ。助かったよ」

「なにかありましたか？」

沢井は塾の入り口の中を覗き込む。小貫はズイと前に進み出ると、声を潜めた。

「裏口あるよね。あそこから俺たちを入れてくれない？」

沢井は怯えたようにあとずさった。

「裏口は聞こえが悪いですが、あそこは、職員用の通用口ですけど……」

「頼む！　事件を追ってるんだ。どうしても必要な情報がある」

小貫は最敬礼した。桐野も深く腰を折る。

沢井は週に三回、塾で数学の講師をしているのだ、と言った。

通用口を入ると、そこは講師たちの控室だった。

控室には十卓ほどデスクが置かれ、モニターが数台あって、講義をする講師たちを映し出している。控室には誰もいない。沢井だけが休憩時間なのだった。

沢井は自らのデスクの引き出しに大量の菓子を隠すようにしまい込むと、ポテトチップスの袋を開けてバリバリと食べだした。物凄い勢いだ。

「良かったら、どうぞ」と向かいに腰掛けた桐野たちにも勧めるが、沢井の食べっぷりを見ると、桐野も手を出す気になれなかった。正に魔神のごときスピードだ。

「男子中学生のリストをもらえないか？」と小貫が切り出した。

「どんな事件なんですか？」と咀嚼《そしゃく》しながら沢井が尋ねる。

小貫は「ううん」と唸って迷ったようだが、すぐに「湘南ホームレス連続殺人事件だ」と正直に答えた。

沢井のポテトチップスに伸ばす手が止まった。

「ウチの生徒が犯人だって言うんですか？」

「まだはっきりしないが、その可能性が出てきた。それに今日は土曜日だろ。いつも土曜日に事件を起こしているんだ。そして一カ月周期で三カ月立て続けに起きてる。

前の事件が起きてからもう一カ月過ぎてるんだ」

沢井の目が不安定に揺れた。小貫が問いかける。

「中学生の土曜日の時間割はどうなってるんだ？」

「部活のない子たちは、十七時から十九時十五分まで、部活のある子たちは二十時十五分から二十二時三十分までです」

小貫が桐野に小声で尋ねた。というより自分の考えをまとめるために話しかけたようだ。

「部活に所属しているか？　いないよな。だとしたら塾に行くか？　夜のために休むだろうな」

「そう思います」

桐野の同意に小貫は大きくうなずくと、あらためて沢井に向き直った。

「そのパソコンで生徒の通塾状況を見ることができるよな？」

「……いやあ、部外者のアクセスは禁止されています」

「沢井くんに調べてもらいたいんだ」

アクセスは許されているものの、それを部外者に伝えることは厳禁されているのだろう。

沢井の表情が曇った。

「頼む。もうこれ以上の罪を重ねさせられない」

沢井が探るような目で小貫を見つめている。

果たして小貫を信じてもいいものか、と決めかねているのだろう。

小貫は沢井の視線を受け止めて一つうなずいてみせた。

それで踏ん切りがついたのだろう。「何日の通塾状況ですか？」と沢井はデスクの上のノートパソコンに向かった。

「ありがとう。先月の十日に休んだ生徒のリストを出してくれ」

沢井が慣れた手つきでマウスを操作してキーボードを叩く。

「四人が該当しています」

ホームレス連続殺人事件の犯人の人数と同一だった。

「では、今日、十五日の欠席予定者は？」

また沢井がキーボードを叩いた。

「四人です」

「先月と同じ生徒なのか？」

「ええ」

沢井の顔から血の気が失《う》せている。

「彼らが犯人なんですか？」

「恐らく」

「この四人は私の数学の授業を取っています」

小貫と桐野は同時にゴクリと唾を飲んだ。

さらに調べると九月と十月にも犯行のあった日にこの四人が休んでいることが分かった。休むはずなのに、なぜ塾のカバンを持っていたのだろう？　親へのカモフラージュのためだろうか、と桐野は疑問を抱いたが、口には出さなかった。

「彼らはマジメな子たちなんですけどね。今年の春からこの四人がよく休むようになってるんです。事前に親から申請があっての休みなので、特に家庭に連絡はしてないんです」

親からの申請があっての休みだとしたらカモフラージュでカバンを背負って出かける必要などないはずだった。なにか細工しているのだろうか、と桐野は問いかけた。

「休みの申請の手続はどうなってるんですか？」

「親のメールアドレスを登録することになってまして、そのアドレスからの申請ですね」

「子供がアドレスを知ってたとしたら偽造メールを送ることは可能でしょうか？」

「それはあり得ますけど、差出人の書き換えは違法なソフトが必要になるので、ちょっと普通では考えられないですね」

桐野は小貫の反応をうかがった。

「それは後でいい」と桐野を制してから小貫は「仲の良い四人ですか」と沢井に先を促した。

「ええ、基本はマジメで、成績が落ちてたりはしてないんですが、なんというか三年生になってから乱れてるんです。突然に不機嫌になったり……かと思うと甘えてみせたりして。ちょっと不安定なのが目についたんです。ある時、その中の一人の子が……谷村《たにむら》って言うんですが、早く来て一人で教室にいたので、話しかけてみたんです。〝最近ちょっとおかしいね〟って。でも〝別に〟って感じなんです。思い過ごしかなって思ってたんですけど、その時、仲間の三人が部屋に入ってきて、私と二人きりでいるのを見て明らかに動揺し始めたんです」

小貫の目つきが鋭くなったのが、桐野にも分かった。

「動揺？」

「ええ。言葉で言うのは難しいんですが、一瞬、ひどくうろたえたんですね。特にリーダー格の梅園っていうのが、〝オイオイ捜したぞ。こんなところでなにやってんの～〟なんて感じで、無理矢理その谷村を教室の外に連れ出しちゃったんです。梅園は普段はほとんど口をきかないんですが、はしゃいだ感じに無理があって、不思議だったんです。そのまま、その日は講義があったのに彼らは無断で休んだんです。なんかあるなって思いました。イジメかと疑ったんですが、その後谷村も怪我《けが》をしている風もないし、イジメの匂いもしなかったので、それ以上はあんまり関われなかったというか……」

谷村少年が、沢井に事件への関与を打ち明けてしまったのではないかと、リーダーであるという梅園少年は疑ったのだろう。

桐野は感心していた。塾のアルバイト講師にしては熱心に子供たちの言動に注意を払っているし、冷静に分析して、それに対応しようとしている。学校の教師にもなかなかできないことだ。

「その梅園って子がリーダーなの？」

「ええ、その中では一番小柄で目立たないんですが、成績は抜群に優秀でして、なにより家がこの辺りでは知らない人はいない名士なもんですから……」

小貫が口の中で小さく〝アア〟と嘆息した。

梅園の父親である大治郎は鳩裏交番の常連だった。彼が社長を務める梅園組が所有するたくさんの不動産物件で居住者との揉《も》め事が起こる度に一一〇番通報をするのだ。居住者の立ち退《の》きトラブルのこともあるし、騒音の揉め事のこともある。殴り合いの喧嘩《けんか》でもしていなければ警察は民事不介入で立ち入ることができないのだが、警察の出動回数がのちのち居住者と裁判になった時に有利に働くのだ、という。

住民からの通報に応じないわけにはいかないので、渋々ながらも何度も梅園家所有の数ある賃貸物件に足を運んだものだった。

だがそれは表の顔だった。別の形で大治郎は警官の間で有名人だ。酒好きで酒乱の気があったのだ。主に飲食店で他の客に絡んで傷害事件を何度も起こしている。だがいずれも起訴には至っていない。中には片目の視力をほとんど失うほどの傷害を受けた者もいたが、非常識なほどの示談金を提示して済ませている。すべて金の力だ。

沢井は地元の出身らしく梅園家の内情にも詳しかった。

「彼らのたまり場になってるのが、梅園の家なんです。四階建ての大きなビルがあって梅園家の持ち物なんですが、一階はテナントでコンビニが入ってるんです。その上の三つのフロアを梅園家の三兄弟が一つずつ私室にしてるそうで……」

小貫が手をあげて沢井の言葉を遮った。

「確か、梅園家の一番上のお兄ちゃんも大学生になってるな。あなたと同じ年頃だ。あなたの方が少し上かな？　名前を思い出せないが、彼の電話番号を知らないか？」

「顔は知ってますけど、学校で一緒になったことがないので、分かりません」

「そうか。仕方ないか」と小貫はしばらく考え込む顔になったが、尋ねた。

「今日、その子たちが塾を休む理由はなんなの？」

パソコンの画面を見てから沢井は答えた。

「先月も今月もテーマパークに行くことになってますね……」

彼らが犯人だとしたら、それは恐ろしい嘘だ。彼らはテーマパークで遊ぶような気分で殺人を犯しているのか。

桐野と小貫の視線が重なった。

小貫がガタリと椅子を蹴立てて立ち上がった。

「沢井くん、他言無用で頼む。その梅園と仲間たちの名前と住所をプリントアウトしてくれ。責任は俺が取る。急いで」

小貫の怒気に押されるように、惑う間もなく沢井はマウスを操作した。

すぐにプリンターが音を立てて動き出した。

塾を出ると小貫はまた私物の携帯を取り出して、電話している。

「ああ、小貫だ。巡回連絡カードをちょっと調べてほしい。梅園家の本家のカードがあるはずだ。名前は忘れたが、長男の携帯電話の番号を知りたい」

どうやら小貫は木本たちに電話をしているようだった。

「そう、一也《かずや》くんだ。うん、そうか」

聞き取った電話番号を小貫は手帳にメモしている。

もの問いたげな桐野に小貫が短く解説した。

「鳩裏に赴任したばかりの頃、梅園家を巡回連絡した時に、応対してくれたのが、あそこの長男。明るくて楽しい子でな。彼に弟の様子を聞きたい。上の階に住んでるなら異変に気づいてるかもしれない」

小貫は電話を耳に当てているが、応答がないようだった。

「だめだ。番号が変わってるみたいだな」

瞬時、小貫は考える顔になったが、すぐに動いた。

自転車に飛び乗って小貫はペダルをこぎだした。桐野も慌てて続く。梅園兄弟の住むビルに向かうようだ。

夕闇が迫っていた。

ニュータウンの少し手前で、前方の家から出てくる人影があった。

以前に桐野と小貫に梅干しをくれた田端京子だった。

「あら、お巡りさん！」

京子が手を振っている。

応じている場合ではなかったが、京子が手を広げて行く手を遮った。

先を行く小貫が急ブレーキをかけた。

京子の目の前ぎりぎりで自転車は停まった。

「ああ、びっくりした。ごめんねぇ」

京子は小柄な身体をコートに包んで外出するところだったようだ。

「どうしました」と小貫が荒い息をつく。

手にしていたスーパーのレジ袋を京子がかざしてみせた。

「これじゃないの？」

レジ袋の中にはなにか棒のようなものがあるようだったが、中身は見えない。

「今、交番に行こうと思ってたの。そしたら、そっちから来てくれるんだもの。目を疑っちゃったわ……」

京子が話し続けそうなので、桐野が止めた。

「すみません。ちょっと急いでまして……」

手にしていたコンビニのビニール袋を京子が差し出す。

「これ、この前来ていただいた時に、どこかに落としていったんじゃなあい？　ダンナに訊いたら、こういうのをなくすと、警察は始末書書いたりしなきゃならなくて大変だから、そっと返してこいって」

京子はビニール袋を小貫に手渡した。自転車のスタンドを立てて中を覗き込む。

小貫の顔が瞬時に鋭くなった。桐野も覗き込む。

握りに革が巻かれた黒い棒とそのサックだった。それは間違いなく特殊警棒と呼ばれるものだ。革が巻かれた部分は握りで、一振りすれば特殊合金でできた警棒が伸びて出てくる。桐野が今も腰に携行している警棒も同じタイプだったが、官製品と造りは明らかに違う。これはネットの通販でも手に入るものだ。高級品に入る部類で、その破壊力は〝本物〟と遜色《そんしょく》ない。ホームレスをめった打ちにして死に追いやったと鑑識で割り出されたのがこの市販品の特殊警棒と同等のものだった。

「田端さん、これはどこにあったんですか？」

小貫が興奮を抑えるために低い声になっているのが分かった。

「うちのそこの通りに面した庭の塀際よ」

小貫は京子を伴って塀の前まで行った。塀は高く二メートル以上ある。簡単には上れない。外から投げ込んだのだろう。

「いつ気付いたんです？」

「さっき。本当に今。でも、毎朝、主人が必ず隅々まできっちり掃除するの。これまでこんなの気付かなかった。でも、警棒って言ったらお巡りさんしか思い当たらないし……」

小貫は桐野に目配せをした。熱血漢の都築に追いかけられた少年が、持っていた警棒を慌てて投げ捨てたのではないか。言葉にしなくとも視線を交わしただけでそれは伝わった。

桐野はうなずいた。

「ありがとうございました！　この警棒は確かにお預かりしました！」

小貫が大声になった。抑えきれずに高揚しているのだ。桐野も、どうしようもなく興奮していた。

二人とも自転車に飛び乗ると、立ちこぎの全力で梅園の部屋に向かった。


梅園の部屋がある梅園クロスビルは田端家から自転車で二分ほどの場所にあった。古い家並みの中にあってビルは際立って真新しい。

シルバーの外壁にブルーグレーの大きな窓ガラス。モダンな造りの堅牢な四階建てのビルで一階にはコンビニが入っている。外観からもオフィスビルのようだった。コンビニの脇にビルの上階へのエントランスがあって、中に階段があるのが見える。

沢井に教えてもらった塾の住所録によると、梅園雅道《まさみち》の部屋は二階だ。

雅道の父親大治郎が住む実家はここから百メートルほど東に進んだ場所にある。延々と続く大谷石《おおやいし》の立派な塀が目印の豪壮な邸宅だ。表の通りからでは、邸内の様子をうかがうことができないほど広大な敷地だ。重厚な和風の門構えは威圧的なほどで、いつも固く閉ざされている。

食事や掃除、洗濯などはどうしているのだろう、と桐野は梅園クロスビルの建物を見上げながら、思った。

二階の窓は大きいのだが、ミラーになっているようで、中の様子はうかがい知れない。

小貫は到着するなり、携帯電話で木本たち全員に梅園ビルに集合するように告げた。まだ確証がないのに、と桐野が小貫に問いかけるような視線を送ると、黙って小貫はエントランスを指さした。

桐野はまるで気付かなかったのだが、エントランスの中に小さく緑色の自転車の後輪部分が見えていたのだ。それは明らかに隠すために中に入れられているようだった。探るつもりでなければ気付かなかっただろう。

さらにその自転車の手前にはエントランスの出入り口を塞《ふさ》ぐようにして自転車が五台も停められている。まるで侵入者を拒むかのように。

小貫と桐野は梅園ビルから二十メートル離れた場所にある神社の境内に隠れるようにして、並んで立っていた。もっと近づいて動向を探りたいのだが、制服姿でうろついているところを見つかってしまうことだけは避けたかった。

「このビルってゴミ屋敷があったところだ」とビルを見ながら小貫がつぶやいた。

「あ、おばあさんが亡くなった」

小貫はうなずくと悲しげな表情になって黙り込んだ。

「小貫さん」

桐野の呼びかけに、梅園ビルの窓を見つめたままで小貫は返事をした。

「おお」

「こんな話、馬鹿馬鹿しいでしょうが。その……」

「いいよ。木本たちが来るまでは動かない。やつら武装してるからな。なんでも訊《き》きな」

「塾の沢井さんとか、警棒見つけてくれた田端さんとか……なんかちょっと偶然が重なり過ぎてて、普通ではあり得ないっていうか……」

そこまで聞いて小貫が薄く笑った。

「超常的な力だってのか？　あなたも好きだね。どうしてもそっちに頭が行っちゃうんだなあ」

図星だった。小貫に否定されるのは分かっていた。だが言わずにいられなかったのだ。

「でも、まるで事件を解決しようとなにかの力が……」

小貫は声を立てて笑った。

「それで事件が解決してたら警察いらないね。〝力〟って日頃のこまめな巡回連絡なんじゃないの？」

「ああ……」と桐野は予期していた通りの小貫の言葉に心の中のどこかでホッとしていた。

「〝超常的な巡回能力〟だな。結局は〝足で稼ぐ〟ってヤツなんだよな」

小貫はドラマの古参刑事が言いそうな常套句《じょうとうく》を冗談めかして言ってカラカラと笑った。

「……それと……」と桐野はやはり言いよどんだ。

「なんだよ、オバケでもなんでも、訊きなって」

場違いだ、と思いながらも桐野は小貫に確認せずにいられなかった。

「戸村副署長に小貫さんは誘われましたか？」

「あ……」

小貫は意外だったようで、目を桐野に向けた。

「イケメンと言えば小貫さんなので……」

小貫はしばらく沈黙していたが、やがて口を開いた。

「寝てるの？　戸村と」

「いや……」

歯切れの悪い答え方になった。

「寝たいと思ってるのか」

「……ああ」

またも曖昧《あいまい》になってしまった。

「やめときな。ひでぇ女だよ。これまで俺も色々あったが、あの女は最強のしつこさだったよ」

「そうですか」

「藤沢南に赴任したのが、ほぼ同時期でな。勝手に〝同期〟って無茶苦茶なこと言って酒席なんかに呼びつけるんだ。全部無視してたけど、ついに交番に押しかけたりして、しつこくてな」

やはり……と桐野は密かに嘆息した。

「俺の班に牧野《まきの》って退職しちゃったごんぞうがいたんだ。彼が脳梗塞を起こして倒れたのが交番勤務中だった。ご両親が北海道でね。深夜だったから来られなくて、俺が病院で付きそってた。そこに押しかけて口説《くど》くんだ。酒を飲んでたところに連絡が入ったらしくて、酔っててな。断ると大声で騒いでなあ。牧野が死にかけてるんだぜ。頭に来たから、首根っこ捕まえて病院から放り出してやった」

「それで戸村副署長の攻撃は収まったんですか？」

「ああ、放り出してからも病院の駐車場で座り込んで泣いて喚《わめ》くから、水道から水を出してかけてやったんだ。それが効いたようだ。いや、効きすぎたんで、あなたを送り込んできたのか」

　そう言って小貫は苦笑を浮かべる。

　桐野は息をのんでいた。プライドの高い戸村の狂態が想像できない。恨みも深いのだろう。

　桐野は声を出せなかった。小貫もビルの部屋に目を移して黙っている。

「さっきの話だがな」

　小貫はビルを見上げたまま切り出した。

「ええ」

「警察を辞めようと一時は思ってたが、自分なりのやり方があるんじゃないか、と思いなおした」

　小貫は深いため息をついた。

「ただ一つ。人をおとしめるようなことだけはすまいと決めた。裏金作りには加担しないし、自分のノルマのために違反者を作ったりすることには一切手を貸さないと心に決めた。その結果が、このごんぞうだ」

　小貫はまた深く息を吐いた。

「偉そうなことは言えない。何もしないでいることは簡単じゃなかった。だけど、悪いこともしないが、いいこともしてないいんだ。嫌がらせをされてる時は、それでも張り合いがあった。嫌がらせに抵抗することが生きがいだった。それも今は虚《むな》しい。どこかで俺は死んでた。この鳩裏に来てからは、何もしていない。天国だ、なんて思ってたが、実は地獄だ。巡回連絡だけはやってるってことが、俺たちの生きるよすがになってる。そうやって住民の側に寄り添って行こうって最初は思ってた。それだって、何もなしていない自分への言い訳にすぎない。あなたに威張れるようなことは何もしてないんだ。俺は死んでる。どこかで人生は終わってると思ってた」

桐野は口を挟むことが出来なかった。

「だけどな。俺はこの事件に興奮してる。俺にも何か生きてる意味があるんだってどこかで思ってる。喜んでる」

桐野は何か言葉をかけたい、と思ったが、言葉が何も浮かばない。

「遅いな」と小貫が腕時計を見ながらつぶやいた。

木本たちの到着のことを言っているのだ、と桐野はようやく気づいた。

「こんなことしてる場合じゃない……」

小貫が急に慌てだした。

「なんですか?」

「都築に青ガスを見られてる。それで警棒を投げ捨ててるんだ。あいつらは殺人現場でも周到だ。今夜の襲撃を取りやめて、証拠を隠滅しようとしているんじゃないか」

桐野が返事をする暇はなかった。小貫はビルのエントランスに向かって走って行く。桐野も続く。令状もない。確たる証拠もない。だが小貫なら、機転を利かせてうまく乗り切ってくれるのではないか。

4

小貫と桐野は梅園クロスビルのエントランスに足を踏み入れた。そこには緑色のシティサイクルが階段の脇に隠すように置いてあった。明らかに不自然だ。外から見えないように置いているとしか思えない。

エントランスには自転車が並べられている。やはりバリケードのようだ。そこにある自転車はいずれも高価な外国製のマウンテンバイクばかりだ。

その奥に緑色の自転車は隠されているのだ。

作業スペースがないので桐野が一人で、慎重に音を立てないようにマウンテンバイクを一台ずつどかして、緑色の自転車をエントランスに引き出して階段への道を空けた。後輪のブレーキに触れてみる。ほのかに温かかった。

それを見た小貫が目で問いかけてきた。桐野はしっかりとうなずく。

小貫が先になって足音を忍ばせて階段を上がっていく。二階にスチール製のドアがあった。表札は出ていない。ただドアに〝Vigilante〟と書かれたステッカーが貼られ、その横に翼と盾が図案化されて描かれている。素人《しろうと》の手によるものではない。

「ビジランテ？」

小声で桐野が小貫に問いかけた。

「確か、自警団って意味だったと思うが、定かじゃない」

そう言いながら小貫はインターフォンを探したが、見当たらない。ドアをノックした。

「はい」

耳を澄ますと、ドアの内側でガタガタと物音がして押し殺したような声が聞こえる。

小貫はもう一度ノックした。

中で声がするが、ドアは開かない。

「鳩裏交番の者です。ちょっとお話うかがえませんか？」

小貫の言葉にまたも内部でガタガタと音がした。ささやき交わす声も聞こえる。

「なんですか？」

ドアの内側から聞こえる声は中学三年生の男子にしては、か細い少年の声だった。

「ちょっと開けてもらえないかな？」

「危ないから知り合いじゃない人には開けないように言われてて……」

中の声が答える。

「じゃ、この覗き窓のところに警察手帳をかざします。それで確認してください。藤沢南警察署の小貫と申します」

小貫は警察手帳を覗き窓に示した。手帳とは言っても昔のようにメモ帳はついていない。小貫の写真と氏名、所属などが記されている身分証明書だ。

「見えますけど、それが偽造じゃないって証拠はないんで……」

少年はドアを開けようとはしない。

「手帳に証票番号ってのがありますね。それをメモして藤沢南署に電話で確認してください。電話番号を言いますよ。〇四六六……」

カチャリと音がして、ドアが開いた。ドアにはチェーンがかけてあって細く開いた隙間から小柄な少年が小貫と桐野を上目づかいに見上げている。顔だちは端整だが、その目には感情がまったくと言っていいほどにない。その目は〝死んでいた〟。

「なんですか?」

少年はそれまでと違った平板な低い声だ。

「君が梅園雅道くんかな?」

少年は曖昧にうなずいた。

「下にある緑色の自転車は君のかな？」

「いいえ」

小貫はドアに手をかけた。チェーンがガチャリと嫌な音をたてて邪魔をする。

「他に誰かいるよね？　友達かな？」

「関係ないです」

雅道は曖昧な言葉で時間稼ぎをしているように思えた。

「あの緑色の自転車は友達のものじゃないの？」

雅道は返事をしない。やはり冷たい目で小貫を見つめるばかりだ。

「あの自転車は盗難届が出されててね。あそこにあるのはまずいんだ。ここの家の人に事情を聞かなきゃならない……」

室内からトイレを流す音がした。

証拠隠滅が進行中なのか？　桐野と小貫は顔を見合わせた。

「ちょっとゴメンよ」

小貫はドアをいったん閉じかけてから勢い良く引いた。チェーンはあっさりと弾け飛んだ。小貫は立ちふさがろうとする雅道を押し退けた。雅道は抵抗したが、小貫の力にかなうわけもなくよろけてしりもちをついてしまった。桐野も続く。

その部屋は百五十平米近くの広さがあった。中央に太い柱があるが、それ以外はなにも遮るものもなく、フローリングの床が広がっている。

その床には様々なモノが所狭しと置いてあって雑然としている。

十代の男の子にとっての夢のような部屋だった。ドラムセット、ギター、ベース、アンプのバンドセット。ラジコン、スケートボード、大型のテレビが三台、それぞれに違った種類のゲーム機が接続されていて、その周辺に大量のゲームソフトが積まれている。

パソコンはノート型のものが四台。床の上に広げられている。小さなトランポリンまである。部屋の隅の壁にはバスケットボールのゴールが設置されていて、〝3 on《スリーオン》3《スリー》〟のゲームなら本格的にできそうなスペースがあった。

そして部屋の窓際の壁には大きな革張りのソファがあった。「コ」の字形で座面が広い外国製で十人は一度に座れそうだった。さらにキングサイズの巨大なベッドが置いてある。このソファとベッドがあれば、四人の少年の寝泊まりは充分に可能だろう。

そこに少年が二人座って怯えたような顔つきでこちらを見ている。

一人足りなかった。トイレだ、と桐野は部屋を見渡したが、見当たらない。

小貫が素早く動いて、玄関の脇にあるスチール製のロッカーの横を覗き込んだ。すりガラスのドアがあった。小貫が引き開けると、そこに少年が恐怖を顔に貼り付けて固まって立っている。

その部屋はユニットバスだった。シャワーと小さな湯船。そしてトイレがある。

「待て！」

小貫が止めようとしたが、少年がトイレの水洗レバーを押し下げた。

小貫は手荒く少年を押し退けてトイレを覗き込んだ。桐野も押し入ってトイレを見た。

トイレの水が下水へと流れていく。その水は無色透明だ。もう何度も流してしまったのだろう。だがトイレの縁にかすかに水色のオイルが付着している。水で油は流しきれないのだろう。そこからかすかにガソリンの匂いがしている。だがこのままでは揮発して失われてしまう。

「出て！」

桐野は両手を広げて少年をユニットバスから追い立てた。

少年が透明なプラスティックボトルを、後ろ手に隠したのを桐野も小貫も見逃さなかった。

「ガソリンの匂いがしている。これはなにに使ったんだ？」

すると、雅道が小貫の前に現れた。

「勝手に土足で入り込むなんて違法なんじゃないですか？」

そう言いながら、雅道は携帯で話しだした。

「あ、父さん、警官が自転車泥棒って言って、家の中に土足で押し入ってきた。ううん、僕はなんにもしてないよ。令状も提示してない」

雅道は携帯をジーンズのポケットに戻した。

「すぐに来るって。それまでなんにも話さないようにって」

雅道は小貫と桐野に向かって、というより仲間に向かって命令しているように見えた。

少年たちはしずしずと動いて三人で固まって、小さな雅道の背後に隠れるようにした。

どの子も同じ顔に見えた。似たような髪形、似たような服装。能面のような表情……。

「まあ、話だけ聞いてくれ。返事はしなくていい」

小貫が落ち着いた声で話しだした。手には塾でプリントアウトされた、少年たちの名前と住所のリストがある。

「まず、一つ。階下にあった緑の自転車は、梅園くんのものじゃないね。駅前からこっちに向かってたようだから、住所から推理すると谷村くんのものかな」

小貫がちらりと少年たちの表情を見渡した。

明らかに動揺したのが谷村だろう。一瞬顔を上げたが、慌ててうつむいた。

「警官に無灯火で追いかけられて、逃げ出したよね。ガソリンを持ってたからだ」

谷村と思われる少年はうつむいたままだ。

「それと警棒も持ってた。それは逃げながら捨てたね？」

谷村が小貫の言葉に震えだした。

「あのサーフビレッジマンションの隣の家の塀の中に投げ捨てたんだ。でもボトルは捨てられなかった。カバンの中に入ってたから、自転車に乗りながらでは捨てられなかったかな？　警棒は護身用に皆いつも身につけてるの？　今もポケットに入ってるのかな？」

軽い調子で言って小貫は少年たちのズボンを覗き込んだ。全員が腰を引いて隠そうとしていたが、ズボンのベルトにサックがあるのが見えた。田端京子に渡されたサックと同じものに見える。恐らく警棒だ。

「それも重要な証拠になる」

谷村はガタガタと震えている。もはやそれに他の少年たちも気付いているほどだ。

「その後ろの赤いトレーナーの君が後ろに隠してるボトルにガソリンが入ってた。外国製の青色のホワイトガソリンだ。多分トイレに付着しているのがそうだろう。ボトルも洗ってないだろう？　組成を調べるって分かる？　科学捜査研究所ってところで、事件現場に残された可燃物質の成分分析をしてね。どんなガソリンが使われたのか分かる。青いホワイトガソリンはとっても珍しくてね。この近辺ではこの二年の間にわずかしか売れてないんだそうだ。だから、もし、そのボトルのガソリンとホームレスの身体にかけられたガソリンが一致したら完全に君たちは容疑者になる」

小貫はしばらく間を置いてから、再び口を開いた。

「谷村くん、君が投げ捨てた警棒はここにある。君が投げ込んだあの家の人が見つけて届けてくれた」

小貫がビニール袋に入ったままの警棒を掲げて見せた。谷村は泣きだしそうな顔で警棒を見て、慌ててまた顔を伏せた。身体の震え方が尋常ではなくなっている。

「手袋はしてたかな？　指紋だけじゃない。DNA鑑定って聞いたことがあるだろう？　この棒を持ってしゃべったりしてないか？　唾液が飛んで付着してればそれで分かる。この警棒にも、血液が付着してるんじゃないかな。水や洗剤で洗い流しても、しっかりと血液反応が出る。これも被害者のDNA鑑定ができる。それはつまり……」

小貫は谷村に視線を送った。上目づかいに谷村は小貫を見ている。

「被害者と加害者がこの警棒で結びつけられるんだ。もう逃げられない。自白って分かる？　罪を自ら認めて白状すること。そうすると罰が軽減される。まず一つずつ行こうか。この警棒を投げ捨てたのは誰？　手を上げてくれないか？」

小貫のはったりだった。こんな自白などで軽減などあり得ない。ただ、冤罪でないことを確認するためには必要な嘘だった。

雅道が振り返って手をあげている者がいないか、確認している。

するとうつむいていた谷村が手をあげた。その手がまるで振ってでもいるかのようにひどくブルブルと震えている。姑息《こそく》な手段だったが、見事に罠《わな》にかかったのだ。

「そうか。谷村くんか……」

いきなり喧嘩をする猫のような金切り声が聞こえた。次の瞬間に雅道が谷村に躍りかかった。その手にはいつの間にか警棒が握られている。

小貫は素早く動いて、雅道の背後から肩を手で軽く突いてから身体のバランスを崩し、腕を摑んで、床に引き倒した。流れるような一連の動きだった。

捕まえられた野生の獣のように、雅道は激しく暴れながら言葉にならない怒声を発して、握っている警棒を床に打ちつける。鈍い音がその警棒の破壊力を想像させた。

小貫が雅道の腕をねじりあげると、うめいて暴れるのをやめた。小貫は雅道の反対の腕を踏みつけて警棒を放させると部屋の隅に蹴飛ばした。

動きを感じて桐野は腰の警棒に手を置いて、前に立つ少年たちを睨みつけた。谷村は手を上げたまま、身体を震わせているだけだ。

だが他の少年二人の目は桐野の背後にある玄関に向けられていた。逃げようというのだろうか。

一人で二人を押しとどめられるか。彼らは腰に警棒を携行しているのだ。雅道の動きから察するに、彼らは警棒の扱いに習熟している、と思った瞬間に桐野は恐怖に駆られる。

いや、それどころじゃない。実践して人を殺しているのだ。二人同時に襲いかかられたらひと溜まりもないだろう。

桐野は少年たちに視線を向けたまま少しずつ後ずさりし始めた。逃げられないようにドアのカギをかけてしまおう、と思った。カギをかければ自分が殴り倒されても時間が稼げる。小貫が対処してくれるだろう。

少年たちは桐野の動きを察知して、左右に広がって少しずつ桐野に近づいてくる。

桐野は警棒を帯革から外そうとした。自分の手が谷村に負けないほどにガタガタと震えているのに気付いた。いかつい身体をしていたら、と桐野は自身の貧弱な身体を呪った。見た目だけで、それが抑止力になることもある。

少年の一人が腰に手を回した。もう一人もそれを真似《まね》て手を動かす。警棒だ。拳銃の使用が閃《ひらめ》いたが、頭から追い出した。中学生に発砲などあり得ない。

桐野は生唾を飲んだ。小貫に視線を向ける。救いを求めたかった。

小貫は雅道を押さえつけながら、なぜか部屋の隅にあるスチール製のラックに目を向けている。こちらの状況に気付いていない。

加勢を頼むべきではないだろう、と桐野は思いなおした。

助けの声をあげたら一気に襲いかかられそうだった。

桐野は飛び上がるほどに驚いた。少年の一人が後ろ手に隠していたボトルを落として大きな音がしたのだ。別の少年が一歩桐野に向けて足を動かした。

桐野は警棒を抜くべきか逡巡した。押すべきか、退《ひ》くべきか……。

警棒に手をやったままで、桐野は前へ進み出た。

少年たちが動揺しているのが表情で分かった。その動揺が一気に暴力という形に変化しそうな空気を桐野は感じ取った。

先制すべきか、防御すべきか……。

桐野が足をもう一歩踏み出そうとした瞬間に背後で音がした。ドアの開く音だった。それで少年たちの顔から緊張が消え去った。

恐る恐る振りかえると、木本、斉藤、高木、墨田の姿があった。

「おう」

木本が桐野に声をかける。桐野は安堵《あんど》してその場にしゃがみこんでしまいそうになるのをどうにかこらえた。

少年たちは大量の制服警官を見て観念したようで、肩を落として立ち尽くしている。

「桐野、こいつの腕を押さえてくれ」

小貫は部屋の隅にあるスチールのラックに目を向けたままだ。

雅道は静かに床に顔を付けて身動きしない。だがその目はしっかりと桐野を見つめていて、隙あらば襲いかかろうとしているように見えた。

桐野はゆっくりと近づいて、雅道の腕を摑むと、体重をかけて腕をねじ上げたが、雅道はうめき声も漏らさなかった。

直後に桐野は足をしたたかに蹴りあげられた。思わずうめくほどの鋭さだった。倒れ込みそうになるのを堪《こら》えたが、雅道が全身をバネのようにして暴れ始めた。

だが、雅道の作戦は失敗した。木本たちがやはりズカズカと土足で上がってきて桐野に加勢して、雅道の身体を押さえつけてくれたのだ。

その騒動にまったく気付かないように、まっすぐに小貫は部屋の隅のラックに向かっていた。ラックにはプラモデルの船やスポーツカーが陳列されている。

その棚の最上段に小貫は手を伸ばした。小貫が棚の上から取り上げたのは木の枝だった。長さは一メートルほど。緩やかなＳ字形に曲がっている。

「杖《つえ》じゃねぇか」

小貫はつぶやくように言った。強く怒りの滲《にじ》んだ声だった。

小貫は杖を手にして、床にねじ伏せられている雅道の前にその杖を突きつけた。近くで見ると流木のようなものを削って加工しているのが分かった。明らかに素人の手作りのもので、長く使い込まれていた。手垢《てあか》にまみれて黒光りしている。

「この杖はあのばあさんのモノじゃねぇか！　なんでおめぇが持ってるんだ！」

小貫の強い言葉に、雅道は視線を逸らした。桐野、木本、墨田の三人がかりで押さえつけていた雅道の身体から力が抜けた。

「ばあさんて……」

桐野が小貫に言いかけたが、すぐに思い出した。

ゴミ屋敷の老婆が身を守るために持っていた杖だ。

小貫が突然にその杖で雅道の顔面を殴りつけた。

「ヒャ……」

桐野は思わず驚きの声をあげた。だが杖は雅道の顔面のすぐ横の床を強打したのだった。

「戦利品か？　ばあさんを殺した戦利品なのか！」

小貫の怒声に、雅道はまったく応じなかった。

「ばあさんを殺して味をしめたか？　自警団気取りで弱い人たちを殺して回ってるのか！　みんなのためだ、とでも思ってるのか！」

「なにをしてる！」

玄関から大きな声がして小貫の言葉を遮った。

桐野が目を向けると、そこに小柄ながらがっしりとした体格の初老の男性が立っていた。短パン、ポロシャツの上にウィンドブレーカーを羽織っている。足下を見るとテニスシューズだ。

「今、署の方に連絡をした。テニスをしている最中だったのだろう。ウチの息子にはなんの嫌疑もかかっていない、と戸村が言っていた。なのに、これはなんだ！」

鳩裏交番のメンバーは男に面識があった。梅園家の当主。梅園大治郎だ。

戸村副署長を呼び捨てにする。それはハッタリなのか、それともなんらかの〝パイプ〟があるのか。恐らく後者だろう、と桐野は思った。

傷害事件をくり返し起こせば、示談が成立したとしても毎回は不起訴にはならないはずだが、大治郎は不起訴を得続けている。それも戸村との〝パイプ〟のためだと予想された。

まずい状況だった。

「その手を離せ！　お前ら、絶対に許さねぇからな。息子から離れろ……」

腹の底に響くような大治郎の怒号は急速にしぼんでいった。

小貫が手にしている杖を目にして大治郎は絶句したのだ。

動揺し、うろたえていた。唇がワナワナと震えてパクパクと動き、なにか言葉を発しようとしているが、「アアア」という意味のない声が口をついて出るばかりだった。だが口をきけないことが一番雄弁に彼の心情を語っていた。

小貫がその杖を大治郎に向かって突き出して押し殺した声で告げた。

「あんた、知ってたのか。息子があのゴミ屋敷のばあさんを殺したのを。だから、ここを買って息子が殺人を犯した証拠を家ごと全部片づけちまったのか！」

「……なにを言ってるんだ」

大治郎はようやく声を出したが、その声は震えていて消え入りそうだった。

「褒めてやったのか！　あのばあさんを殺したって息子から聞いて、町のゴミを掃除して偉かったとでも言って、褒めたか！」

小貫が鋭く攻めたてた。

「なにを言っている」

大治郎の声はかすれて消えそうだった。

「お前の息子は、ホームレスを殺して歩いてるんだ！　あんたに言われた通りに町のゴミを掃除してるつもりなんだろうよ！」

小貫の言葉に大治郎がまるで殴りつけられたかのように、身体をビクリと震わせた。

「それは知らねぇようだな。でもな、あんたの息子とこの仲間たちはホームレスを殺してる連続殺人犯なんだよ！」

大治郎は力なく首を振った。

「雅道……」

大治郎は弱々しい声で息子に問いかけた。

桐野たちに床に押さえつけられたままの息子は返事をしようとしない。

「このお巡りたちに無理矢理に言わされたんだ。そうやって暴力を振るわれて脅されたんだ。そうだろ！」

大治郎の声は次第に力を取り戻していた。だが息子は返事をしない。

「弁護士を呼ぶぞ。その手を離せ！」

大治郎は大きな声を出したが、桐野は決してその手を緩めようとはしなかった。それればかりか、挑戦的な目つきで大治郎を睨んだ。

「あなたのお抱えの弁護士は不動産専門だ。あの弁護士を呼んでもなんの役にも立たない。あなたに必要なのは刑事事件に強い弁護士だ。こっちには証拠がたっぷりある」

テレビドラマの大根役者のような大仰な桐野の言葉はかなり滑稽だった。

木本が噴き出しそうになったらしく、慌てて桐野から顔を背けた。

「一千万だ」

大治郎が桐野の言葉を無視して小貫に視線を向けている。

「一人一千万。六人で六千万出そう。いや、一億まで出せる。一人一千五百万以上だ」

大治郎はさらに続けた。

「戸村は息子になんの嫌疑もかかっていないと言っていた。知ってるのはあんたたちだけだ。ここから立ち去ってくれるだけで一千五百万円だ。考えてくれ」

明らかな買収だった。小貫は涼やかに笑っている。その視線の先には木本たちがいた。木本たちも笑っている。楽しげに。

「ふざけるな！」

怒鳴ったのは桐野だ。小貫たちの顔から笑みが消えた。

「この人たちは金なんかで、なびくような小汚い人間じゃない。舐めるんじゃねぇ！」

小貫が声を立てて笑ってから、静かに桐野に告げた。

「まあ、落ち着け。一人で決めつけるなよ」

桐野はかけられたハシゴを足下で外されたような気になった。ポカンと口を開けて小貫を見やった。

小貫はもう笑っていない。神妙な顔をしている。

「墨田は養育費が大変だ。斉藤さんは家のローンが七十歳まである。高木と木本だって楽な暮らしってわけじゃない。千五百万円は魅力的だ」

「え?」

桐野は小貫の顔を見つめた。小貫は桐野と視線を合わせずに、大治郎に語りかける。

「具体的にどうすればいいんですか、梅園さん」

大治郎の顔から恐怖が薄らいでいくのがはっきりと見て取れた。

「あんたが摑んだ証拠をすべて忘れてくれるだけでいい。そのホームレスの殺害の証拠はこっちで処分する。それであんたは立ち去ってくれ。それだけだ。忘れて立ち去る。それだけで一千五百万円を渡す」

「口約束だけですか?」

小貫が念を押す。

「いや、このまま、私の家に寄ってくれ。その場ですぐに用意させて、現金を渡す。頼む。それですべてを忘れてくれ」

桐野は驚愕《きょうがく》していた。小貫は真顔でうなずいている。その表情には悪びれた風もない。

木本たちに視線を移した桐野は、また驚いた。実に楽しそうに木本たちが笑っているのだ。あの斉藤までもが、細い目をさらに細めて笑っている。

「この子たちになにかペナルティを与えるべきですね」

「この子たちには充分に言って聞かせる。もうこんなことをするな、と厳しく指導する」

「こんなこと？」

「人を傷つけたりさせないってことだ」

「傷つけてるなんてもんじゃないですよ。傷は治りますが、殺しちゃったら取り返しがつかない」

小貫の口調が皮肉めいていた。なにかおかしい、と桐野は思った。

「そうだ。たとえホームレスでも殺してしまってはいけない。それも含めて厳しく指導する。分かってるな、雅道！」

大治郎は息子を叱責したが、雅道は桐野に組み伏せられたまま返事もせずに身じろぎ一つしなかった。

「頼む。忘れてくれ」

大治郎はそう言って頭を下げた。

「小貫さん……」

桐野が声をかけようと口を開いたが、小貫はそれを手で制して黙って署外活動系の無線機を桐野に向けた。

無線機は送信状態を表す、赤いランプが点灯していた。小貫は送信ボタンを離した。するとランプが消えた。

桐野の無線機のスピーカーから大治郎の声がこだまのように響いていたことにようやく桐野は思い当たった。

「この無線で送信すると、聞き取った内容はうちの署だけじゃなく、県警の通信指令室にも送られている。署に手を回しても揉み消せない。通信指令室では、すべての通話を録音してある。県警をすべて買収するのは、さすがの梅園家でも無理だろう？」

大治郎はまた顔面を蒼白にして、酸欠の金魚のように口をパクパクと開いたり閉じたりしたが、なにも言葉は出てこなかった。

その時、パトカーのサイレンの音が近づいてきた。

「ここでお巡りが殺されそうだって一般人を装って、俺が通報しておいた」

木本が桐野に耳打ちした。

その時、少年たちの中からうめき声が聞こえて、ドサリと音がした。目を向けると谷村が床に四つん這いになって嘔吐《おうと》していた。吐きながら泣きじゃくる。

周りに立っていた二人の少年たちは一歩下がって嘔吐する谷村を蒼白な顔で眺めている。

桐野は腕の下で押さえつけていた雅道が嘲笑《あざわら》いながら言い放ったのを耳にした。

「ゲロって」

桐野は心底の恐怖を感じていた。雅道は静かに笑っていた。彼だけが、まるで別次元にでもいるかのように。

5

パトカーで合同捜査本部の署員たちが大挙して梅園クロスビルに到着した時には小貫や木本、斉藤、墨田、高木の姿はなかった。

ただ一人だけ桐野が手錠をはめられた雅道を床に組み伏せていたのだ。そしてその脇には大治郎と二人の少年が呆然《ぼうぜん》と立ち尽くしていて、谷村だけが四つん這いになって号泣していた。

桐野は合同捜査本部の刑事たちに取り囲まれて事情を聞かれた。桐野は小貫に教えられた通りに答えた。

「署外活動系の無線でのやりとりをお聞きになれば分かると思いますが」

そう言って会議室に居並ぶ担当刑事たちの顔色をうかがった。

「ああ、やりとりは聞いた」

一番年配の刑事が先を促した。

「駅前交番の都築巡査が青い液体を携帯している少年を確保したとお聞きして、それがホワイトガソリンであると判断しました」

刑事の一人が「君が一人で捜査に当たったわけだ」と確認する。

「ええ。捜査中に鳩裏二丁目在住の田端京子さんから庭で発見した警棒を受け取りました。さらに周囲を捜査したところ、偶然に緑色の自転車を梅園クロスビル内で発見しました。事情の説明を求めたところ、谷村少年が自供したのです」

「うん、それも偶然に見つけた君が一人でしたんだね？」

小貫の言う通りだった。捜査本部の刑事たちは、口裏を合わせていた。彼らは決してごんぞう警官たちに手柄を奪われたくなかったのだ。「最高の屈辱だからね」と小貫が言っていたのを思い出して桐野は笑ってしまった。

「笑ってんじゃねぇ」と刑事にたしなめられた。桐野が顔を見ると、怒気を含んだ恐ろしい形相だった。最高の屈辱であることは間違いないようだ。

「梅園少年が暴れたために取り押さえた。そこに父親が現れて買収されそうになった、と、これでいいのかな？」

年配の刑事がまとめた。

「そうです」と桐野は小さな声で認めた。

捜査本部の刑事たちばかりでなく、無線で警官のほとんどが小貫と都築のやりとりを耳にしていたはずだった。そこで小貫ははっきりと〝ホームレス連続殺人事件〟に言及していた。だが誰もまともに取り合わなかった。捜査に動いた者もない。異議を申し立てる者などもいない。その理由はただ一つ。ごんぞうである小貫たちに同調することは決して許されなかったからだ。

桐野が合同捜査本部の会議室から解放されたのは午後九時だった。

午後七時に会う予定だった戸村副署長から連絡はなかった。メールも着信もない。犯人逮捕を受けて、まだ藤沢南警察署内で残業しているのかもしれなかった。

どうでもよかった。もう顔を見たくない。劣情だけはかすかにうずいたが、それも馬鹿らしく思えた。

すると携帯に着信があった。見覚えのない番号が表示されている。

「はい」

電話の主は藤沢南警察署の署長だった。

少年たちへの取り調べは連日行われていたが、凶器が見つからなかった。

それでも少年の一人が持っていたボトルに残っていたホワイトガソリンが、ホームレス連続殺人事件で使われたホワイトガソリンと組成が一致した。このことで梅園雅道をはじめ四人の少年は逮捕されて取り調べを受けることになった。

ガソリンに関しては小貫が語っていた通りだったが、それ以外は小貫の言葉はデタラメだった。

田端京子が庭で拾った警棒とサックからは京子の夫と京子の指紋に加えてわずかながら谷村の指紋が検出された。だが血液や体液も一切検出されなかった。

そして他の少年たちが革製のサックに入れて持っていた警棒からも同様に血液反応は出なかった。つまり凶器と認定されなかった。

取り調べを維持できたのは、谷村ともう一人の少年が自供しているからだった。

谷村たちは凶器として使った警棒は別にあるはずだ、と証言したのだ。彼らは凶器の隠し場所を知っているのは雅道だけだ、と同様の供述をそれぞれしていた。

雅道は取り調べに際して雑談にも応じず、完全に黙秘を貫いていた。

「警棒は二種類用意されてるんです。僕が田端さんのお宅に投げ込んだのは、訓練用兼護身用なんです。襲撃用は梅園が一人で管理してるんです。あの……なんていうか襲撃の直前になると、どこか僕たちも知らない隠し場所から持ってきて用意してあるんです。いえ、その場所は絶対に教えてくれませんでした」

谷村少年はよくしゃべった。悪びれることもなく他人のしでかした犯罪のように次々とネタを明かした。

「靴や衣服はどうしたの？　返り血を浴びてたでしょう？」

刑事の問いかけに谷村は大きくうなずいた。

「上から下まで、全部、梅園が襲撃の前に買ってくれるんです。買いに行かされるのは僕たちなんです。襲撃後に梅園が服や靴も全部大きい袋に入れさせてどこかで処分してたみたいです。どこに捨てたかは分かりません」

谷村は笑みさえ浮かべていた。

谷村の言葉通りに数店のスポーツショップのビニールバッグに収められた新品のシューズとパーカー、スウェットパンツが八組、雅道の部屋のクローゼットから押収されていた。直接的な証拠とはならなかったが、今回も雅道たちは一晩に二回の襲撃を計画していることが知れた。

犯行後の服などはすでに燃やすなどして処分されているのだ、と捜査関係者は見ていた。

そうなると事件解決の重要な鍵は、凶器の発見となった。全力をあげて、ビルや梅園家本宅のみならず周辺の河川にも捜査の手を伸ばしたが、まったく見つからない。

捜査班はこれ以上、手を広げるのを諦めて、雅道の尋問に力を傾けたが、梅園は十五歳の少年とは思えないほどに強固な精神の持ち主で、老練な刑事の甘言にも、叱責にも脅迫にも、屈することはなかった。

昼を過ぎても寒気が緩むことなく、年の瀬が近いことを感じさせた。ホームレス連続殺人事件の捜査が難航している、と聞こえてきたが鳩裏交番の日常に変化はない。四班との引き継ぎを終え、桐野は自転車で小貫と斉藤と署に戻ろうとしていた。

自転車のスタンドを倒しながら小貫がぼやいた。

「イギリスの警官もチャリで警邏してるんだけど、マウンテンバイクだったよ。このチャリは重くてなあ。丈夫なんだろうけど」

桐野はその瞬間にありありと思い出した。ある違和感を。

「お、小貫さん、ちょっと、私、急ぎます」

「なんだ？　具合悪いの？」

「いえ、その、ちょっと急いで確認したいことがあって……」

桐野はそう言い置くと、呆《あき》れて見送る小貫をよそに、全力で自転車をこぎだした。

署に到着すると、そのまま部屋に走って相部屋の水谷に申し出た。

「水谷さんのマウンテンバイク、ちょっと見せていただいていいですか？」

水谷はジャージ姿で寝ころんでテレビを見ていたが、不思議そうな顔で「ああ、いいけど」と応じた。

水谷をともなって署内にある自転車置き場に桐野は向かう。

水谷のマウンテンバイクは、外国製の高級車だった。

「サドルを引き抜いてもらっていいですか？」

「ああ」とすぐに水谷はサドルを引き抜いた。

桐野は腰から警棒を取り出した。それをサドルとシートポストを抜き取ったフレームの穴に差し込む。

わずかな隙間を残して、警棒はすっかりフレームの中に隠れた。保護するためにタオルなどを巻いても収まるだろう。そうすれば揺らしてもカタカタと音が鳴ったりしない。

間違いなかった。

「ありがとうございます！」

ポカンとしている水谷を残して、その足で桐野は刑事課を訪れた。平塚の合同捜査本部を訪れても良かったが、空振りに終わった場合が恐かった。

制服姿で敬礼するごんぞう一味の桐野の突然の登場に、課の面々は怪訝《けげん》な顔を浮かべていた。中には露骨に舌打ちしてそっぽを向く刑事もいた。

だが大金星をあげた新人であるのは間違いない。ベテラン刑事が応対する。

「どうしたの？」

桐野は椅子を勧められたが、立ったままだった。

「ホームレス連続殺人事件の凶器は見つかりましたでしょうか？」

刑事課の空気が尖った。

「見つかってないよ。なんだ？　嫌味か？」とベテラン刑事もすごむ。

「いえ、彼らを逮捕した際、梅園クロスビルのエントランスで、行く手を阻むように高級マウンテンバイクが五台停められていました……」

ベテラン刑事が舌打ちして遮った。

「だからなんの話だってんだよ」

「通行できるように私がその五台を全部、片づけました。最初の一台は軽くて驚いたんです。でも二台目が、少し重いと感じたのです。残りの三台もそう思いました。つまり四台がわずかですが重かったんです」

ベテラン刑事が椅子から立ち上がった。一課の空気が張りつめた。

「ブランドは違いますが、マウンテンバイクで確認したところ、サドルを抜き取ると、そこにちょうど警棒を隠すスペースがありました……」

そこまで言うと課は騒然とした。ベテラン刑事はすぐに電話をかけている。恐らくは合同捜査本部だ。

桐野は身体が興奮で震えているのを感じた。

電話を切ると、ベテラン刑事が顔をしかめた。

「チェックしてなかったそうだ。ありがとう」

感謝の言葉にしては剣呑《けんのん》な声でそう告げると、ベテラン刑事は桐野に背を向けた。桐野は「失礼します」と敬礼して課を出た。

その夜のうちに凶器は発見された。梅園クロスビルのエントランスにあった四台のマウンテンバイクからサドルをそれぞれ抜き取ると、布に巻かれた警棒が出てきた。そのいずれからも被害者たちの血液や毛髪などが検出された。四本のうちの一本は曲がっていて、完全には縮めることができなくなっていた。強靭《きょうじん》な警棒が曲がるほどの激しさで、打ち据えていたのだった。さらに三本の警棒からは谷村以下三人の指紋が検出された。雅道の指紋だけは検出されなかったが、警棒の血に塗《まみ》れてこびりついた被害者の頭髪に混じって雅道の頭髪が発見された。犯行時に抜け落ちたものと予想された。毛根も残っていたために雅道のＤＮＡが検出された。

「やる前に、マニキュアを手のひら全体に塗ってたんです。海外の犯罪ドラマでやってたのを真似しました。谷村たちには内緒でした」

雅道は凶器が発見されると、それまでの一貫した黙秘をいきなり放り出して「自分〝も〟やりました」と自供を始めた。自慢げに。

「話してるとなんとなく分かるんですよ。そいつに〝素質〟があるかどうか。ちょっと恐い話をして反応を見るんです。目が輝くのが分かる。あの三人は明快でしたね」

雅道は徐々に谷村たちを引き入れたようだった。

「欲しがったらなんでも買い与えてましたから。僕の部屋にみんな入り浸りでした。なりすましメールソフトを手に入れて、親になりすまして塾に休むって伝えてたんです。でも塾の宿題は絶対にやらせてました」

雅道は周到だった。それは犯行へと谷村たちを誘う方法でも示された。

「初めて僕が彼らにやって見せたのは、寝ているホームレスを蹴っ飛ばして逃げるっていうヤツでした。それを全員が順番にやったんです。時々追いかけてくるヤツとかいて恐かったけど、みんな面白がってました。だから警棒を買わせたんです。それで寝てるホームレスの頭を殴りました。そしたら頭からピューッて血が出て、みんな受けてました。谷村だけ時々ビビるんで、動画を撮ってるからYouTubeにアップするって脅してました」

雅道は未成年であるためにクレジットカードは持っていない。武器などの購入は直接店舗に出向いて現金で支払わなければならなかった。二万円もする警棒を八本も同じ店で買うと怪しまれるので、谷村たちに指示して、東京と神奈川にある武器マニアのショップで分散して購入させていた。

「服とか靴とかヤるたびに新品を買ってました。実家の庭で全部完全に燃やして灰は川に流しました。いくらでも買えたけど、警棒は買うのが難しかったんで、使い回してました。ガソリンも買うのが難しくて困ってたら、谷村が〝パパがキャンプ用にホワイトガソリンをガレージにストックしてる〟って。それで少しずつ抜いてボトルに入れて運んでました。あれは谷村のファインプレーです」

鑑識課のデジタル担当は雅道の所持していた二台のスマートフォンの内容をまるまるコピーしたデータを精査していた。スマートフォンそのものは最重要な証拠品であるために、触ることができない。

犯行の様子を収めた動画が雅道の携帯に収められているはずだ、と谷村たちがいずれも証言していたのだ。

二台のどちらにも、一本も動画が保存されていなかった。完全に上書きで消去されていた。

念のために他のフォルダも調べていくと、一本の動画が、音楽フォルダから見つかった。

別フォルダに収められていたために梅園は消去し忘れたようだった。

それは犯行現場を収めた動画ではなかった。

映し出されたのは雅道の部屋だった。そこで谷村たち三人がソファに座ってホームレス襲撃の際に撮影した動画を見ていた。撮影者は雅道のようだった。

谷村の供述によると、動画は雅道が厳重に管理していて、一切のコピーを許さず、雅道のスマートフォンでのみ見ることが許されたという。だが襲撃に出る前に〝気分をアゲるために〟彼らはこの犯行動画をテレビに映して全員で見ていた。

襲撃動画を見ながらゲラゲラと大笑いしている谷村たちの姿はおぞましかった。その楽しげな様子は決して強制されたり、脅されたりして参加しているとは思えなかった。

中学生四人が犯人という異常さが世間の注目を集めたために、少年たちの精神鑑定の結果が公表された。彼らは全員が脳の機能やホルモン、染色体などに異常は一切見受けられなかった。知能レベルも四人ともに平均以上で学業成績も優秀だった。

四人にはある共通点があった。サディズムの傾向があり、幼いころから昆虫や小動物を無意味に殺害した経験があった。

中でも雅道は突出していた。

小学六年生の時に飼っていた大型犬を殺害し、バラバラに解体していた。さらにその切断した頭部を学校に持参し、それを同級生に自慢げに見せ、クラスが大パニックに陥るという事件を起こしていた。

雅道には〝性衝動に根ざした強固なサディズム〟があると診断されていた。

彼らの精神鑑定を行った精神科医は、雅道と谷村たちの関係を分析した。その結果、雅道による抑圧的で一方的な支配、被支配の関係ではなく、雅道の強烈なサディズムのイメージに影響を受けて、谷村たちの中にあったサディズムが呼び覚まされたものだ、という見解を示した。

その象徴となるのが警棒だと医師は解説していた。それは男根の投影であり……。

テレビで元野球選手のコメンテーターが「どうしても欲しいものがあって、友達が一人万引きすると〝俺も俺も〟って次々と仲間がやっちゃう感じ」と発言して問題となったが、医師たちの解説の何倍も説得力があった。

取り調べの中で、担当検事は雅道に事件の核心について尋ねた。

「どうしてこんなことをしたの？」

すぐに雅道は「面白いから」と答えた後にしばらく考えてから付け加えた。

「なんか違うな。排便したいって感じかもしれません。我慢してるんです。殺すとすっきりする」

百戦錬磨の検事は声を立てることもできなかった。

交番の詰め所で机を囲んでいる小貫班と木本班の面々は相変わらず弛緩《しかん》していた。

小貫が中心になっていつもの雑談だ。

一人木本だけは週刊誌を熱心に読みふけっている。

やがて木本は顔を上げるとだれにともなくつぶやいた。

「あの小僧ども、移動にタクシー使ってたんだってな」

捜査関係者からのリークや、犯人の同級生、その両親への取材で作られる週刊誌の記事以上の情報は鳩裏交番の警官には入ってこない。

すべての手柄は桐野のものになった。見習い警官が独断で報告もせずに逮捕に至ったことなど問題とされなかった。

下着泥棒逮捕に次いで、連続殺人事件の犯人逮捕、さらに凶器発見の端緒《たんしょ》を作るという大金星をあげて、桐野は県警本部長賞の受賞が内定していた。

これをもって職場実習中でありながら、機動隊への異動が決定したのだ。

だがまだ辞令は出ていない。桐野は交番の隅で手持ち無沙汰そうに小貫たちの話を聞いている。

「深夜に子供が四人で二台のタクシー使うなんて、運転手たちはおかしい、と思わなかったのかね？」

斉藤がお茶を淹れながら小貫に問いかけた。

四件のホームレス殺害事件のすべてで、少年たちは現場までの移動にタクシーを使い、二人ずつ分乗して向かったと供述していた。このため、四人の目撃証言がまるで出なかったのだ。

乗用車に乗れる年齢の男性が犯人という桐野の〝プロファイリング〟は的外れだったことになる。そもそも中学生がタクシーに乗って移動するという発想自体が桐野にも警察にもなかった。

「海沿いにファミレスとかファーストフードの店がたくさんあるじゃないですか？　受験勉強で徹夜していて、夜食を食べに行くんだ、と運転手に話していたそうです」

小貫に斉藤がさらに質問を重ねる。

「前回は一晩に二回やってるだろう？　返り血を浴びたりしてるんじゃないのかね。だったら運転手も気づくだろう？」

「いや、週刊誌によると、着替えを持っていってたようですね。それも梅園が全部用意してたそうで、綿密に計画してるんですよ。それに、そのタクシーの運転手は二台とも個人タクシーで梅園家の専属のようになっていたようです」

一部の週刊誌では雅道の月の小遣いを三十万円としていた。だがそれを聞いた鳩裏交番の面々は誰も驚かなかった。あの物の溢《あふ》れた雅道の部屋の様子を見れば、それが週刊誌の誇大記事とは思えなかった。

少年たちは、雅道の部屋をアダムとイブの楽園になぞらえて〝エデン〟と呼んでいた。雅道は少年たちが欲しがるものはなんでも買い揃えていたという。三十万円を超える品でも、別枠で大治郎にねだれば大抵のものは買い与えられた。

彼らは一台ずつノートパソコンとスマートフォンを雅道からあてがわれていた。月々のパケット料金は大治郎の口座から引き落とされている。

彼らがその部屋をエデンと呼んでいたのには、別の意味もあった。彼らはその部屋にデリバリーヘルス嬢を何度か呼んでいたのだ。もちろん支払いは雅道だが、当の雅道は一度もヘルス嬢と接しなかった。

ただ、雅道はホームレスを殺害した後に〝祈りの時間〟と称して谷村たち三人を遠ざけて一人きりで死体と向き合ったという。週刊誌ははっきりとは書いていなかったが、性的なものをほのめかしていた。

だがホームレスの死体からも周辺からも雅道の体液は一切見つかっていない。ここでも雅道は慎重だった。

小貫が桐野に目をむけた。

「今日が最後の夜だもんな。記念に巡回行こうか？」

桐野がコートをまとって外に出ると、小貫はすでに自転車にまたがっていた。

「では、ここで質問です」

人差し指を立てて、首を傾げている。これで見納めだ、と桐野は心の中で思った。

「なんすか」と照れかくしでぶっきらぼうな調子を装った。

「これからどこに巡回に行くのでしょうか？」

まったく思いつかなかった。まさか雅道の父親か、と思ったがすぐに否定した。

大治郎は記者たちからの要求に応えて、一度だけ記者会見を開いたものの、まともに返事をせずに、わずかに十分で会見を切り上げて非難を浴びたが、沈黙を守っている。

さらに大治郎の贈賄事件は不問に付された。小貫が無線を使って引き出した贈賄申し込みの音声記録はなかったものとされた。県警も動かなかった。

そこに戸村との関係を桐野ならずとも感じていた。隠蔽されたのだ。

梅園家以外の家族は夫婦が離婚したり、父親が自殺を図ったりした家もあった。いずれも地域に居たたまれなくなり、遠方に引っ越していた。

「分かりません」

桐野の降参に、小貫は嬉《うれ》しそうに笑うと、自転車をこぎだした。

報道陣が何人かまだ梅園クロスビルの前の通りに陣取っていた。もう夜も十一時近い。

エントランスの前には警護のために警官が立っている。通常ではないことだが、大治郎の記者会見での不誠実な対応が人々の怒りを買い、深夜に投石などが何度かあった。梅園家とこのクロスビルに警護が置かれたのだ。

桐野より二期上の先輩が警護に当たっていた。

小貫が「ども」と挨拶してエントランスに入ろうとするのを先輩警官が押しとどめた。

「なんすか？」

「転居があったんだよね」

三階に住んでいた雅道のすぐ上の兄が、九州の高校に転校したと報道されていた。

「巡回連絡カードの確認を上のお兄ちゃんにね」

「だから……？」

「いや、それは……」

いきなり小貫が声をひそめた。

「ここで押し問答はヤバイよ、ほら」

小貫は背後を指さす。報道陣がなにごとか、と小貫たちに目をやってざわめいている。

「じゃあね」と先輩警官を押し退けて小貫はエントランスに入っていく。一礼して桐野も入り込んだ。

先輩警官は諦めたようで、無線で連絡もせずに警護に戻った。

「一番上のお兄ちゃんって大学生でしたよね。まだここにいるんですか？」

「ああ、そうみたいだね。テレビの取材を受けてたから」

「彼を訪ねるんですか？」

「そうだよ」

面識がある程度で会ってくれるとは桐野には思えなかった。

四階まで上がると、ドアの横にインターフォンがあった。

おもむろに小貫はボタンを押した。

チャイムの音に続いてインターフォンから光が放たれて、小貫の顔を照らした。

しばしの沈黙の後にスピーカーが応じた。

「お巡りさん、どうしたんですか？」

「ちょっと話を聞かせてもらえない？」

驚いたことに鍵が解かれて、ドアが開いた。

ドアの隙間から顔を出したのは、柔和で端整な顔だちの青年だった。

「こんばんは」

大治郎の家に子供たち三人が暮らしていたころの巡回連絡カードによれば青年の名は一也《かずや》、カード記入時は高校生だったが、大学生になっている。

一也は小貫と桐野を部屋の中に招いてくれた。

一也の部屋は雅道の大広間のような部屋ではなく、広い部屋を壁で分けて、普通の居住用のマンションのような部屋になっている。

小貫たちが通されたのはリビングだった。二十畳ほどの広さで整頓されていた。

小貫と桐野は並んでソファに座った。向かいに一也がスツールを出してきて、座った。

小貫が桐野に顔を向けた。

「さっきも説明したけど、こちら一也くん。いい子でね」

一也がくすくすと笑っている。

「こんなお巡りさん初めてでしたよ。訪ねてきて、いきなり〝立派な家だねぇ。中を案内してくれない？〟なんて訊きます？　普通」

桐野は苦笑するしかなかった。だが確かに梅園の本家の建屋は、和洋折衷の風変わりな豪邸だった。中をのぞいてみたくなる気持ちは分かった。

「そしたら〝どうぞ〟って案内してくれてなあ。アレが凄かったよ。和室の格天井《ごうてんじょう》の錦絵。オバケっていうか……魑魅魍魎《ちみもうりょう》が極彩色《ごくさいしき》で天井を埋めつくしてるの。恐かった。そしたら一也くんが〝ここはお仕置き部屋だ〟ってな」

小貫はケラケラと笑っている。一也も嬉しそうだ。

小貫は真顔になると一也に目を向けた。

「で、心配なので寄ってみたというわけ。大丈夫か？」

「ええ。警護に立ってもらってからは、夜はマスコミも来なくなったから……」

「大変そうだな。何度かテレビで見たよ」

「いや、まあ、仕方ないんで……」

言葉とは裏腹に一也はうんざりした顔だ。

「どこかに引っ越すとか考えてないの？」

「いえ、逃げたくないって思ってるんで」

「そうか」

「まあ、背負いきれませんが、父親があんななんで、僕はああはなりたくなくて……」

沈黙が部屋を支配した。すると小貫が口を開いた。

「一つ、気になることがあったんだけどさ。あなたと次男のお母さんはお父さんと離婚してる。でも後妻に入った雅道くんのお母さんは行方不明だ。神奈川県警のホームページに行方不明者として写真があった。あれはなんなの？」

一也の顔が曇る。

「優しい人で、あの人がウチに来てくれてから十年くらいは、梅園家は普通の家でしたよ。家事は全部やってくれてた。僕たちにも優しい言葉をかけて色々と世話をしてくれました。雅道のママが実際の母親です」

一也の顔に微笑みが浮かんでいる。淡い思慕のようなものを感じさせた。

「雅道も可愛くて利発で、愛されてました。父親は特に雅道を溺愛してました。でも雅道は父親には懐かなかった。母親にべったりで。小学校の高学年になっても一緒に買い物とか行ってたもんなあ。嬉しそうに」

「なんだか失踪と結びつかないねぇ」

「ええ、それまで喧嘩なんてほとんどしたことない雅道のママと父親が、毎日みたいに喧嘩するようになったんです。離婚の話も出てたみたいで、父親が雅道に問いただしてるのを聞いたことがあります。〝俺かママか選べ。向こうについたらド貧乏でまともな家に住むこともできないし、飯も食えない。お前は邪魔者扱いされるだろう〟って」

「ひでぇな」と小貫が舌打ちをした。

「なんでそんな喧嘩するようになったんでしょう?」

桐野の問いかけに一也は逡巡した様子だったが、ため息をついてから答える。

「雅道のママは気づいたんだと思います。あいつが〝おかしい〟ってことに。喧嘩になると父親は大声で怒鳴ってるから言葉の端々が聞こえるんです。〝病院なんか入れたらアイツの人生はメチャクチャになる〟とか。でも僕も何度か目撃してるんです。飼ってた亀やアヒルを解体してたのを。〝やめろ、気持ち悪い〟って言っても、あいつは無視して夢中で解体してました。不気味でした。多分ママもそういうものを目撃したんだと思います」

「雅道のママは、心配して精神科を受診させようとしていたわけだ」

「ええ、そうです。ある晩、やっぱりすごい喧嘩の声がしました。物が壊れる音がして尋常じゃなかったので、僕も部屋から出て居間に行ったんです。そしたら父親がテニスラケットを振りかざして逃げるママを追いかけ回してて。僕が父親を止めたんですけど、ママは〝殺される〟って言って、そのまま家を出ちゃったんです」

「それが失踪か」

「ええ、一回目です」

「一回目？」

「ええ、その家出の数日後に、雅道は飼ってたドーベルマンのゴローを殺しました。その頭を切り落とした上に学校へ持っていって見せびらかして大騒ぎになる事件を起こしました」

「母親の失踪が引き金なのか……」

「そう思いました。だからママにメールで知らせました。帰ってきてって」

「そのメールアドレスを父親は……」

「知りませんでした。父親からの連絡はすべて遮断してましたから」

「二回目があるわけだな」

「ええ。ママが帰ってきてからは雅道はもうベタベタで、片時もママから離れようとしないんです。僕も部屋にこもらずにできるだけ居間にいるようにしてました。ママと父親を監視してるつもりでした。しばらくは平穏だったんです。喧嘩もないし、雅道も安定してるように見えました。でも僕も雅道も学校には行かなきゃならないんです。ハラハラしてました。僕の部屋は鍵がかかるんで、ママには緊急用に使ってって言ってました」

「君が学校に行ってる間にママは失踪した。雅道くんも置いたまま」

「ええ、そうです。そして何度メールを送っても返信がありませんでした」

「それはいつ頃のこと？」

「昨年の七月でした」

小貫の顔が鋭くなった。

「その時は、雅道は騒ぎを起こすようなことはありませんでした。でも、逆に父親に服従するようになって、次から次にいろんなものを父親に甘えてねだって買い与えられるようになってました。異常なほどでした。僕は雅道が不気味に思えて距離をとるようになりました」

「そうか」

「今思えば、あの時に雅道はおかしくなってしまったんだなって思いました。でも、止められたんです。もしママがいてくれたら……いや、僕がもっと積極的に雅道に関わってたら……」

苦しそうに顔を歪めた一也の肩に小貫は手を置いた。

「自分を責めるな」

「はい。友達が雅道の部屋に出入りしてるのは知ってたんで、仲間ができるのは良いことだって思ってたんです。でも、彼らが……」

一也は絶句した。

沈黙の後に小貫が優しい声で問いかけた。

「雅道のママはどこへ行ってしまったんだろう?」

一也の目が泳ぐ。なかなか言葉にできずにためらっているのが手に取るように分かった。だがやがてまっすぐに小貫を見据えた。

「学校から帰ると僕の部屋のドアの鍵が壊れてました。マイナスドライバーかなにかを突っ込んで無理矢理に開けたような痕跡がありました」

「それを警察に伝えた?」

一也の顔が苦悶《くもん》でさらに歪んだ。振り絞るような声で告げた。

「……いえ、できませんでした。話したのは今が初めてです」

「その鍵は……」

「その日のうちにドアごと取り換えられてしまいました」

一也は犯罪者が自白でもしたかのように肩を落として深い吐息をついた。

「ありがとう。よく知らせてくれた。他になにか痕跡はなかった？　血痕……」

「いえ、見つけられません……。いや、探すこともしてません。恐かったんです」

「そうか。すまない。だがもう一つだけ。君はお父さんに尋ねた？　ママの行方を」

目を伏せたまま一也はうなずいた。

「〝ママはどこに行ったんですか？〟と一度だけ訊きました。そしたら〝知るか、勝手に出て行ったんだ〟って」

「鍵が壊されていたことは？」

「ええ、訊いたらひどく怒って、怒鳴り散らすばかりで、答えようとしませんでした」

小貫はしばらく黙りこんだ。長い沈黙だった。

「多分、俺にはどうにもできない。すまない」

「いえ……」と一也は泣き始めた。恐らく長く心をさいなみ続けていたのだろう。

小貫は立ち上がると一也の前にひざまずいて、そっと彼を抱きしめた。抱きしめながら小貫も身体を震わせて泣いた。

「すまん」と何度も告げながら。

桐野はもう堪えようとはしなかった。涙が溢れ出るままにしていた。

前を自転車で走る小貫が急に速度を落として停まった。桐野も並んで停まる。

「さっきは言えなかったが、気づいてた？」

「え？」

「雅道のママが二回目の失踪をしたのは昨年の七月。つまりゴミ屋敷のばあさんが焼死した時期と重なる。一也くんには言えなかった」

「犬の次は老婆……両方ともそれが引き金ですね」

「ああ、最愛の母親に捨てられたという喪失感は大きかったんだろう。元々の狂気が暴走する引き金になったんだ。そして雅道から母親を奪った父親が、その暴走を加速させた」

「父親は息子の犯罪の証拠を完全に隠滅するためにあのゴミ屋敷を解体してビルを建てた」

「そうだ。しかし、動機が分かったってなんにもならない。なにか手はないか……」

小貫の目が大きく見開かれた。

「もし、雅道のママを梅園が殺害しているのだとしたら、その死体はあの広大な梅園家の庭に埋めただろう。だが、今回の雅道の件で敷地内は徹底的に掘り返されてるのに死体は出てきていない。だとすれば……」

桐野の目と口が驚愕で大きく開かれる。

「ええ、梅園クロスビルを建てる時に、雅道のママの死体を自宅の庭から移して埋めた可能性はあります。確実を期すために」

「……畜生」

小貫が悔しげにうめく。

桐野は疑念を口にした。

「しかし、失踪に関しては、警察は露骨に家族に疑惑の目を向けますよね。雅道のママの失踪で梅園は疑われなかったんでしょうか？」

「二度目の失踪ってのがネックになってるんだな。それに梅園は代々の副署長とつながってるのは周知の事実らしい。署内には手を出しにくい空気もあったんだろう」

「〝つながってる〟て……」と桐野は確認せずにはいられなかった。

「つまり、贈収賄が成立してるってことだ」

小貫は再び「畜生」と口の中でつぶやいた。

恐らく小貫の知恵をもってしてもどうしようもないのだ。桐野は無力感に包まれつつも悔しげにたたずむ小貫の姿に心動かされていた。

年末の商店街は賑《にぎ》わっていた。

辻堂駅前から続くさびれた商店街のさらに路地を入ったところに小さな寿司店があった。庶民的な店で、寿司ばかりではなく焼鳥なども提供するので人気があり、その晩も小さな店内は満席だった。客の数は十五人ほどでほとんどが中年の男性客だ。

出入り口の引き戸が大きな音とともに引き開けられた。

若い女を連れた梅園大治郎だった。

「まだ、やってたんだ。懐かしいなあ」

酔っているようで、声が大きい。しげしげと店を見回してる。

「お久しぶりです」

カウンターの中の店主の男が頭を下げる。大治郎と同年輩で表情がこわばっている。

「いや、この騒ぎで外にも出れねえから、あそこの豊《ゆたか》寿司のオヤジを家に出張させてたんだけど、ここのところ調子に乗って断りやがってよぉ」

大きな声でまくしたてる大治郎の声で店内は静まり返っている。

「寿司食いたくなって、あちこち行ったんだけど、どこも満員だって言いやがって店に入れようともしねぇんだ」

大治郎の酒癖の悪さを知っている店はいずれも彼を出入り禁止にしていた。

「梅園さん、ご覧のように今晩は満席でして……」

店主がおずおずと切り出すと大治郎は笑いだした。

「大友《おおとも》よぉ。学校の後輩だからこんな店でも来てやってたんだろう。十年以上になるよな。最近はお前が電話にも出ないから来なかったけど、つぶれてるんじゃないかって心配で来たんだぜ」

酔って客に絡む大治郎に大友も辟易《へきえき》して出入り禁止を申し渡していたくちだ。それをはっきりと告げてからは大治郎は来店しなくなっていた。

「いや、しかし……」と大友は再度出入り禁止を申し渡そうとしたが阻まれた。

「いいよ」と怒りの形相で大治郎は大友を睨んだ。

大治郎はジャケットの内ポケットから札入れを取り出して、一万円札を四枚抜き出すと、カウンターの男性二人の前にそれぞれ二枚ずつ置いた。

「これで今日は帰ってもらえませんか？」

言葉は丁寧だが、巻き舌で威圧的だった。

札を置かれた客たちは知り合いらしく、目を見合わせるとうなずいた。

二人はカウンターの札を摑んで、大治郎に差し出した。

「帰りなさい」とそのうちの一人が諭す口調で言った。

差し出された札を奪い返すと、大治郎は怒りの形相でさらに隣の客二人に金を差し出した。

だが隣の客も首を振って受け取りを拒否した。

その隣も、その隣の客も……。誰も大治郎の札を受け取らなかった。

「俺がなにをした？　やったのはガキだ！　それもお前らが大嫌いなホームレスを片づけただけだぜ！　それをお前らきれいごとばかりぬかしやがって！」

「帰りなさい。飲みすぎてるんだ」

さきほど諭した客がまた静かに告げた。

大治郎は客の顔をにらみつけたが、カウンターの皿を見て爆笑し始めた。

「ハハハハ！　かんぴょう巻とかっぱ巻食ってやがる」

そう言ってかんぴょう巻を大治郎は客の皿からつまみ上げて口に放り込んだ。

「おお、貧乏の味！」

「いい加減にしろ！」

カウンターの中ほどに座っていた男性が立ち上がった。小柄な中年男性だ。

「なんだ？　威勢がいいな」

大治郎は、そう言ったかと思うと、かっぱ巻を摑んで、立ち上がった男性に投げつけた。

「この貧乏人が！」

かっぱ巻を投げつけられた男性が大治郎に向かって突進した。

だが男性の顔に大治郎のフックが炸裂《さくれつ》して男性は店の壁に激突してうめいている。

大治郎の連れの女はこの状況に慣れているらしく、すばやく動いて店を出た。

「この野郎！」

かんぴょう巻を食べられた大人しそうな男性が立ち上がって、大治郎の腰にむしゃぶりついたのが引き金になった。

客のほぼ全員が立ち上がって、大治郎に向かって唸りのような怒号をあげながら押し寄せた。

何人かは殴られたが、次第に大治郎は押されてやがてその場にうずくまってしまった。客たちは一斉に殴ったり足蹴にしたりし始めた。

「ちょっと、それはまずいよ。ちょっと……」

カウンターの中から店主の大友が出てきて、客たちを押し戻そうとした。

その瞬間、大友はうめいてその場に倒れた。大友の白い調理衣の腹の部分に血が滲んでいる。それはみるみる広がっていった。

大治郎はその手に店のプラスティック製の太い箸を一本手にしていた。血で濡れているのが分かる。床に落ちていた箸で大友の腹を刺したのだ。

倒れた大友を飛び越すようにして、大治郎は店を逃げ出した。

客たちが追いかけたが、待たせていたタクシーに女ごと乗り込んで走り去ってしまった。


鳩裏交番に桐野の姿はなかった。

大金星のご褒美として五日間の休暇が与えられていたのだ。

小貫と斉藤の他に引き継ぎのために木本たちが集まってテーブルを囲んで座っている。

小貫はパイプ椅子の背もたれに上半身の体重をすっかり預けている。呑気《のんき》な姿だが、その表情は暗い。梅園家の一也のことが頭から離れないのだ。

大治郎に刺された寿司屋の大友は、腸膜に傷がついたものの順調に回復して、全治一カ月という診断だった。さらに大治郎のフックを喰《く》らった客も頬骨を骨折していた。

被害者二人は警察に訴え出ており、二件の傷害罪により、逮捕状が出ていた。これはさすがに副署長の戸村も握りつぶせなかったようだった。だがあの夜以来、大治郎は行方をくらましており、全国に指名手配されているがいまだ逮捕されていない。

小貫は近いうちに一也の家を訪ねてみるつもりだった。

「失礼します」

交番の出入り口の戸が開いて、私服姿の桐野が顔を出した。

桐野はジャケットにスラックスという装いだった。

桐野の顔には照れくさそうな笑みが浮かんでいる。

「あ、これ……」

桐野は手にしていた紙袋をデスクの上に置いた。

「なんだよ。手土産か？」

木本が袋の中を覗く。

「おせんべいとお茶です。ちょっと無理したのでおいしいと思います」

土産の料金は五千七百円。風俗店アンジェリーナから詐取した四千円を充てていた。

「手土産を自慢するからな。お前も新人類か」

「新人類って……」

墨田が突っ込もうとしたが、木本がガハハと笑ってやり過ごす。

すると高木が桐野に尋ねた。

「機動隊ってどうだい？　楽なんだろ？」

「ええ、まあ、そう聞いてます。大きな事件がなかったら最低でも五時間は毎日勉強の時間がもらえるそうで……税金泥棒ですね」

自嘲しながらも桐野の笑顔は晴れやかだった。

「では、ここで、最後の質問です」

見納めだと思っていた小貫の姿だった。人差し指を立てて笑みを浮かべている。

「あなたがすっかり忘れてることがあります。なんでしょうか？」

小貫にしては漠然としすぎている質問で、桐野は答えに窮した。

「いや……」

「時間切れです。あなた、敬礼するのすっかり忘れてるだろ。うちじゃ、それが当たり前だけど、機動隊はうるさいからね。廊下で脱帽しただけで殴られてんの見たことあるよ」

小貫に指摘されて桐野はひやりとしていた。確かに敬礼を忘れていた。

「ありがとうございます！」

深く腰を折って警察式の敬礼をしてみせた。

「いやだねぇ。馬鹿っぽい」と小貫が笑って、せんべいの袋を早速開けている。

「司法試験を受けるんだろ？」

「まだちょっと迷ってるんです」

「決めてないのか？　じゃ、なんの勉強しようとしてるんだ？」

「総合職を受けてみようか、と思ったんです」

「警察庁のキャリアってことか?」

「ええ」

これまでに一度地方公務員として警官となった者が、再び試験を受けてキャリアとして登用されたという例はない。だがもちろん法令的には可能ではあった。

小貫は眉をひそめて、いぶかしげに桐野を見やった。

「お前、偉くなりたかったのか?」

「ええ」

桐野はなぜだが妙に清々《すがすが》しい顔をしてうなずいた。開き直っているようにも見える。

小貫が挙げた手柄を、そっくりそのままもらったことで、機動隊への異動という特別待遇を受けているのだ。もう少し謙虚になってもいい、とその場にいた誰もが思っていた。

だがその視線に桐野はひるむ様子もなかった。

「そうか」

小貫はもうそれ以上は言葉を継がなかった。

去る者は追わず、だ。

「二年後の定期異動があるまで、ここは絶対に安泰です」

桐野が自信満々に言い切った。

実は鳩裏のメンバーたちは全員が心の中のどこかで、恐れていた。まっさらな新人が警察学校と戸村に洗脳されてスパイとなってやってくる、と鳩裏交番の誰もが思った。

だが小貫はスパイの監視を恐れてごんぞう警官を一時的にでもやめることに抵抗があった。

むしろ積極的にごんぞうの姿と信念を見せつけてやろう。影響を与えてやる、という気持ちが小貫の中にあった。

不安はあった。法律に詳しい桐野がどんなネタを摑んだのか分からなかったからだ。

桐野の特例的な異動も、今回の手柄ばかりでなく戸村への密告が奏功したのだ、と思わせた。

「結局、私は手柄をみなさんに分け与えてもらったことで、特別待遇されたんです」

桐野は微笑を浮かべている。

「大体、戸村さんに密告できるような〝悪事〟はこの鳩裏にはありませんでした。今回の人事は戸村さんじゃないんです。梅園雅道たちが逮捕された直後に署長に希望を訊かれたので〝総合職試験のために勉強したいです〟って言ったら即座に異動が確約されました」

小貫は言葉の裏になにかの引っ掛かりを感じて、険しい顔で桐野の言葉を遮った。

「待て。あのしつこい戸村が、それでお前を放免するとは思えないな」

桐野は小貫の言葉に苦笑した。

「小貫さんの鋭さには脱帽です」

「なにをされた？」

小貫の顔がさらに険しくなる。

「小貫さんたちの〝悪事〟を言わないと、署長の人事を覆して、横浜の相鉄口《そうてつぐち》交番に押し込めてやるって。恐かったなあ」

これには小貫のみならず全員が渋い顔になった。

横浜の相鉄口交番は、神奈川県警でもっとも忙しい交番として有名だ。試験勉強どころかトイレや食事の時間も削られるともっぱらの噂だった。

「それ、マジなのか？」

苦々しげに高木が言った。

「ええ、本気でした。メールなのにビビりました」

何事もなかったかのように桐野は平然と答える。

「でも、どうやって探しても悪事なんてなかったですって返信しました。そもそも鳩裏のみなさんのは、ちょっとしたサボタージュですからね。そう書いたら、戸村さん引き下がりました。多分ハッタリです。そもそも署長の直接の人事ですから、戸村さんでも変更できなかったんだと思います」

木本がカカカと笑った。だが小貫は眉間に皺《しわ》を寄せたままだ。

「あなた、戸村になにも報告しなかったのか？」

「ええ、そうです。報告することもありませんでしたから」

実際は口頭で戸村に報告している。だが最終的なリストは一切提出していなかった。

口を引き結んで小貫は桐野を見つめる。

「それを戸村はあなたの裏切りと捉えているはずだ。必ず仕返しをしてくるだろう。あいつを甘く見るな」

困惑の表情を浮かべる桐野を見て、小貫が言葉を継いだ。

「なにかされてるはずだ。あるいはもう脅されてるのか」

桐野はため息をついた。

「お見通しですね。副署長は〝お前を全力で潰してやる！〟って。さすがに一瞬不安になりましたけど、ここに飛ばされたあの人にそこまでの力があるわけがありません。ハッタリですよ」

「なぜ言わない？」

「なにをですか？」

「管轄を超えて、捜査を何度も行ったことだ。警視庁の管轄にまで手を出してる。あれは手柄じゃない。建造物侵入罪も詐欺罪もあるだろう？　それだけでも、俺を異動させたり退職させたりするのに格好のネタだ。その一言でお前の不安は解消されたはずだ」

桐野の顔がこわばっている。図星なのがひと目で分かった。

「なんのことですか？」

桐野が精一杯とぼけてみせる。

「ふざけるな」

小貫が一蹴した。

「小貫さんも言ってたじゃないですか。あれは捜査じゃないって。大福をごちそうになったお礼なんですよ。それがいけないわけがありません」

驚いて一同が桐野を見直した。桐野は涼やかな笑顔だ。

「義理堅くて誠実で、真っ当な警官の私事です……正義の味方のごんぞうマンです……」

全員が黙り込んだ。

桐野の顔が歪んだ。その目に涙が溜まっている。恐らく大きな葛藤があったのだ。その末に桐野は密告しない道を選んだ。

小貫が首を振った。

「馬鹿だな。少なくとも警邏に出ないとかってことは、本当のことなんだ。報告すればいいじゃないか。今からでも遅くない。謝って報告してこい。いくら嫌がらせをされたって俺たちはそんなもの慣れっこだ。屁《へ》でもない」

小貫の言葉にうつむいた桐野の目から涙が滴り落ちた。

それを見て小貫が立ち上がると、桐野の肩をポンと叩いた。

「お前にかばってもらわなくたって、俺らは生き延びるよ。いいから行ってこい」

桐野はうつむいたまま、首を横に振った。

小貫は肩に置いた手に力を込めた。

「キャリアなんか目指すなよ。働きながら勉強できる環境が出来たんだ。司法試験目指せばいいだろう？　苦労して勉強して警察みたいな腐ってるところに舞い戻ってくる必要なんてないよ」

桐野はやはり顔を上げずにまた首を振った。口を開いたが、声に涙が混じる。

「私は……。偉くなって警察を変えたいって思いました。点数とかノルマとかじゃなくて真っ当な仕事をしている警官が報われるような警察に変えたいって思ったんです」

小貫はなにか言葉をかけようと開いた口を閉じてしまった。木本たちも口を閉ざして神妙な顔になっている。

桐野が涙まじりの鼻水をすすりあげる音が交番の中に響く。

小貫がまた桐野の肩に手を乗せた。

「警察を変えたいんなら、司法試験に受かって検事になっても出来るだろう？　公安や監察官と組んで警官の不正をバンバン取り締まって……」

強く桐野は首を振った。

「私は、小貫さんたちから警察の不正の話を聞いてから色々と調べました。監察官も公安も、本気で内部告発しようなんて思ってません。まして検事なんて……」

「そうか。じゃ、一つ提案だ」

小貫は照れ隠しのように咳払《せきばら》いを一つしてから続けた。

「キャリアになってくれ。そして、偉くなれ。長官になっても、この腐った組織を根本から変えるのは無理だろうけどな。できれば政治家にまでなれ。そして、本当に独立した組織として〝警察を取り締まる警察〟を作ってくれ。今まで甘い汁を吸ってた連中や悪事を働いてるやつらは、必死で抵抗するだろうが、まともに働いている警官や国民は絶対に支持するはずだ。その独立性が担保されたら、警察は良くなる。少なくともこれ以上悪くはならない」

一気にそこまで語る小貫の顔は真剣そのものだった。だがすぐにまた照れ笑いを浮かべて、桐野の肩に置いた手に力を込めた。

「そのためなら、また手伝うからさ」

「どんな難事件も、俺たちの巡回連絡がすべて解決するからな」

木本が軽口めかして言ったが、誰も笑わなかった。

「私は……」

かすれた声がした。桐野だった。

「また、いつかみなさんと仕事がしたいです」

涙まじりの声で桐野はそう言うと深く敬礼して、うつむいたままきびすを返すと、交番を後にした。

残された〝ごんぞう〟たちは誰一人として口を開く者はなかった。

エピローグ

「あぁ千五百万かぁ……」

ほぼ二カ月続いた斉藤のため息まじりのぼやきに小貫はうんざりさせられたものの、その気持ちは痛いほどに分かった。

斉藤が新築した家のローンの残額が千五百万円なのだ。梅園大治郎が提示した金額と同一だ。斉藤が退職後には同居している娘夫婦がローンを引き継ぐ約束になっているという。ローンを残したくないというのは親心というものだろう。

斉藤の愚痴が収まった頃、鳩裏交番にはいつものような怠惰な日々が戻ってきた。

その年は記録的な暖冬だった。その暖かさのせいか悪天候になることが多かった。時折スコールのような雨足になった。それが冬から春に移る頃に立て続けに何度かあった。

その日も夕方から激しい雷雨があったので、小貫たちは警邏も巡回もサボった。

桐野が抜けてから後釜は配属されなかったが、困ることはない。

小貫と斉藤がしたくないことはしない、というだけだった。基本的には交番で〝客〟を待つ。そして時折、巡回連絡や警邏に出る。

桐野からは無事に警察学校の補修科に戻って勉強中だ、と年賀状が鳩裏交番に届いていた。小貫は桐野がキャリアとなって再び警察に戻ってくる可能性が高くなったと思っていた。

それは副署長の戸村が別の警察署の署長に異動になったからだ。副署長から署長だから栄転とも言えたが、その警察署はかつて小貫が閉じ込められていた山奥の小さな署だった。それは懲戒的な異動だった。

彼女自身のゆるい下半身の不祥事ではなかった。

なんと二十七歳のキャリア署長の原口が事件を起こしたのだ。駅のエスカレーターで女性のスカートの中を盗撮しているところを現行犯で逮捕された。

揉み消そうと戸村は躍起になったが東京の警視庁の管内で間に合わなかった。マスコミに大々的に報道されて、署長は懲戒免職となり、戸村は管理責任を問われた。

もう戸村に力は完全になくなった。つまり桐野の邪魔だてをする力を失ったのだ。

交番の詰め所から小貫は戸のガラス越しに空を見上げた。

雨が上がって空には夕焼けが広がっていた。暖かい。

ポットにお湯を用意すると、斉藤が警邏に出ると言い出したが、小貫は同行を断った。

小腹が空《す》いていたのだ。少し早めではあったが夕食を食べようと、給湯室でストックしてあった水で洗うだけというざるそばを皿に盛って詰め所に戻りかけて、小貫は小さく悲鳴をあげてしまった。

詰め所のデスクの椅子に座っている人物がいたのだ。

それはあのオバケの苦情を持ち込んだ焼鳥屋の北村だった。

「コンチハ。声かけたのに、返事ないからいないのかと思ったよ」

「ああ、すみません。水使ってたんで、聞こえなかったみたいです」

そばを台所に戻すと、北村の前に座った。そばが伸びるなあ、と心の中で愚痴りながら。

「どうしました？　オバケの件ですか？」

「いや、それがさ。あの……。痩せた若いお巡りさんはどうしたの？」

「異動になったんですよ」

「そうかい。あのお巡りさんがウチに来てくれてから見えなくなったたって話したろ?」

「ええ」

「それがさあ……」

ふとなんの脈絡もなく梅園一也のことが頭に浮かんだ。

傷害事件を起こして逃亡していた大治郎は間もなく弁護士に付きそわれて出頭した。

破格の示談金を寿司店の大友とその客に代理人を通じて提示したが、どちらにも固辞された。さらに逃亡して指名手配になっていること。これまでの数々の暴行事件。示談の末に不起訴になっているもののその悪質性も加味された。初めて起訴された上に、八年の実刑が求刑されていた。情状も弱く、少なくとも五年の実刑が言い渡されて執行猶予もつかないだろうと予想された。新任の副署長と署長ともに不祥事の後釜で差し向けられたお固い人物だという評判だった。藤沢南警察署と大治郎はもう〝つながって〟いないのだ。

一也の部屋を小貫が勤務後に一人で訪れたのはそんな頃だ。

「梅園家だから生活に困るようなことはないだろうけど、その辺は大丈夫なの?」

「ええ、お金の管理の専属の人がいるんで、滞りはないです。僕も子供じゃないんで」

「そら、そうだな。すまん。まだマスコミいるねぇ。この間も暴走族が家の前で大騒ぎして、爆竹投げ込んだりしてたみたいだけど。転居考えたりしない？」

するとー也の顔に陰りが浮かんだ。

「転居する気もないし、名前も変えません」

「そうなんだ」

一也の目に光があった。

「三年ぐらいで雅道って出てくるそうなんです」

凶悪犯とはいえまだ少年なのは間違いない。少年法は更生に重点が置かれているのだ。

「ああ、そうだね」

「その時、ここで雅道を迎えようって思ったんです。できれば就職していたいんですが、梅園って名前はあまり多くありません。就職に不利でしょうね。梅園組でも就職って言うのかな」

小さく寂しげに一也は微笑んだ。

「……そうか」

「その時、恐らく父親はまだ出所できませんから。僕が迎えようかって。雅道は怪物になっちゃってるのかもしれないけど」

小貫はかける言葉がなかった。

「なにもできることはないような気もしますけど、少なくとも出てきたらそばにいてやりたいんです」

「そうか」

「信じられないかもしれないですけど、可愛いヤツだったんです。公園で一緒に遊んでて、砂場で遊ばせてて、夢中だったから、そっとトイレに行ったんです。そしたら大泣きしてる声が聞こえたんです。〝大にぃに！〟って。慌てて出たら雅道が泣きながら一直線に走ってきて抱きついてわんわん泣くんですよ。〝大にぃに、会いたかったよぉ〟って」

高井陽子の会田愛、雅道のママ、そして雅道の〝大にぃに〟。人は拠《よ》り所《どころ》をどこかに求めるのかもしれない。それが救いに……。

目の前にいる北村の言葉が、頭に入っていなかった。

「よお？　聞いてんの？　あの痩せたお兄ちゃんをウチに派遣してもらえないかね？」

「すみません。ちょっと聞き逃してしまいました。どうしましたか？」

北村が顔をしかめる。

「だ・か・ら、あの細い兄ちゃんが帰った後に、ウチの母ちゃんが暗い顔してたんだよ。訊いても答えなかったんだけどね。問い詰めたら、オバケが見えるようになっちゃったって言うんだ。姿形は俺が見てたのと同じだって言うからね。またあのエクソシストのお兄ちゃん、ウチに寄越してよ。そしたら母ちゃんも見えなくなるかもしれないだろう。また誰か他の人が見えるようになっちゃうかもしんないけど」

〝見えなくなっただけ〟でオバケは〝いた〟のか。誰かが見えなくなると別の誰かが見えるようになる？　一体どんなオカルトだ？　心の中で苦笑しながら小貫はあることに思い至った。

桐野がオカルト好きなのに一度も霊を見たことがない、と言っていたのを小貫は思い出したのだ。霊が見えなかったのは、エクソシストのように霊などを祓う能力があったわけではなく、オバケを見えなくするという〝能力〟のせいではないのか、と思って小貫は思わず噴き出してしまいそうになった。

神秘となぞなぞがこの世には満ち満ちている。それを一つずつ解いていく。それが生きる喜びだ。生きる意味だ。

ごんぞう生活も悪くはない。

「あの細いエクソシストの兄ちゃんは、偉くなっちゃうんで、皆々様の困りごとの解決には携われなくなるんです。というワケで私が奥様の訴えをお聞きにうかがいます」

すると北村の背後の戸が開けられた。

斉藤だった。珍しく走ったようで息が上がっている。

「お話し中にごめんなさい」と北村に詫びると、斉藤は早口になった。

「小貫くん、今、そこの公園で聞きつけたんだが、本町《ほんちょう》の道路を占拠しちゃって通行止めにしてるオヤジがいるだろ？　アレの家に幼い女の子が出入りしてるって言うんだ。オヤジは独身だったろ。誘拐じゃないかって奥さん連中が騒いでる」

本町は鳩裏の管轄ではない。だがその家は有名な家だった。テレビの取材も受けるほどだ。家の前の道路を私道だと言い張ってコーンを置いて通行止めにしているのだ。

実際に私道ではあるのだが、近隣住民の通り道に指定されている。ゆえに私道でありながらも課税が免除されていた。

だが家の主は近隣トラブルの延長で、道を占拠し始めた。

それについて住民たちから警察に通報が何度もあるのだが、私道の占拠に警察の強制力はない。

「大森継男《おおもりつぐお》だろう？」

北村だった。小貫も斉藤も驚いて顔を見合わせる。

「幼稚園から中学まで一緒の同級生だよ」

苦笑している。

「お付き合いはあるんですか？」

「先週も飲んだよ」

意外だった。噂やテレビの取材によると、近隣の知り合いとはことごとく喧嘩していて、友人などは一人もいないということだったのだ。大森が孤立していることが関係をこじらせる要因だとテレビでも精神科医が語っていた。

「あの道路の話もしてたなあ。まあ、アイツなりの理屈もあるんだよ。あんたも聞けば分かるよ。でもその小さい女の子の話は初耳だなあ」

小貫の顔に薄く笑みが広がっていた。

そこにどんな物語が待ち受けているのか、と小貫はわくわくしている自分に驚いていた。

「北村さん、これからすぐに非番になるんで、まずお宅にお邪魔して奥様のお話うかがって、それから、どうでしょう？　その大森さんをご紹介いただけませんか？　私が警官だってのは内緒で、そうだな。焼鳥屋さんの客で面白いのがいるってぐらいで……」

「え？」

小貫の頬に赤みがさして、目が輝き始める。

解説

井中大海

本書は、第一回警察小説大賞受賞作『ゴースト アンド ポリス GAP』を文庫化にあたり、『ゴースト・ポリス』と改題した作品である。神奈川県藤沢市辻堂にある鳩裏交番に勤務する〝ごんぞう――自主的窓際警官〟たちが、虐げられ蔑まれながらも地域社会に密着し、地元の小さな事件から大きな事件までを密かに解決してゆく日々を描いた群像型警察小説である。

警察小説大賞は、二〇一八年に小学館主催で公募が始まった新人賞である。メディアミックスと相性が良く、文庫市場にも強い警察小説の可能性に賭け、あえて限定されたジャンルで応募を募ったところに新味があった。選考委員には、小学館発のベストセラー警察小説である『震える牛』の相場英雄氏、『教場』の長岡弘樹氏、両作を編集担当した小学館の幾野克哉氏（小説誌「STORY BOX」編集長【当時】）が就任した。当初、応募要項に「受賞作は必ず私が編集担当します」と幾野氏が明言したことも注目された。

その三人で執り行われた第一回警察小説大賞の最終選考会で、本書は満場一致での受賞を勝ち取っている。選評では、相場氏が冒頭のつかみの弱さと難解さを指摘しつつ、「アンチヒーロー的な主役が魅力」と講評した。一方で、長岡氏は「いわゆる『ごんぞう』だけを集めた実験交番。この設定を上手く生かし、愉快で物悲しい人間味のあふれる警察小説に仕上がっている。私はここに落語の世界を感じた。落語なら幽霊が出てきても不思議はない。普通なら漫画っぽくなりそうな人物が、立体的に造形されているのもいい。主人公が途中から変わってしまったようだが、そうした崩れ具合すらも、本作の場合は一つの味になっていた」と高く評価している。

幾野氏は、「冒頭シーンに困惑したが、読み進めれば読み進めるほど面白くなる。警察小説というテーマに、もっとも斬新な形でこたえた作品であることは間違いない。後半の盛り上がりは、受賞作にふさわしい」と評している。最終候補作四作の中から、早い段階で抜け出していたようだ。

新人賞の受賞作が、応募時の原稿のままで書籍化されることは稀である。刊行までは、編集者と二人三脚での改稿作業が待ち受けている。選考委員の相場氏は選評の中で、「現状、受賞作はあくまで原石であり、受賞者には担当編集者と行う厳しく辛い研磨の作業が待ち受けている。宝石が職人の技で輝くように、受賞作も多面的なカットを施し、読者の興味を惹きつけるだけの改稿を終えることが必要だ。あくまでも山麓というスタート地点に立ったばかりであり、これから険しい登山道が待ち受けている。改稿を経て山頂に辿り着けば、今まで見えなかった景色が広がる。次の山という作品を縦走するために、受賞作の研磨作業を懸命に行ってほしい」とエールを送っている。代表作『震える牛』を十回近く改稿したと公言している相場氏の言葉には、実感が籠もっている。

二〇一九年十二月に刊行された第一回警察小説大賞受賞作『ゴースト アンド ポリス GAP』は、選考会で指摘されたつかみの弱さと難解さが克服され、「秀逸」とされた後半のホームレス連続殺害事件の捜査行についても、より強いリーダビリティを感じさせる迫力満点の内容に、更新されている。

特筆すべきは、キャラクターの造形に磨きがかかったことだろう。東北大学法学部を卒業後、地方公務員採用で警察官となった桐野哲也は、鳩裏交番勤務となったことで自身の未来を悲観している。鳩裏交番からの一刻も早い脱却を画策していた桐野を変えたのが、〝ごんぞう〟たちの中心人物である小貫幸也だった。おそろしいほどの美男で、きゃりーぱみゅぱみゅの「つけまつける」をいつも口ずさんでいる小貫は、ダメ警官の典型のようにも見えるが、巡回連絡が大好きで、日ごろから地元の一軒一軒を細かくまわり、家に上がり込んでお茶が出るほどの信頼関係を築いている。この人脈が事件の解決に役立っていることに気づいた桐野は、少しずつ小貫に傾倒してゆく。このバディは霊感があまりないにもかかわらず、エクソシストとしての資質に長けており、「自宅に幽霊が出て困っている」という住民からの相談も、うまく解決してしまうのだ。後半、ホームレス連続殺人の犯人に二人がどのようにして辿り着いたか、そして犯人に対してどのような行動に出たかは、ぜひ本書にてお楽しみいただきたい。手に汗握り、最後は涙をこぼしそうになる展開が待っている。

本書の受賞で始まった警察小説大賞は、第二回受賞作として鬼田竜次氏の『対極』（まさかの「教場」破りから幕を開ける悪童警官小説）、第三回受賞作として直島翔氏の『転がる検事に苔むさず』（本庁勤務に戻れない中年検事が正義を貫く姿を描いたリーガルミステリー）を送り出した後、警察小説新人賞に改称された。第二回受賞作、第三回受賞作ともに文庫化されたばかりである。どちらも本書『ゴースト・ポリス』に比肩する傑作ミステリーなので、ぜひ手に取っていただきたい。

警察小説大賞を引き継いだ警察小説新人賞は、第一回受賞作に麻宮好氏の『恩送り』（文庫化にあたり『恩送り　泥濘の十手』に改題）が選ばれ、「警察小説の賞を捕り物帳で受賞!?」と世間を騒がせた。あまりの筆力の高さに、「カテゴリーエラーでは」という意見は、吹き飛ばされたようだ。麻宮氏は第二作『母子月　神の音に翔ぶ』を二四年一月に刊行したばかりで、こちらも歌舞伎界を舞台にした本格時代小説として大きな注目を集めている。

現在のところ最新の第二回警察小説新人賞作となる『県警の守護神　警務部監察課訟務係』は、前述の『母子月　神の音に翔ぶ』と同時発売で、二四年一月に発売されたばかりだ。選考委員の今野敏氏をして「この新人がデビューしたら、私の立場が危なくなるんじゃないか、と思うくらい評価した」と言わしめた本作は、警察×民事訴訟という新ジャンルを切り拓いた作品でもある。

話を佐野氏とその作品群に戻そう。本書の単行本刊行から約二年後の二〇二一年に、またもや湘南地区の鳩裏交番に勤務する警官を主人公にした第二作『毒警官』を上梓した。様々な〝死に至らないはず〟の毒を操り、事件にならない〝事件〟を解決してゆく警官・阿久津の姿が、本書の桐野、小貫に重なって見えるのは私だけだろうか。彼らは、佐野氏が貫き通す「弱きを助け、強きを挫く」というテーマの体現者であるのかもしれない。

作家としてオリジナルの小説を刊行する一方で、佐野氏は、数多くの映画のノベライズ作品を手がけている。是枝裕和監督作品のノベライズを担当した『そして父になる』『三度目の殺人』『怪物』は映画のヒットとあいまって、ベストセラーとなっている。

現在、佐野氏は第三作を執筆中で、こちらも舞台は同じく神奈川県湘南地区になるようだ。第三作において、長く未解決となっている殺人事件を継続捜査する刑事たちも「弱きを助け、強きを挫く」という言葉を胸に秘めているのかもしれない。編集者との果てしない研磨作業の末に、どのような警察小説が刊行されるか、乞うご期待である。

（いなか・おおみ／警察小説愛好家）

参考文献

『日本警察と裏金―底なしの腐敗』北海道新聞取材班（講談社文庫）
『警察腐敗―警視庁警察官の告発』黒木昭雄（講談社+α新書）
『警察内部告発者』　原田宏二（講談社）
『本当にワルイのは警察～国家権力の知られざる裏の顔』寺澤有（宝島社新書）
『脳のなかの幽霊』V・S・ラマチャンドラン、サンドラ・ブレイクスリー（角川文庫）
「いいママになりたかった：大阪2児放置死事件」反橋希美（毎日新聞　ふらっと　人権情報ネットワーク）

JASRAC 出 2400066・401

※この作品はフィクションであり、登場する人物・団体・事件等は、すべて架空のものです。

教場

長岡弘樹

君には、警察学校を辞めてもらう——。必要な人材を育てる前に、不要な人材をはじき出すための篩。それが、警察学校だ。週刊文春「2013年ミステリーベスト10」国内部門第1位を獲得、各界の話題をさらった既視感ゼロの警察小説！

本書のプロフィール

本書は、二〇一九年十二月に単行本として刊行された第一回警察小説大賞受賞作『ゴースト アンド ポリス GAP』を文庫化にあたり、改題したものです。

小学館文庫

ゴースト・ポリス

著者 佐野《さの》 晶《あきら》

二〇二四年三月十一日　初版第一刷発行

発行人　庄野　樹

発行所　株式会社　小学館
〒一〇一-八〇〇一
東京都千代田区一ツ橋二-三-一
電話　編集〇三-三二三〇-五九五九
　　　販売〇三-五二八一-三五五五

印刷所――中央精版印刷株式会社

ISBN978-4-09-407339-3